風土記の文字世界

瀬間正之
Semi Masayuki

笠間書院

目次

頭言

風土記の文字・文体・文章の表現に関する専門的研究は、昭和三十年代に相次いで刊行された、西尾光雄氏『日本文章史の研究（上古篇）』「第二章　風土記の文章」、徳光久也氏『上代日本文章史』「第六章　風土記の文章」、小島憲之氏『上代日本文学と中国文学――出典論を中心とする比較文学的考察（上）』「第二章　風土記の述作」の三書の中に取り挙げられるのみで、半世紀近く専門書の刊行を見ていない。その後、同時代資料として大量の木簡が出土し、上代官人の日常的な文字世界が明らかになりつつある。日本のみならず、近年では韓国からも百済・新羅の故地から金石文・木簡が出土し、我が国上代の文章に直接・間接に影響を与えた古代朝鮮半島の官人の文字世界もかいま見られるようになった。また、電子テキストの公刊・普及は著しく、風土記に影響を与えた漢籍との比較研究も飛躍的に向上しつつある。

本書は、こうした最新の研究環境の恩恵を受けて、五十年近く本格的専門書の刊行を見なかったこの分野の専門的研究をまとめたものである。もちろん、この間、地名表記や誤用の問題をはじめ個別的に風土記を扱った研究は、例えば沖森卓也氏『日本古代の表記と文体』『日本古代の文字と表記』など優れた論考があったが、風土記を前面においたものではなく、国語史の中で取り挙げられたものであった。風土記が長い間、記紀万葉に比して、上代文学の中でその研究が軽視されていたことは否めない。本書では、風土記について、単なる歴史地理の記録としてではなく、文学という観点から捉え直し、音節構造も語順も異なる古代中国語を表記するために発明された漢字漢文を用いて、いかに国語の文学表現として成立させたかを具体的に明らかにすることを目的としている。朝命よって提出された各国の記録文書が今日文学として評価されるその理由を文字表現という観点を軸に究明することを試みる。

第一に、木簡にみられる日常普段の官人の書記世界を踏まえながらも、文学的文章にまで到達した風土記の書記世界をそれぞれの風土記ごとに具体的に明らかにすること、第二に、中国文学、とりわけ六朝美文を志向した『常陸国風土記』の文字表現の基盤を明らかにすること、第三に、各国風土記の文章、文字表現からその成立と述作者像をうきぼりにすること、第四に、風土記の文字表現が漢文訓読に依拠した訓読的思惟を以て書かれていることを確認すること、以上四点が本書の主な目的である。

第一章では、風土記前史という観点から、朝鮮半島及び我が国での漢文訓読の実態と漢字による自国語表記の工夫について、日韓の金石文・木簡を資料として具体的に検証した。とりわけ我が国で発展した漢文訓読の方法から、訓読的文章を下敷きに漢文に復元するという方法を明確にし、これを「訓読的思惟」による文章と命名した。この章は、「漢字で書かれたことば——訓読的思惟をめぐって——」『国語と国文学』平成十一年五月特集号『文字』（東京大学国語国文学会、一九九九年五月）の一部と、「上代漢文訓読の一端——文末の『之』をめぐって——」『悠久』第86号（おうふう、二〇〇一年七月）を基にしている。

第二章は、古風土記全体についての総論に相当する。特徴的表現を抽出し、その使用を各国風土記間で対照することで、それぞれの風土記の文章の特徴を明らかにした。即ち、A〈漢語漢文で思惟して漢語漢文での筆録を意図した文章〉・B〈訓読的思惟に依拠して漢語漢文での筆録を意図した文章〉・C〈訓読的思惟と口頭言語的思惟が混在し、漢字での筆録を意図した文章〉の三つの観点から、Aは、『常陸国風土記』の総記と景表現、Bは、文字記載を想定して、訓読語・訓読文で思惟し、それを漢語漢文の枠にあてはめる方法で、『常陸国風土記』・『豊後国風土記』・『肥前国風土記』の大半、Cは、『播磨国風土記』全体と『出雲国風土記』の各郡の前半部がその典型であることを明らかにした。この章は、「風土記の文章表現」『風土記を学ぶ人のために』（世界思想社、二〇〇一年八月）と「風土記の文体――『令』による使役表現を中心に――」『国文学』第四八巻一四号（學燈社、二〇〇三年一一月）を基にしている。

第三章は、『常陸国風土記』の文字表現の特徴を、漢文としての誤用に当たる表現、文末助辞と接続助辞の用法、「所有」の語の国語的用法などから明らかにし、第四章・第六章は、上代文学作品の中でも際立った文学的表現として評価される「童子女松原」「高浜之海」を取り挙げて、『常陸国風土記』の述作者が参照したと考えられる漢籍を明確にし、それを具体的にどのように利用し、単なる地誌ではなく、文学作品と言い得る表現に為し得たかを考察した。特に、現在佚書となった六朝地誌類に学んだところが大きいことを明らかにした。

また、第五章では、『常陸国風土記』の諸本の問題を踏まえ、「処」字では理解できない一文を、「死」の誤写と見ることで、見事な駢儷文となることを明らかにした。これら第三章〜第六章は、「常陸国風土記の文字表現（一）序説――誤用と助辞用法を発端として――」上智大学国文学科紀要一九（二〇〇二年三月）、「常陸国風土記の文字表現（二）――「者」と「所有」の用法から――」清心語文第四号学科創設50周年記念号（ノートルダム清心女子大学日語日文学科、二〇〇二年八月）、「常陸国風土記の文字表現（三）――美文への志向――」上智大学国文学科紀要二〇（二〇〇三年三月）、「常陸国風土記の文字表現（四）――美文への志向・六朝地誌類――」上智大学国文学科紀要二一（二〇〇四年三月）、「常陸国風土記香島郡『処』字は『処』字か」『国語文字史の研究十一』（和泉書院、二〇〇九年五月）を基にしている。

第七章では、『豊後国風土記』と『肥前国風土記』について、両書に共通する特徴と両書の差異の双方を明らかにし、両書の成立について考察した。その結果明らかにした主な新知見は、『豊後』『肥前』は、現存古風土記中、最も和習の少ないこと、他の三つの古風土記及び『日本書紀』β群に優る漢語漢文の書記能力をもった編述者の手になること、『日本書紀』「景行紀」「神功紀」を参照しながらも、それを上回る漢語漢文の書記能力を有していたことの三点である。この章は、「『豊後国風土記』『肥前国風土記』の文字表現」上智大学国文学科紀要二二（二〇〇五年三月）を基にしている。

第八章では、二系統に分類されてきた西海道風土記の甲類・乙類の中、六朝美文を志向して表現された乙類に着目し、その表現の拠り所となった漢籍をどのように利用し、述作したのかを具体的に検証し、それを踏まえて甲類との先後関係を考察した。この章は、「西海道乙類風土記の文字表現」上智大学国文学科紀要二四（二〇〇七年一月）を基にしている。

第九章では、『播磨国風土記』・『出雲国風土記』・及び諸国風土記逸文について考察した。『播磨』は、当時の官人たちの常用的な書記生活の生の資料である木簡と同様な表記意識をもって表現されていることを明らかにし、『出雲』については、各郡の前半部と後半部の表現の差異から、各郡前半部は『播磨』的、各郡後半部は『常陸』的と見ることができ、この風土記の成立事情を考察する手がかりとなることを明らかにした。また、諸国風土記逸文について、それぞれA〈漢語漢文で思惟して漢語漢文での筆録を意図した文章〉・B〈訓読的思惟に依拠して漢語漢文での筆録を意図した文章〉・C〈訓読的思惟と口頭言語的思惟が混在し、漢字での筆録を意図した文章〉の三つの観点から、その表現を分類した。この章は、「文体・文字総論」『風土記の表現――記録から文学へ――』(笠間書院、二〇〇九年七月)を基にしている。

以上のように、現存する五つの風土記、及び現存する風土記逸文の文章について、その表現の背景となった漢籍教養を具体的に検証し、風土記という八世紀の文字表現の実態を解明し、風土記が単なる記録ではなく、豊かな文学性をもった書物であることを明らかにした。

凡例

本稿におけるテキストの引用について

本稿を成すにあたり、現存五風土記及び風土記逸文について、すべて校訂テキストを作成した。頁・行は、便宜上全集本に準じ、「豊後：速見郡304」のように、「風土記名：郡名・頁」の体裁で表した。播磨国風土記については、三条西家本（『天理図書館善本叢書和書之部第一巻　古代史籍集』八木書店、一九七二年）を基に校訂した本文、出雲国風土記については、秋本吉徳編『出雲国風土記諸本集』（勉誠社、一九八四年）を基に校訂した本文、常陸国風土記・豊後国風土記・肥前国風土記については、「風土記研究」所収の、林崎治恵編「常陸国風土記四本集成」、植垣節也編「豊後国風土記四本集成」、藤井恵子編「校本『肥前国風土記』実観本」を基に校訂した本文を用いた。風土記逸文については、おおむね全集本（頁・行はこれに従う）に拠ったが、それぞれの逸文の底本及び『風土記逸文注釈』（翰林書房、二〇〇一年）・大系本・全書本により改めた部分がある。

尚、**風土記**注釈書名の略号は以下の通りである。

井上新考：井上通泰『西海道風土記逸文新考』（巧人社、一九三五年）

秋本校注：秋本吉郎校注『日本古典文学大系　風土記』（岩波書店、一九五八年）

久松校註：久松潜一校註『日本古典全書　風土記下』（朝日新聞社、一九六〇年）

小島校注：小島瓔禮校注『風土記』（角川書店、一九七〇年）

広岡校注：植垣節也校注・訳『新編日本古典文学全集　風土記』（小学館、一九九七年）広岡義隆氏担当箇所

逸文注釈：上代文献を読む会『風土記逸文注釈』（翰林書房、二〇〇一年）

万葉集　塙書房『補訂版萬葉集』に拠った。

古事記　真福寺本を底本に諸本集成古事記によって校合したテキスト［拙編『古事記音訓索引』（おうふう、一九九三年）校異参照］を用い、頁・行は、西宮一民編『古事記新訂版』に拠った。

日本書紀　林勉氏の校訂本文（中央公論社『日本書紀』）に拠ったが、頁・行は古典大系に拠った。

仏典　『大正新脩大蔵経』に拠り、頁・段（ａｂｃ）・行を示した。

倭王武の上表文　『宋書』巻九七［中華書局版二三九五頁］福井佳夫氏「倭王武『遣使上表』について上・下」中京国文学一四号・一五号（一九九五年三月・一九九六年三月）

稲荷山鉄剣銘　稲荷山古墳出土鉄剣金象嵌銘概報（埼玉県教育委員会、一九七九年二月）

江田船山古墳出土太刀銘　『江田船山古墳出土銀象嵌大刀』（東京国立博物館、一九九三年八月）

山ノ上碑　齋藤忠編『古代朝鮮・日本金石文資料集成』（一九八三年七月）二七七頁〜二八六頁

法隆寺釋迦三尊像光背銘　奈良国立文化財研究所飛鳥資料館編『飛鳥・白鳳の在銘金銅仏』（一九七九年八月）三五頁

慶州瑞鳳塚銀合杅銘　黄壽永編『韓國金石遺文』（一九七六年四月ソウル）・国史編纂委員会『韓國古代金石文資料集Ⅰ高句麗・百済・楽浪編』（一九九五年一一月ソウル）

壬申誓記石　『陳列品図録』（国立慶州博物館、一九七四年七月）七六頁写真・黄壽永編『韓國金石遺文』（一九七六年四月ソウル）五四頁拓本

戊戌塢作碑　黄壽永編『韓國金石遺文』（一九七六年四月ソウル）四二頁

観音寺遺跡出土木簡　木簡研究第二〇号（一九九八年一一月）・『観音寺遺跡Ⅰ』（徳島県埋蔵文化財センター、二〇〇二年三月）

飛鳥池遺跡出土木簡　一九九八年九月五日新聞各紙・一九九八年一〇月二六日万葉学会及び一二月五日〜六日木簡学会実物展示・寺崎保広氏「飛鳥池遺跡出土の木簡」奈文研年報一九九八――Ⅱ・飛鳥藤原宮発掘調査出土木簡概報一三（一九九八年九月）

森ノ内木簡　木簡研究八号（一九八六年一一月）・『日本古代木簡選』（一九九〇年一一月）七一頁・『上代木簡資料集成』（一九九四年二月）七頁

北大津遺跡出土木簡　『日本古代木簡選』（一九九〇年一一月）一八九頁・『上代木簡資料集成』（一九九四年二月）六〇頁

岡田山一号墳出土鉄刀銘　『発掘された古代の在銘遺宝』（奈良国立博物館、一九八九年八月）五三頁

桑津遺跡呪符木簡　木簡研究十四号（一九九二年一二月）図版五

太安万呂墓誌　奈良県立橿原考古学研究所附属博物館

『文選』は芸文印書館の胡刻本、『芸文類聚』は中文出版社版を用いた。

第一章　風土記前史

第一節　国語表記の開発

国語表記開発への端緒は、東アジア共通の文字言語という認識に立つ対外文書、例えば、**倭王武の上表文**など、漢語で制作され、固有名詞までも漢語に翻訳されたものはさておき、表記史黎明期の金石文、**稲荷山鉄剣銘**にも、既に窺い知れるものである。

稲荷山鉄剣銘

辛亥年七月中記乎獲居臣上祖名意富比垝其児多加利足尼其児名弖已加利獲居其児名多加披次獲居其児名多沙
鬼獲居其児名半弖比［表］

其児名加差披余其児名乎獲居臣世〻為杖刀人首奉事来至今獲加多支鹵大王寺在斯鬼宮時吾左治天下令作此百
練利刀記吾奉事根原也［裏］

固有名詞表記一つとっても、仮借や半島の先例に倣って行うにせよ、音節構造に存する大きな差異は、我が列島の言語を確認する初めてと言って良い絶好の契機となったはずである。

対大陸に関して言えば、漢語の音節構造、I（頭子音）M（介母）V（主母音）F（韻尾）に対して、上代語の単純なC（子音）V（母音）構造との隔たりは甚だしいものがあった。第一に障害となったのは、m・n・ŋ・p・t・k（今かりに隋唐音に依る）という子音韻尾であろう。ここに、上代語に存せぬ発音を如何に処理するかという問題が横たわった。

これは、対半島に関しても同様であったろう。百済・新羅・高句麗の言語がどのような音節構造を保有していたかは、微妙複雑な問題が絡むが、まず新羅語はハングル制定時の一五世紀の言語に継承されているとほぼ認められているとは言え、百済・高句麗については、現存資料から体系的に捉えることは不可能に等しい。しかしながら、『梁書』の百済条に「今言語服章略与高驪同。」［中華書局版八〇五頁］（いま言語と服装とはほぼ高句麗と同じである。）とあり、これについて支配族に限定して捉える李基文氏の見解[1]も考慮せねばならぬが、百済、新羅の建国の地となった南部半島三韓の言語について、森博達氏の『三国志』魏志東夷伝中の馬韓・辰韓・弁辰の三韓諸国の固有名詞音訳漢字には、子音韻尾字が倭人伝に対して極めて高率に用いられるという調査[2]や、馬淵和夫氏の百済・高句麗・新羅の言語には、語末音が子音である語が存したとする報告[3]からも、古代半島三国の言語は、我が国上代語のような単純なCV構造ではなかったことが窺われる。仮に記紀の伝説の通り、百済から渡来した博士による漢字漢文の教授があり、それが既に百済化した漢字音であったとしても、我が列島の言語の音節構造とはかけはなれたものであったはずである。

稲荷山鉄剣銘に目をやれば、「乎獲居」の「乎」「獲」の声母はともに匣母であり、その頭子音は喉音ɦ音系に属する。当時の国語には近似のh音も存在しなかったはずであり、にも拘わらず匣母の漢字を音仮字として用いたとすれば、既に国語化した漢字音の体系が成っていたということの一徴候として捉えることができる。これが「ヲワ」であるとすれば、呉音の体系に極めて酷似している。以下、「足尼」も、**山ノ上碑**（六八一年）にも見られ、後の通用表記「宿禰」を表すとすれば、「足」は、その韻尾kに母音uを付加した二合仮字「スク」の表記に用いられていることになる。同様に「半弖比」が、欽明紀六年「膳臣巴提便」に通じるとすれば、「半」は、後の万葉集の用法にも見られるように、その韻尾nを切り捨て「ハ」の音仮字として用いられていることになる。これらは、すべて稲荷山鉄剣時代の国語が、上代語に直接繋がりを保つ言語であったとすれば、という大前提を認めた上での推察であるが、当時既に漢字音の国語化が相当進み、一つの体系を成すに至っていたであろう徴証の一つに数えられるのである。

語彙・語法の面からすれば、「○月中」の表記は、**江田船山古墳出土太刀銘**「八月中」・**法隆寺釋迦三尊像光背銘**「癸未年三月中」・**神功紀**四六年「甲子年七月中」・**応神紀**一三年「秋九月中」にも見え、これについては諸説ある(4)が、**神功紀**の用例は百済資料引用の可能性も残され、『日本書紀』や金石文の表記は直接的には**慶州瑞鳳塚銀合杆銘**（四五一年or五一一年）「延寿元年太歳在卯三月中」などに見えるように、朝鮮半島経由で伝えられた可能性が認められよう。さらに、既に西島定生氏が指摘されているように(5)、「上祖」「児」「名」の用法も漢文としては異例であることは疑いを差し挟まない。「上祖」の語も、「かむつおや」の意では六朝以前の漢籍に用例を見いだすことは困難である。『春秋左氏伝』文公二年条の「秋。八月。丁卯。……故禹不レ先レ鯀。湯不レ先レ契。文武不レ先二不窋一。宋祖二帝乙一。鄭祖厲王。猶レ上レ祖也。」の如く、「上」は動詞であるのが普通である。「七月中記」の「記」も、これが「しるす」の意であるとすれば、奇異な感じを否めない。西島氏・岸俊男氏が冒頭に年月日がきて「記す」とするのは大陸では異例であることを指摘され(6)、新羅の金石文に類例があることを挙げられているが、むしろ漢文としては、宮崎市定氏が「記の乎獲居臣」と訓み、氏族名とされた方が妥当とも言い得る。[7]やはり、**壬申誓記石**（五五二年 or 六一二年 or 七九二年）の冒頭「壬申年六月十六日二人並誓記」、**戊戌塢作碑**（五七八年）の冒頭「戊戌年四月朔十四日另冬里村高《?》□塢作記之」をはじめ新羅にはこうした「記」の用法が存したことを考慮せねばならないだろう。[8]

以上、固有名詞表記に国語化した漢字音が用いられていること、語法に漢文としては異例な表記が用いられ、それは半島からの影響を垣間見られること、「上祖」や「名」の用法のように、八世紀文献へ繋がる国語的な表記が用いられることなど、**稲荷山鉄剣銘**は、見かけ上、漢字漢文の形を借りてはいるものの、漢語で思考し書かれたものではないことが知られ、既に国語的思惟の萌芽を読み取ることができる。

国語表記開発への意図がより明確なのは、**江田船山古墳出土太刀銘**である。

江田船山古墳出土太刀銘

治天下獲□□□鹵大王世。奉事典曹人名无利弖。八月中。用大錡釜并四尺廷刀。八十練□十捃三寸上好□刀。服此刀者。長壽子孫注々。得□恩也。不失其所統。作刀者名伊太□。書者張安也。

ここには「八十練」という意訳語が創始される。大陸・半島の金石文に見られる「百練」を、国語の聖数「八」を念頭に「八十」に置換したこの訳語は、「八塩折」（垂仁記）を髣髴とさせる。「百練」を訓読して「ももねり」とした場合は、所謂漢文訓読語であり、漢語を訓読して受容した直訳語と考えられるが、このように「八十練」とする用法は、音読を意図して書かれたか、「やそねり」という国語（新しく造られた語）を表記したものかのいずれにせよ、意を以て国語に翻訳した語であり、意訳語と言い得るのではないか。「書者張安」が如何なる素性であるにせよ、相当に国語を理解した上での筆であることが認められる。仮に張安なるものが、国語についての造詣に疎かった場合、大陸系渡来人であれば、「百練」の語を改める必要はなかっただろうし、半島系渡来人であっても、改めるにせよ、半島系の聖数「五」に基づいた「五十練」なり、「五百練」なりを用いたかも知れない。

第二節　訓を用いて書くこと

こうした例から穿ち見れば、黎明期金石文においても、筆録の背景には既になんらかの漢文訓読的なものの存在が見え隠れしてくるのである。宣長の言うように、伝来「當時既ニ此方ニテ讀ベキ音モ訓モ定マレリシナリ。」（勉誠社文庫版『漢字三音考』）とは、疑念を残すが、漢文訓読といっても、句法や構文までに配慮の行き届いた体系的な文の訓読はともかく、「名」「祖」「記」「八十」などの基本的な名詞・動詞には、既に訓が附せられたいたという想像は許されるのではないかと思われる。黎明期金石文は、漢語で思考し、漢語で制作されたとは言い難く、その言語は、「八十練」に見るように、漢語漢文との初期ピジンとも言い得るような状況を想定することも許されるかも知れない。(9)

現代では失われてしまったが、訓を用いて文章を書く方法は、既に古代半島に先例があった。現存訓読資料、及び口訣は、中世まで俟たねばならぬが、固有名詞表記、郷歌や吏読の表記には、訓読を背景にしたものが見られる。固有名詞表記では、現代語の固有語「쇠」（金の意）に相当する語を表すのに、『三国史記』の新羅地名では、「素那（金川）」と表記され、高句麗の人名表記でも「蓋蘇文（蓋金）」と表記されるから、「金」は「素」「蘇」と訓読されたいたことが知られる。また南豊鉉氏は、古代半島の借字体系を音読字・訓読字・音仮字・訓仮字の四種に分類され、『三国遺事』所収の郷歌にも、既にこの四種が存在することを例示された。(10)今、訓読字・訓仮

字について簡潔に挙例すれば、形容詞「明」に語尾の音仮字表記「期」が附されたり、動詞「入」に語尾の音仮字表記「伊」が附されたりすることから、これらの活用語は訓読されていたことが明白であり、また、近称代名詞/i/の表記に使用される「是」が主格の助詞で同音の/i/の表記に用いられたりすることから、訓仮字の使用も確認され、古代に訓が成立していたことは確実視される。

こうした古代半島の先例に拠れば、我が国でも早くから基本的な語に訓が附せられ、何かしら訓読的な漢文読解——それが語単位の訓と音読も交えた接ぎ木式のようなぎこちないものではあっても——が存したという推測も不可能とは言えないだろう。(11)

近年では、漢文訓読を（注記の形式ではあるが）記した最古の例として七世紀後半の**北大津遺跡出土木簡の**「賛（田須久）誈［誣］（阿佐ム加ム移母）釆（取）［精］（久皮之）披（開）」が指摘されており、見通しとして、漢文訓読は「推古朝あたりまでは遡ることができるようにも思われる」と述べらる沖森卓也氏の発言は特筆すべきである。(12)さらに、沖森氏は、訓の成立を**岡田山一号墳出土鉄刀銘**の「各田部」を例に「六世紀後半、遅くとも七世紀半ば」とされるが、(13)これは、訓が国語の固有名詞表記に用いられた現存最古の確定例であり、漢語漢文を読むための訓はこれに先行すると見られる。

最近出土した木簡からは、背景に存した訓読を暗示させるものがある。徳島市**観音寺遺跡出土木簡**の『論語』の冒頭を書したと思われる「子曰學而習時不孤□乎」の「習時」の表記が逆になっている点が注目される。これは七世紀第Ⅱ四半期に比定されるが、(14)当時既に「ヲニトアヘバカヘル」式の訓読法が存し、記憶していた冒頭文を記した結果、「時に習う」の「ニ」に牽かれて倒置してしまった可能性が想定される。また、**飛鳥池遺跡出土木簡**の漢詩風の文章を書した「白馬鳴向山　欲其上草食」「女人向男咲　相遊其下也」も注目される。これは天武朝から持統朝と見て問題はない[15]。表面と裏面が対であるとすれば、裏の「女人向男咲」に対して表は「白馬向山鳴」の語順でなければならないだろうし、「遊其下」に対して「欲其上草食」も漢文の語序ではない。作者自身の筆録であるとすれば、漢文的思惟によって制作されたものではなく、あらかじめ「白馬は山に向かひて鳴き、その上の（に）草を食まむとし、女人は男に向かひて咲ひ、その下に相ひ遊べる也」のような訓読的文体が存し、それを漢詩風に書したものであろうし、或いは、こうした戯れ歌風の詞章を耳から記憶した者が書したがために、漢文の語序と異なる表記となったものとする推測が成り立つ余地を残している。「その上の草を食む」という訓読文の語序に従って漢字を配列している。また、「白馬」と対を成すためと思量されるが、一方で「男」と言い、ここで「女人」とするのは背景に仏典を想像させ、飛鳥寺有縁の地からの出土であることが思い合わせられる。

　さて、訓とは、宣長も指摘するように、漢字に我が国の言葉を当てたものである。漢語漢文があって初めて存在するのが訓読語・訓読文であるが、ところが、遅くとも七世紀後半には、訓読語・訓読文が漢語漢文から独立するという事態が生じていたのではないだろうか。文字表記を想定して文を為す場合、口頭言語とは別に、訓読により成立した言語と文体が既に存したことを想定しなければならないだろう。漢語漢文で考え、文章を制作するのではなく、訓読語・訓読文で思惟し、それを漢語漢文の枠に当てはめる方法で表記が為されたものと思われる。比喩的に言うならば、この訓読的思惟の言語とは、漢語漢文とのクレオールと見なせるかも知れない[16]。

　こうしたことは、時代は降るが、漢語漢文を志向して制作されたことが明白な『日本書紀』、歌謡の漢訳まで行い、一部に六朝美文を模した『常陸国風土記』などであってさえも、諸処にその徴証が見える。

　既に多くの事例が指摘される『日本書紀』[17]に関して言えば、「有」「在」の混用、使役・受身表現、「欲」「願」の位置など、枚挙に暇がない。とりわけ、注目されるのは、在唐経験もあり、対唐、対新羅外交に活躍し、律令撰修にも参加した当代有数の知識人と目される伊吉連博徳書にも、単純な「有」「在」の誤用まで存する[18]ことである。伊吉連博徳であってさえも、自らの渡航記録筆録に於いて、訓読的思惟を基に文を組み立てていたと考えられる。

『常陸国風土記』では、「因其河名稱無梶河」（林崎治恵氏「常陸国風土記四本集成」上一三五行）も、背景に訓読文を想定させる（但し、これには菅本・武田本・松下本の共通祖本に存した誤写である可能性も残される）。「名」の位置は、先述の**飛鳥池遺跡出土木簡**と同様に、訓読文の語順に引かれての誤用であろう。「宜避移、可鎭高山之淨境。」（「同四本集成」三九一行）も、「宜」があれば「可」は不要であり、訓読的思惟に依拠して表記された結果と見られる。また、沖森卓也氏が挙げる「流南」[19]、橋本雅之氏が挙げる「流東」「居穴」[20]の例も、もちろん転写の過程で生じた可能性も払拭されぬが、先述した**観音寺遺跡出土木簡**の「習時」と同様に、「ヲニトアヘバカヘル」式の漢文訓読法に依拠したものであり、「〜に流る」「穴にすむ」の「に」に牽かれて倒置したものと見るべきであろう。

　漢語漢文という呪縛から今も尚解放されたとは言えない国語表記であるが、ここでは、逆転して、漢語漢文を書くに当たって、訓読的思惟という桎梏から逃れられないという事態が生じていたことは看過することができない。古代の国語表記は、絶えずこの両者の葛藤の上に立たされることを余儀なくされるのである。

　こうした状況下で出現したのが、**山ノ上碑・森ノ内木簡**など、天武朝に出現を見る国語の語順に漢字を配列した文体であろう。これは、漢語のシンタックスから解き放たれ、国語表記を意図した文体であるが、背景としては訓読的思惟があったと見られる[21]。そして、そこにはさらに重要な問題、訓読語・訓読文の口頭化という逆転現象も想定しなければならない[22]。

第三節　上代漢文訓読の一端

訓読的思惟というからには、上代に漢文訓読が行われていた証を求めなければならない。今日知られる訓点資料の初出は平安遷都後であるが、先に挙げた**観音寺遺跡出土『論語』木簡**から、漢文訓読が七世紀にさかのぼって行われていたのではないかと見られる徴証が認められる。ここでは、『論語』学而篇にある「之」が**観音寺遺跡出土『論語』木簡**には書かれない理由を検討することで、この『論語』が訓読されていたことを明らかにしたい。

さて、今日に於いても墓石の背面などに「○○建之」ような「之」の字を目にすることがしばしばある。この文末に無意義に於かれる「之」の字の用法について早く山田孝雄氏の詳細な研究があるが、(23)爾後半世紀を経て、古代朝鮮半島の文字資料の研究成果、我が国の木簡をはじめとする古代の生の文字資料の大量の出土によって、若干補足修正を加えるべき点も生じるように思う。

1　上代金石文・木簡の文末の「之」

文末の「之」の表記で大きな注目を集めたものに**太安万呂墓誌**（奈良県立橿原考古学研究所附属博物館）がある。

左京四條四坊従四位下勲五等太朝臣安萬侶以癸亥
年七月六日卒之｜　養老七年十二月十五日乙巳
［左京四條四坊、従四位下、勲五等、太朝臣安萬侶、癸亥年七月六日を以て卒す。養老七年十二月十五日乙巳。］

古事記撰録者の墓誌発見ということ自体、歴史的事件ではあったが、表記史の上では「卒」という死を意味する自動詞の後に「之」が付されている点が注目された。他動詞に後置する「之」は、「これ」と訓み指示語と見なすことも可能だが、自動詞に後置する場合、文末助辞と見なす以外にあり得ないからである。

この用法は、天武朝の木簡として注目を集めた**森ノ内木簡**においても、以下のように二例の使用が見られた。

・椋□□《直伝》之我持往稲者馬不得故我者反来之故是汝卜部　　木簡研究第八号図版三
・自舟人率而可行也　其稲在処者衣知評平留五十戸旦波博士家

〔椋直伝ふ。我が持ち往きし稲は馬得ざるゆゑ、我は返り来る。かれ是に汝卜部、舟より人を率て行くべき也。其の稲の在処は、衣知評平留五十戸旦波博士家ぞ。〕

これには「之」と「也」と二つの文末助辞が用いられているが、「之」の方が、小さな切れ目、「也」の方が大きな切れ目を表示していると考えられる。「也」と「其」の間が一字分空いていることもそれを裏付ける。

また、名詞に接続したとも思われる例では、最古の木簡の一つに数えられる**桑津遺跡呪符木簡**（七世紀前半）がある。

（符籙）　募《意》之乎
（符籙）　文田里《鬼四郎》　道意白《由》加之
各家客《比々》等之　　木簡研究第一四号図版五

但し、名詞に接続したとは、「白加」を人名、「等」を複数を表す接尾辞「ら」と見た場合に言えることであり、「加」「等」が動詞である可能性も残され、確定は困難である。しかし、七世紀の木簡に文末の「之」が用いられていたことは確実視される。

この用法は、八世紀文献資料にも多く見いだすことができる。

古事記（『古事記新訂版』上巻54頁）にも、

故、如教者、[illegible]自静。故、平寝出之。〔かれ、教へのごとせしかば、蛇おのづから静まりき。かれ、たひらけく寝《い》ね出《い》でましき。〕

をはじめ、二〇例ほど用いられている。

日本書紀でも、

吾心清清之。〔吾が心すがすがし。〕（古典大系『日本書紀』上、神代上123頁）

清彦生田道間守之。〔清彦、田道間守を生む。〕（同、垂仁261頁）

をはじめ多くの用例がある。福田良輔氏の調査に拠れば、この用法は第七類の一つの用法に分類されるが、第七類は五五八例用いられている(24)。

その他、古風土記・万葉集・正倉院文書と幅広く用いられており、この「之」が見られない上代文献は漢詩集である『懐風藻』と、宣命体で書かれる『続日本紀宣命』と『延喜式祝詞』のみである。

「之」の文末助辞用法は、このように広く上代に用いられている。この「之」の用法は、後述するように漢文にも皆無とは言えないが、やはり稀用と言わざるを得ないだろう。我が国上代の文末助辞「之」の多用の直接的原因は、古代朝鮮半島に求めざるを得ないだろう。

2　古代朝鮮半島金石文の「之」

南豊鉉氏は、三国（百済・新羅・高句麗）時代の金石文に現れる文末の「之」について、本来「之」は漢文に於いては指示代名詞であり動詞の目的語としてよく文末に現れるものであり、語気詞「也」と比肩する機能で用いられることは極めて稀であるが、初期吏読では「也」よりも「之」の頻度が絶対的に優勢であり、このことは「之」が既に国語の終結語尾に対応させて使われていたと言うことができると述べるとともに、この「之」は八世紀の発達した吏読文においても、国語で読まれる外ない終結語尾表記として使用されていることも、その裏付けとなる[25]と述べられている。

早くは、**広開土大王碑**の末尾「其有違令、売者刑之、買人制令守墓之。〔其れ、令に違ふこと有らば、売者は刑し、買人は制《とら》へて墓を守ら令めよ。〕」、**高句麗城壁刻書**の冒頭「自此西北行渉之。〔此より西北へ行渉せり。〕」、**迎日冷水里新羅碑**の「取財物、尽令節居利得之、教耳。〔財物を取るは、尽く節居利をして得しむると教へるのみ。〕」、**壬申誓記石**「若国不安大乱世可容行誓之。〔若し国安からず大乱の世となるとも容るる可く行ふことを誓ふ。〕」など[26]のように用いられる。

古代中国に於いても「之」が「也」と同様に用いられる例は存在する。裴學海『古書虚字集釋』（一九五四年）は、「之」は、猶「也」のごときなりとし、論語・管子・荀子・墨子などから数例挙例している。また「之」は、猶「兮」のごときなり、語末或いは句末の助詞なりとして、左伝・毛詩から数例を挙げている。これは『文言文虚詞大詞典』（一九九一年）においても、助詞⑭として「也、了。」の義で「句末に位置し、決定を表す語気詞である。」と説明され、助詞⑮には「兮」の義で「感歎の助辞である。」と解説されている。また、助詞⑧には「動詞の後に位置し、実際の意義はなく、必ずしも訳出できるものではない」として、左伝荘公十年の「公将鼓之。〔公まさにつづみうたむとす〕」……公将馳之。〔公まさに馳せむとす〕」などの例を挙げる。

これらの用法が、百済・新羅・高句麗三国時代の金石文の終結語尾の用法の淵源であると思われる。

この「之」は、小倉進平氏ら黎明期の吏読研究では動詞の終止形語尾とされていた[27]ものであり、その意味では、上記⑧の用法に通ずると理解されていたと思われる。また、鮎貝房之進氏は、「之」は俗漢文にも吏文にも結辞として古金石文には多く用いられており、「也」と同じく結辞として用いられるとされた。[28]この意味では上記⑭に通ずると理解されていたと思われる。現代の韓国では、先に挙げた南豊鉉氏の理解が主流である。その淵源は漢文にあるが、三国時代には既に国語の終結語尾表記となっていたと考えられる。

3　日本書紀の文末助辞「之」

西宮一民氏は、日本書紀に見られる文末の「之」について、特に自動詞につく「之」が、史記・漢書・後漢書・三国志・芸文類聚・文選・仏典などには見られず、淮南子・孟子・墨子・荀子・楚辞などに見えることを指摘した上で、口頭的語気を多く含む文献のうち、上記文献には稀には現れる「之」助辞の特殊な用法を日本書紀述作者は「矣」「兮」「焉」「也」などに相当するものとして愛用したのではないかと述べられ、[29]吏読の影響を否定されている。

これについて、藤井茂利氏は、推古遺文に見られる文末の助辞「之」とともに、朝鮮漢文の一つの癖が現れたものと見られている。[30]また、森博達氏も、この用法を正格漢文では誤用ではなく奇用であり、朝鮮の俗漢文や日本の和化漢文にしばしば見られることを指摘された上で、日本書紀に於いて、この「之」が多用されるのは所謂β群（日本人述作の巻）であり、α群（中国人述作の巻）にはわずかであること、α群にあっては欽明紀など百済資料に依拠したと思われる巻に多用され、それは原資料を尊重した「準引用文」であるからであると述べられている。[31]

日本書紀が潤色に用い、また編纂時代の官人に広く読まれた史記・漢書・後漢書・三国志・芸文類聚・文選・

仏典などに見られぬ奇用の「之」が、何故日本書紀β群に多用されるのかを考えれば、やはり古代朝鮮半島の終結語尾表記の影響を思わざるを得ないだろう。

4　論語の習書木簡

さて、書記の側から「之」の問題を概観したが、漢文訓読の面から考察する材料が出土した。**観音寺論語木簡**がそれであるが、まず今日確認される論語の習書木簡から見ていきたい。

『長野県屋代遺跡群出土木簡』（長野県埋蔵文化財センター）は、一九九六年に公刊されたが、三五号・四五号の釈文について、木簡研究第二〇号（一九九八年）所載の「七世紀の屋代木簡」（傳田伊史氏）及び木簡研究第二二号（二〇〇〇年）「釈文の訂正と追加」によって訂正が以下のようになされた。

①三五号　子曰學是不思

②四五号　・亦楽乎人不知而不慍

これによって①は、為政篇の「子曰、学而不思則罔。［子曰く、学びて思はざれば則ち罔し］」、②は学而篇「子曰、学而時習之、不亦説乎。有朋自遠方来、不亦樂乎。人不知而不慍、不亦君子乎。［子曰く、学びて時に之を習ふ、亦た説ばしからずや。朋有り、遠方より来る、亦た楽しからずや。人知らずして慍みず、亦た君子ならずや。］」（論語の本文は『新編諸子集成』に拠り、訓読は、金谷治訳注岩波文庫に拠った）の傍点部分の習書であることが判明した。観音寺木簡とともに、『論語』の学習は七世紀に始まっていたこと、それは信濃・阿波という地方まで拡がっていたこと等を知る画期的な文字史料となった。

さて、論語の一節を習書した木簡には、

飛鳥池遺跡

③・観世音経巻　　　飛鳥・藤原宮発掘調査出土木簡概報十三・一八頁

・子曰学□□是是

・支為□昭支照而為（左側面）

藤原宮

④糞土墻墻糞墻賦　　　藤原宮跡―木簡―・二八頁

⑤・子曰学而不□　　　藤原宮木簡二・七六頁

・□水明□□

奈良・阪原阪戸遺跡

⑥□□夫子之求之與其諸異乎　　　木簡研究第一六号・三五頁

平城京

⑦・曰上　　不□　　我学

□《子カ》子曰　学而時習之□《学カ》

・□□識　　曰子　　　平城宮発掘調査出土木簡概報三十四・二九頁

などが知られるが、①④⑤を除きすべて学而篇の習書であること確認される。⑥は学而篇の「夫子之求之也、其諸異乎人之求之與。〔夫子の之を求むるや、其れ諸れ人の之を求むるに異なるか。〕」の一部であり、③も学而篇の冒頭である可能性が高い。④は東野治之氏の指摘されるように公冶長篇に基づく習書であるが[32]、飛び飛びに字を拾い抜きしている点で他と性格を異にしている。⑤は『藤原宮木簡二』（解説七六頁）・『上代木簡資料集成』（おうふう、一九九四年一五九頁）とも、学而篇の有名な「子曰学而不習……」の部分の習書とするが、①と同様に為政篇の習書と見るべきであろう。冒頭の習書が大半を占めることは『千字文』の習書木簡にも共通する特徴である。

さて、七世紀第Ⅱ四半期と報告される観音寺の論語木簡は、字順に着目される。

・□□依□《還カ》□乎□止□《耳カ》所中□□□
・□□□□乎
・子曰学而習時不孤□乎□自朋遠方来亦時楽乎人□《知カ》亦不慍（左側面）
・［　　］用作必□□□□□《兵カ》人［　］□《刀カ》（右側面）

木簡研究第二〇号・二〇八頁

これは当時の訓読に基づいて習書した可能性が高い。

山田孝雄氏は、「九四或之（易・乾卦）」「学而時習之（論語・学而）」「日有食之（左伝・隠三）」などの諸例を挙げて、「いづれも、国語にては「之」字をよまずしても可なるものなり」と述べられ、静嘉堂文庫蔵の『論語集解』の古訓ではこの「之」は訓まれていない[33]ことを指摘されている。この観音寺木簡の書記者の場合も「子曰く、学びて時に習ふ。」といった訓読を暗誦していたものと思われる。「習時」については、前節で述べた通り、当時既に「ヲニトアヘバカヘル」式の訓読法が存し、記憶していた冒頭文を記した結果、「時に習う」の「ニ」に牽かれて倒置してしまった可能性が想定される[34]。「之」の欠落も記憶していた訓読に依拠したためであろう。また、「朋《とも》遠方自《よ》り来る有り」の訓読から、

□自朋遠方来（観音寺木簡）
有朋自遠方来（論語）

右のような倒置が生じたことも推測される。後藤点では、「朋有り、遠方より来る」と訓むが、道春点、清原家の古点をはじめ「朋遠方より来る有り」と訓む方が古いという指摘も参考になろう。(35) また、武内義雄氏は学而篇の冒頭を以下のように訓まれている。(36)

子曰く、学びて時に習ふ、亦説(悦)しからずや。有朋《とも》(友朋)遠方より来る、亦楽しからずや。

観音寺木簡の書記者の暗誦していた訓読もこのような訓みだったのではないだろうか。

観音寺の論語木簡は、訓読を暗誦した結果生じた語順の誤り、助辞「之」の欠落であることが容易に推測されるのである。

太宰春台は『倭読要領』「読書法」(勉誠社文庫66)において、華音で読むことを奨励し、倭語で読む五害を挙げている。その一に、倭音で誦すれば字音を混同すること、その二に、倭訓にて誦すれば字義混同すること、その三に転倒読みでは句法や字法を皆失うこと、その四に助語辞を皆遺漏すること、その五に、句読が明らかにならないことを挙げる。

太宰春台の挙げる五害の中、その三、その四が観音寺論語木簡に見られる。

観音寺木簡の唯一例によって、七世紀の漢文訓読の一端を論じることには慎重を期さねばならない。単なる誤写と考える余地も残される。しかし、記憶した訓読に依拠したと想定して矛盾なく理解できることのみは確かであろう。

5　宣長の訓読観と論語

本居宣長はその著『漢字三音考』において、記紀に依拠し、応神天皇の御世に百済より和迩・阿直という博士が渡り、論語などの漢籍を貢献したことが、漢字漢籍の参入《まゐ》れる始めであると述べた上で、その読解法について次のように述べている。

カクテ皇子宇治ノ若郎子《ワキイラツコ》彼ノ二人ヲ師トシテ。始メテ其ノ漢籍ヲ讀タマヒテ。皆能ク通達《サトリ》タマヒシヿ正史ニ見エタリ。抑漢字ノ音ヲ知ラデハ。漢籍ハ讀コトアタハズ。又此方ニテハ。訓ナクテハ其文義ヲ解《サト》ルヿアタハザルワザナルニ。タトヘバ論語ヲヨマムニ。首《ハジメ》ニ論語巻之一トアル論語。學而第一トアル學而。子ノ曰トアル子ノ字ナド。皆必音讀ニスベケレバ。其音ヲ知ラデハ讀コトアタハズ。サテ學テ而時習レ之ヲハ訓ニ讀ム。但シコレハガクシテジシフスト音ニモヨムベケレド。亦不レ楽乎ナドハ。必訓ニヨマズバアルベカラザレバ。訓モナクテハカナハズ。タトヒ音ニヨム𪜈。學ハマナブ也。而ハテノ意也。時ハヨリヨリ也。習ハナラフ也トヤウニ知ラザレバ。其義通ジガタシ。如此クニ知ルハ即チ訓也。サテ今訓ト云ルハ。漢字ニ皇國言ヲアテタルヲ云也。凡テ訓トハ。字ニツキテコソ云ベキ称ナレ。世ニ皇國言ヲウチマカセテ訓ト云ハヒガコト也。彼皇子ノサバカリ善ク了達シタマヒテ。同御世ニ高麗國王ヨリ使ヲ奉遣《マダ》セシ時ニ。其表ヲ讀タマフニ。無禮ナル詞ノアリシニヨリテ。其使ヲ責《セメ》タマヒシヿナドモ見エタレバ。當時《ソノカミ》既ニ此方ニテ讀ベキ音モ訓モ定マレリシナリ。若シ音訓ナクバ。イカデカ善ク讀テ其表文ノ无禮ナルヲ辨ヘ知リタマフバカリニハ了解《サトリ》タマハム。然ルヲ或説ニ。ソノカミ和仁《ワニ》ガ始メテ教ヘ奉リシハ。漢國ノ讀法ノ如クニテ。イマダ和讀ノ法ハアルベカラズト云ルハ非也。此方ノ人ハ。イカホドヨク學問シテモ。訓讀ナラデハ義理通ゼズ。近世儒者ノ説ニ。ヨク漢籍ニ熟シ唐音ニ達シヌレバ。訓讀ニヨラズ。彼國ノ法ノ如ク直讀ニシテモ。ヨク通暁スト云ハ。甚虚妄ノ言也。タトヒ口ニハ直讀ニシテモ。心ニハ訓讀セザレバ義通ゼズ。人ニハ右ノ如ク教ル者モ。實ニハ自《ミ》モ訓讀ノ法ニ依ラザルヿヲ得ズト知ルベシ。

（勉誠社文庫67『漢字三音考・地名字音転用例』三〇〜三一頁）

宣長は字音直読を虚妄の言とし、訓に拠らねば義は通じない、訓読せねば意味は理解できないと述べる。伝来当時既に音も訓も定まっていたという指摘には、疑念を禁じ得ないが、句法や構文までに配慮の行き届いた体系的な漢文訓読はともかく、宣長の言うように「学」「時」「習」「楽」「而」などの基本的な名詞・動詞等には、既に訓が附せられていたという推測は許されるのではないかと思われる。

宣長は、最初に伝来したとされる『論語』を具体例として説明するが、記紀の所伝は史実というよりも、記紀編纂当時の信頼するに足る伝承であったと見るべきであろう。宣長自身『古事記伝』で『千字文』について「此《コ》は実には遙《ハルカ》かに後に渡参来《リマヰキ》つるよしに、其書重《オモ》く用ひられて、殊に世間《ヨノナカ》に普《アマネ》く習誦《ナラヒヨ》む書なりしからに、世には応神天皇の御世に和迩吉師《ワニキシ》が持参来《モチマヰキ》つるよしに、語《リ》伝へたりしなるべし、」（『本居宣長全集第十一巻』筑摩書房、一九六九年、五〇九頁）と指摘する通りであろう。東野治之氏は、藤原宮跡出土木簡から、「少なくとも八世紀初頭には『論語』・『千字文』が下級官人の間で学ばれていたこと」、諸書に典拠として用いられるところから、「我国では『論語』や『千字文』が初学の教科書であると同時に、ひとかどの典籍と意識されていたこと」(37)を指摘されている。最初に伝来した書として最もふさわしいとする認識が『古事記』の記事に反映されたものと見て良いだろう。

東野氏の言う「八世紀初頭」は、昭和五〇年代の状況に依拠するものであり、今日では屋代木簡・観音寺木簡から見て、さらにさかのぼることは間違いない。

6　文末の「之」の訓読

観音寺論語木簡に欠落した「之」が訓読を暗誦した結果であるとすれば、今日の「時に之を習ふ」と「之」を読む訓読ではなく、文末助辞として「之」を読まぬ訓読法が存したことになる。

現存最古の訓点資料の一つである西大寺本金光明最勝王経古点でも、春日政治氏『西大寺本金光明最勝王経古点の国語学的研究』に従えば、文末の「之」は、以下のように不読である。

a佛言「善男子、諦《あきらか》に聽キて諦に聽ケ、善クセヨ、思念セヨ［ィ善ク思セヨ念セヨ］［之］。佛言善男子。諦聽諦聽。善思念之。（一二一頁六行）

b當に諦に聽キ善ク思し念す應し［之］。應當諦聽善思念之。（七九頁四行）

c佛、菩提樹神善女天に告（は）ク、「諦に聽キ諦に聽ケ、善ク思（せ）ヨ念（せ）ヨ［之］。佛告菩提樹神善女天諦聽諦聽善思念之（一七四頁八行）

このように「之」を文末助辞として不読にする訓読法の淵源に思いを馳せれば、やはり半島三国時代の訓読に辿りつかざるを得ないだろう。

古代朝鮮半島における漢文訓読の実態は確認できない。原則的に漢字を音読み以外に使用しない現代韓国の漢文訓読からはもちろん、中世の口訣（漢文読解の為に、本文の右傍に書き入れられた活用語尾・助詞・助動詞などの文法要素の表記）による読解法もそのまま古代へ直結するものではないと思われる。但し、『三国史記』『三国遺事』の固有名詞表記に訓に依る表記が少なくないことから類推すれば、古代の漢文読解の方法は、訓を大量に使用した読み方であったと考えられる。口訣に使用される吐にも、為の訓 ha を利用した「ソ」や、飛の訓 nal の na を利用した「飞」をはじめ、訓を利用したものが多々あることは、漢文本文も訓で読まれた可能性を示唆する。(38)

そして、そこに三国時代の金石文の漢字の用法を加味して、逆に漢文訓読を類推することが許されれば、このような文末の「之」の不読も、古代朝鮮半島で行われた漢文訓読の方法であった可能性が高いと言わざるを得ない。

今世紀に入って韓国から論語木簡の発見が相次いだ。まず二〇〇一年釜山大学校博物館による金海市鳳凰洞の発掘調査において発見された六世紀後葉から七世紀初とされる「金海鳳凰洞木簡」(39)、続いて二〇〇五年、仁川桂陽山城で発見された「仁川桂陽山城木簡」で、ともに『論語』公治長篇を記している。(40) 前者については、釜山大学校博物館長・申敬澈教授のご厚意で実物を手に取ることができた。「欲」の字体など、平城宮木簡［平城宮木簡三・木簡番号3068］「・□〔申ヵ〕〇以今月七日欲私蘆罷・〇五月七日」と酷似しており興味は尽きなかった。

伝承とは言え、我が国における漢字漢文の始まりとして、百済の和迩博士が論語を教授したということは、観音寺論語木簡と思い合わせれば極めて象徴的である。漢文訓読においても古代朝鮮半島の方法が伝授されたものと思われる。

【注】

（1） 李基文氏『国語史概説』（塔出版社、一九六一年ソウル）三六頁・「高句麗의 言語와 그特徵」白山學報四（一九六八年ソウル）

（2） 森博達氏「『倭人伝』の地名と人名」日本の古代I『倭人の登場』所載（一九八五年一一月）一六六頁～一六七頁

（3） 馬淵和夫氏「日本書紀の中の朝鮮資料をとおしてみた古代朝鮮語と古代日本語の音韻組織の対比について」MÈLANGES OFFERTS AM. CHARLES HAGUNAUER（一九八〇年パリ）・「『三国史記』記載の百済地名より見た古代百済語の考察」文芸言語研究・言語篇3（一九七八年）・「『三国史記』記載の「高句麗」地名より見た古代高句麗語の考察」文芸言語研究・言語篇4（一九七九年）・「『三国史記』記載の新羅の地名・人名より見た古代百済語の考察」文芸言語研究・言語篇5（一九八〇年）→『古代日本語の姿』（武蔵野書院、一九九九年）所収

（4） a安田尚道氏「上代日本の金石文等に見える『〇月中』の源流について」青山語文一三号（一九八三年三月）・b福

永光司氏『道教と古代日本』（人文書院、一九八七年二月）一六三頁・c藤本幸夫氏「『中』字攷」『論集日本語研究（二）歴史編』所載（一九八六年）

（5）シンポジウム『鉄剣の謎と古代日本』（新潮社、一九七九年一月）七九頁

（6）シンポジウム『鉄剣の謎と古代日本』（新潮社、一九七九年一月）八二頁〜八三頁

（7）宮崎市定氏『謎の七支刀』（中公新書、一九八三年九月）一二四頁〜一二八頁

（8）藤本幸夫氏「『中』字攷」『論集日本語研究（二）歴史編』所載（一九八六年）四一五頁

（9）漢語漢文とのピジン・クレオール説は、拙稿「漢字で書かれたことば——訓読的思惟をめぐって——」国語と国文学第七六巻五号特集号『文字』（東京大学国語国文学会、一九九九年五月）が初出かと思うが、後に西澤一光氏「上代書記体系の多元化をめぐつて」『万葉集研究』第二五集（塙書房、二〇〇一年一〇月）も、同様な見解を提示された。

（10）南豊鉉氏『借字表記法研究』（檀大出版部、一九八一年八月ソウル）一一頁〜一八頁

（11）山口佳紀氏『古代日本文体史論考』（有精堂、一九九三年四月）一九頁に於いて「平安初期の訓読法は、後世に比べると、比較的柔軟であったから、それ以前はさらに自由度の高いものであった。」と推定される。この場合、「それ以前」とは奈良時代を指すとも思われるが、ここではさらに遡って、訓読法確立以前の試行錯誤の状況、自由と言うよりもたどたどしい文体を想像している。

（12）沖森卓也氏「音訓交用について」『国語研究』（一九九三年一〇月）→『日本古代の表記と文体』（吉川弘文館、二〇〇〇年）所収

（13）沖森卓也氏「和文体の成立」『東京大学国語研究室創設百周年国語研究論集』（一九九八年二月）→『日本古代の表記と文体』（吉川弘文館、二〇〇〇年）所収

（14）木簡研究第二〇号（一九九八年一一月）二一一頁　これについては、一九九八年一二月六日の木簡学会において、六二五〜六四〇年頃の地層からの出土との報告に対して、多くの疑義が差し挟まれ、未だこの年代については慎重に対処せざるを得ない。

（15）寺崎保広氏「飛鳥池遺跡出土の木簡」奈文研年報一九九八—Ⅱ・飛鳥藤原宮発掘調査出土木簡概報一三（一九九八年九月）

（16）この点、奥村悦三氏が、「話すことと書くことの間」国語と国文学第六八巻五号（一九九一年五月）に於いて、「当此之時」などを挙例し、「上代の日本散文について、話すことばから書くことばが自ずと生まれてきたとは、いまだ、信じられない。」と言われるのに強く賛同する。

（17）a沖森卓也氏「上代文献における『有・在』字」国語と国文学第五八巻六号（一九八一年六月）→『日本古代の文字と表記』（吉川弘文館、二〇〇九年）所収・b森博達氏「日本語と中国語の交流」『日本の古代Ⅰことばと文字』所載（中央公論社、一九八八年三月）・c馮良珍氏「日本書紀の中の日本語思惟の跡」横浜国大国語研究第九号（一九九一年三月）・d榎本福寿氏「『日本書紀』の使役表現」仏教大学文学部論集第七七号（一九九二年一二月）・「『日本書紀』の被動式に異議あり」『和漢比較文学叢書一〇記紀と漢文学』所載（汲古書院、一九九三年九月）など

（18）a森博達氏「日本語と中国語の交流」『日本の古代Ⅰことばと文字』所載（中央公論社、一九八八年三月）・b武光誠氏「七世紀の漢語と日本漢文」『古代国家の歴史と伝承』所載（吉川弘文館、一九九二年三月）

（19）沖森卓也氏「風土記の文体について」『小林芳規博士退官記念国語学論集』所載（汲古書院、一九九二年三月）→『日本古代の表記と文体』（吉川弘文館、二〇〇〇年）所収

（20）橋本雅之氏「『常陸国風土記』註釈（四）」風土記研究第二二号（一九九六年一一月）

（21）神野志隆光氏「文字とことば・『日本語』として書くこと」『万葉集研究』第二一集（塙書房、一九九七年三月）では、山ノ上碑の例などを挙例した上で、「日本語として書くことは、そのように訓読の上にありえた。」とされるが、筆者も基本的に同じ立場に立っている。

（22）早川庄八氏『日本古代の文書と典籍』（吉川弘文館、一九九七年五月）七四頁では、「『宛先の前に申す』という書様については、日本の場合は、むしろ口頭伝達の文書化という契機を考慮すべきなのではなかろうか。」と述べられる。さらに、小谷博泰氏は、一九九八年九月一二日上代文学会〈書くことの文学〉研究会において、具体例を豊富に挙げら

れ「藤原宮木簡は和風傾向が強く、明らかに和文として口読されるように書かれている」とされた。『上代文学と木簡の研究』（和泉書院、一九九九年一月）二七二頁

(23) 山田孝雄氏『漢文の訓読によりて伝へられたる語法』（宝文館、一九三五年）三四五〜三五八頁

(24) 福田良輔氏「書紀に見えてゐる『之』字について」台北帝国大学文学科研究年報第一輯（一九三四年五月）→『古代語文ノート』（桜楓社、一九六四年）所収

(25) 南豊鉉氏『吏読研究』（大學社、二〇〇〇年ソウル）一〇八頁・拙訳

(26) 『韓国金石遺文』（一志社、一九七六年ソウル）及び注25等から金石文を抜粋した。古代新羅語・古代高句麗語で訓読されたことが想定される文を日本語で訓読することには無理があるが、便宜的に訓読を施した。

(27) 『小倉進平博士著作集二』（京都大学国文学会、一九二九年）三四四頁・四四二頁等

(28) 鮎貝房之進氏『雑攷俗字攷・俗文攷・借字攷』（国書刊行会、一九七二年）三七〇頁

(29) 西宮一民氏『日本上代の文章と表記』（風間書房、一九七〇年）一七八〜一八八頁

(30) 藤井茂利氏『古代日本語の表記法研究』（近代文芸社、一九九六年）一一二頁

(31) 森博達氏「日本書紀の研究方法と今後の課題」『東アジアの古代文化』一〇六号（二〇〇一年二月）

(32) 東野治之氏『正倉院文書と木簡の研究』（塙書房、一九七七年）一二六頁

(33) 注23同

(34) 第一章　第二節　訓を用いて書くこと

(35) 金谷治訳注『論語』（岩波文庫、一九六三年）一七頁

(36) 武内義雄氏『論語之研究』（岩波書店、一九三九年）二三二頁

(37) 注32同、一二五〜一三七頁

(38) 南豊鉉氏（一九八四年五月訓点語学会発表）によれば、『旧訳仁王経』に書き込まれた訓読記号は一二世紀まで遡れるとされる。これには、動詞を訓読した形跡が確認されている。

（39）　釜山大學校博物館研究叢書第33輯『金海鳳凰洞低濕地遺蹟』釜山大學校博物館（二〇〇七年）

（40）　これらの木簡については、a多田伊織氏「観音寺遺跡出土『論語』木簡の位相」『観音寺遺跡Ⅰ』徳島県埋蔵文化財センター（二〇〇二年三月）・b橋本繁氏「金海出土『論語』木簡について」・「古代朝鮮における『論語』受容再論」『韓国出土木簡の世界』朝鮮文化研究所編（雄山閣、二〇〇六年）に考察がある。今後も日韓の論語木簡について総合的考察を継続する必要性があるが、何よりも新たな論語木簡の発見を期待して止まない。

第二章　風土記の文章表現

第一節　風土記の成立

現存古風土記は、もともと「風土記」の名称を持っていたわけではない。「風土記」の名称は、今のところ奈良時代に存したことは確認できない。和銅の詔にいち早く呼応して制作された『播磨国風土記』『常陸国風土記』は、「解」として成立している。しかし、この二つは同じ「解」であるとは言え、全く相反する文体を有している。前者が古事記に類似した文体を持ち、和文への志向が著しいのに対して、後者は部分的ではあるが六朝美文への志向性が見られる。言うなれば、この二つが風土記の文体の対極にあり、後の天平風土記と称される『出雲国風土記』『豊後国風土記』『肥前国風土記』の文体は、この両者の間にあると言うことができる。

また、内容にも各風土記には差異がある。元明天皇、和銅六（七一三）年五月甲子（二日）の詔の五項目は、以下の通りである。

①畿内七道諸国郡郷名著好字。（畿内と七道との諸の国・郡・郷の名は、好字を著けよ）②其郡内所生、銀銅彩色草

木禽獣魚虫等物、具録色目。（其の郡の内に生れる、銀・銅・彩色・草木・禽獣・魚虫等の物は、具に色目を録せ）③及土地沃塉、（土地の沃塉《よくせき》）④山川原野名号所由、（山川原野の名号の所由）⑤又古老相伝旧聞異事、載于史籍、言上。（また、古老の相伝ふる旧聞・異事は、史籍に載して言上せよ）

『常陸国風土記』は、巻首に「常陸国司。解。申古老相伝旧聞事[1]」とあり、古老相伝旧聞異事に詳しく、⑤に対応して制作されたものであることが確実視されるが、『播磨国風土記』は、その内容から見れば、土地沃塉・山川原野名号所由に詳細であり、「播磨国司。解。申土地沃塉山川原野名号所由事。」と巻首にあったとの推測を可能にする。③④に呼応して制作されたものであろう。このことは、和銅の詔に対して各国の裁量に相当の温度差があったことが認められるだろう。天平以降の成立と考えられる『出雲国風土記』『肥前国風土記』『豊後国風土記』は、①②④プラスαから成り立っている。

一概に「風土記」といっても、その内容、文体はまちまちであるが、遅くとも平安時代には「風土記」という呼称が成立していたと考えられる。それを示す確実な資料は、延喜一四（九一四）年の三善清行「意見封事十二箇条」、延長三（九二五）年十二月十四日太政官符であるが、矢田部公望『日本紀私記』延喜四（九〇四）年～承平六（九三六）年に、肥後国風土記・筑後国風土記の引用が見られ、『年中行事秘抄』建久六（一一九五）年以降所引『官曹事類』延暦二二（八〇三）年にも筑紫、肥後、両国風土記の名が見られる。

したがって、奈良時代には「風土記」の呼称が用いられた確証はないが、中国では、後漢・盧植『冀州風土記』があり、また、晋・周処『風土記』は、『晋書』周処伝・『隋書経籍志』・『文選』李善注・『芸文類聚』などに書名が見える。（時代は降るが本邦の『和名類聚抄』にも七条の引用がある。）『周処風土記[2]』自体の伝来はさておき奈良時代広く読まれた、『文選』『芸文類聚』を通じて、「風土記」という書名や、その内容の一端が知られていた可能性は高い。「解」として成立した『常陸国風土記』『播磨国風土記』ではあるが、大陸の「風土記」を念頭に置いて制作されたという想像も許されるかも知れない。現在のところ、風土記の述作者が参照した可能性のある漢籍として有力なものは『漢書』地理志・『山海経』・『文選』などが指摘されている。(3)

さて、文章を書くということが漢語漢文に依拠してなされる以外にあり得なかった時代において、各国はどのように風土記を述作したのか、何を書こうとしてどのような文体を成立させたのか。

現存の五風土記にしてもその成立事情はまちまちであり、文体もまた編纂された国ごとにさまざまである。また、一国の中でも、切り継ぎの跡を確認できる場合もある。『常陸』は、華麗な六朝美文風の文体とともに、後述するように、正倉院文書（解・移・牒など）や出土木簡から窺えるような日常的な文字使用の在り方をうかがうこともできる。『出雲』にしても、前半の各郡の名号の由来、説話伝説などは倭文体と言えるが、(4)後半部は『山海経』などを参考にし、『文選』に由来する語の利用が目立つ漢文体と見て良いだろう。

さて繰り返すが、文章を書くということが漢語漢文に依拠してなされる以外にあり得なかった時代において、一つに漢語漢文への傾斜の強弱という視点と、その裏返しとも言い得る口頭言語に対する配慮の深浅という観点から、文章制作の意図について、おおよそ次の三分類が可能になる。

A〈漢語漢文で思惟して漢語漢文での筆録を意図した文章〉

B〈訓読的思惟に依拠して漢語漢文での筆録を意図した文章〉

C〈訓読的思惟と口頭言語的思惟が混在し、漢字での筆録を意図した文章〉

Aは、『常陸』の総記と景表現がこれに当たると見て良い。Bは、文字記載を想定して、訓読語・訓読文で思惟し、それを漢語漢文の枠にあてはめる方法であり、『常陸』・『豊後』・『肥前』の多くの部分はこの方法によって書かれたと見て良い。Cは、『播磨』全体と『出雲』の各郡の前半部がその典型と見られる。Bには和習があり、Cには国語表現を文字記載しようとする積極性がある。

第二節　特徴的表現

現存の五つの古風土記の中、筆録者が記載されるのは、『出雲』のみである。各郡ごとに末尾に責任者の位階勲等と姓が記されて、巻末には、全体の統括者である国造、出雲臣広嶋の名と、実際の筆録に当たったと思われる神宅臣金(全)太理の名が記されている。『出雲』の場合、国司ではなく、国造であるという特殊事情があるが、おそらく、『常陸』『播磨』などの多くの風土記は、各郡ごとに文書を提出させ、国庁で編集作業が行われたものと考えられる。『豊後』『肥前』などの西海道(九州)風土記は、一括して大宰府で編集された可能性が高い。ともあれ、風土記の文章には、各郡から提出された文書の表現を継承した部分と、全体を統合した筆録者自身の手による表現とがあると見て良いだろう。それにしても最終的筆録者の表記意識の外にある表現は存しないことになる。したがって、それぞれの風土記にはその風土記特有の表現があり、風土記ごとに緩やかではあるが全体として統制のとれた文体となっている。五つの古風土記のそれぞれの表現の特徴を見極めるために、まずは、風土記ごとに対立が顕著な表現を幾つか取り挙げて、木簡・金石文、『古事記』『日本書紀』などの他の上代文献との比較も試みながら、各国風土記の特徴を概観しておこう。

1　仕奉

「つかへまつる」の表記は、国内での淵源は五世紀の金石文の「奉事」に求められる。漢籍にも散見する表記であり、『稲荷山鉄剣銘』・『江田船山古墳出土太刀銘』に見られる。一方、「奉仕」は、漢籍になく、現代韓国は用例を持つとは言え、中世までは遡れない（恐らくは日帝支配当時の移入語と思われる）から、我が国独自の表記であると言い得る。確実視される最古の例としては、『船首王後墓誌銘』六六八年が挙げられる（『元興寺露盤銘』にも見られるが、この成立年代には諸説がある。ここでは五九六年説は採らない）から、遅くとも七世紀には用いられていたことが想定される。返読を必要としない「仕奉」は、確実視される最古の例は『伊福吉部徳足比売墓誌銘』七一〇年であるが、『法隆寺金堂薬師仏光背銘』[5]にも見られ、『古事記』はこれを専用するから、遅くとも八世紀初頭には通用していたものと想定される。『日本書紀』には、「奉事」「奉仕」「仕奉」の三者とも用いられるが、これは編者の相違や、原資料への依存が考えられる。『万葉集』は「仕奉」九例に対し、「奉仕」四例であるが、「奉仕」には「つかふ」「まつろふ」の訓もあるから、「つかへまつる」の表記としては「仕奉」が中心であったことがわかる。当時の日常的な表記を最も反映していると考えられる上代の木簡からは、今のところ「仕奉」以外の表記は見当たらない。

さて、風土記での使用例を確認すると、「奉事」「奉仕」は見られず、「仕奉」のみが四例用いられる。

『播磨国風土記』三例

賀古郡22別嬢掃レ床仕奉出雲臣比須良比賣、給二於息長命一。

（別嬢《わきいらつめ》の床掃へ仕へ奉れる出雲臣比須良比賣を息長命に給《つ》ぎたまひき。）

餝磨郡42稱二安師一者、倭穴无神々戸託仕奉。故號二穴師一。

（安師《あなし》と稱ふは、倭の穴无《あなし》の神の神戸に託《つ》きて仕へ奉る。）

揖保郡48但馬君小津……、造二三宅於此村一令二仕奉一之。

（但馬君小津……、三宅を此の村に造りて仕へ奉らしめたまひき。）

『豊後国風土記』一例

日田郡288邑阿自、仕二奉靫部一。（邑阿自《おほあし》、靫部に仕へ奉りき。）

これは、『播磨』が最も国語的な表記を用いていることの徴証の一つとなろう。『豊後』『肥前』は、後に明らかにするように最も漢文に近い文章であるが、『豊後』に一例のみとは言え「仕奉」が用いられるのは、「仕奉」が当時最も日常的な表記であり、漢語漢文での筆録を意図した最終的筆録者の注意を喚起しなかったためであろう。やはり、同様に漢語漢文を志向した『日本書紀』にも「仕奉」が用いられることが参考になる。

2 還

続いて、「還」の副詞用法を取り挙げたい。「還」は上代文献に於いて多く実辞（動詞）として用いられ、助辞（副詞）として用いられることは少ない。(6) 上代の主な使用例は【表Ⅰ】の通りである。

助辞用法は、結果として和習を含むにせよ、外見上漢語漢文での筆録を意図したと考えられる文章、『日本書紀』・『懐風藻』・『万葉集』中の詩文、或いは「仏足石記」中の「西域伝」所引部分に用いられるほか、一部に六朝美文を模したかの文章を有する『常陸』など、より漢語漢文を志向した文章に用いられることが注目される。それに対して、木簡は、当時の日常的な表記が主体である為か、副詞用法は一例も見られず、韻文である万葉集も、「帰る」と掛けたとも指摘される例が唯一例存するのみである。

【表Ⅰ】

日本書紀……総数二六一例中	動詞二四三例	副詞一八例
古事記……総数　四九例中	動詞　四六例	副詞　三例
懐風藻（伝一例含）総数　一二例中	動詞　五例	副詞　七例
常陸国風土記……総数　五例中	動詞　二例	副詞　三例
風土記出播豊肥……総数　一四例中	動詞　一四例	
木簡……総数　一一例中	動詞　一一例	
万葉集歌……総数　五五例中	動詞　五四例	副詞　一例
題詞左注……総数　一九例中	動詞　一九例	
詩文……総数　三例中	動詞　二例	副詞　一例
金石文……総数　一例中		副詞　一例

風土記では、『常陸』以外の『出雲』・『播磨』・『豊後』・『肥前』などには動詞の用例しか存在しない。但し『丹後国風土記』逸文の「浦嶼子《うらしまこ》」には、

逸丹後482嶼子。即乖違期要。還知復難會。（嶼子《しまこ》、即ち期要《ちぎり》に乖違《たが》ひて、還復《またふたた》び会ひ難きことを知る）

の例がある。これも六朝美文を模倣した文章であり、当代一流の漢籍教養人、伊預部馬養の筆になる可能性が高いが、『常陸』もまた伊預部馬養に比肩する漢籍教養人の手が入っていることの徴証の一つになろう。『常陸』の用例は以下の通りである。

行方郡376其北枝、自垂觸地、還聳空中。（其の北の枝は自づから垂れて地《つち》に触《ふ》り、還《また》、空に聳ゆ）

行方郡378即還。發耕田一十町餘。（即ち、還《また》、耕田《つくりだ》一十町餘を發《ひら》く）

香島郡398既釋故戀之積疹。還起新歡之頻咲。（既に、故《ふる》き恋の積もれる疹《やまひ》を釈《と》き、還《また》、新たなる歓びの頻《し》きる咲《えまひ》を起こす）

とりわけ、最後の用例は、『常陸』の中で、最も美文的な文章中のもので「既」と呼応して用いられている。「かねてからの恋心の積もりに積もった苦しみを和らげるばかりではなく、また同時に……」との意に解される。

3　所以

続いて「所以」の用法を取り挙げる。「所以」は、文言では、下の句を承け「～たる所以は」の意であり、口語では前の句を承け「ゆえに」の意である。最も明確に使い分けているのが古事記であり、序文では口語用法（二例）のみが用いられ、本文では文語用法（「所以～者」一三例、「所以～乎」一例）のみが用いられる。(7)

この本文の「所以～者」から文章を始め、理由を説明し、「故～。」と話題を完結させる叙述法は、漢訳仏典にも散見するが、ものの起源を説明する上代説話の叙述パターンとして、風土記でも広く用いられている。一方、口語用法は、大陸では『三国志』あたりから文章中にも現れ始め、仏典、敦煌変文などでも広く用いられるようになる。

風土記での使用状況は【表Ⅱ】の通りである。

【表Ⅱ】

	常陸	播磨	出雲	肥前	豊後
文語	三	九四	一三	一	○
口語	四	四	○	一	○

漢籍教養人の手が入ったと想定される『常陸』、基本的に漢文で書かれている『肥前』には、口語用法も見られる。それに対して、『出雲』は、全用例が「所以號地名者」に始まる地名起源譚に用いられ、類型化したものとなっている。『播磨』も、「所以號地名者」四二例、「所以名地名者」一六例、「所以稱地名者」一六例、「所以云地名者」六例など類型化した表現となっている。但し、口語用法が、餝磨郡と揖保郡に二例ずつ見えてい

る。

『播磨』は、現存古風土記中、漢籍の教養に依拠した表現が最も希薄である。文頭を接続語・指示語で始めることが著しく、矢嶋泉氏の調査に拠れば、接続語の文頭使用率は、『出雲』の14％に対して、その倍以上の37％にも上る。(8) この使用状況は、他の古風土記よりも、むしろ『古事記』に接近した傾向を示すと言える。こうした『古事記』と『播磨』との叙述法の類似は、接続語「爾」が上代文献でこの両者にのみ用いられることと無縁ではないだろう。(9)

この「所以〜者」も『古事記』に見られる類型化した表現であり、「所以〜者……故〜。」にと「故」に呼応するべきものである。すなわち、「○○のゆゑは」に始まり、「故《かれ》○○。」で終わるべきものであるが、両者の間にいくつもの短文が入り込み、呼応関係がわかりにくいことがしばしばある。その最たるものとして、『古事記』の大国主神の条の「所以避者」（避りしゆゑは）［五一頁八行］を挙げることができる。「所以避者」に始まり、稲羽の素兎の話、八十神の迫害の話、根の堅州国訪問の話があり、六九行隔てて、「故、持其大刀・弓、追避其八十神之時、毎坂御尾追伏、毎河瀬追撥而、始作國也。」（故、其の大刀・弓を持ちて、其の八十神を追ひ避りし時に、……始めて国を作き）［五六頁一一行］に呼応する。このような叙述を『播磨』も有している。「所以號褶墓者」（褶墓となづくるゆゑは）［一八頁五行］に始まり、幾つかの地名起源を挟みながら、「故號褶墓。」（故、褶墓となづく）［二二頁九行］に呼応する。両者ともに、ここでこの話が完結すると言うよりも、むしろ関連の一続きの話がさらに続く点も共通する（古典大系・新編古典全集をはじめ、ここで段落を切っていない）。

さて、『播磨』は、全体として平板な文章で綴られ、どの郡の文章も大差ないように見受けられるが、それでも幾つか郡ごとの特徴が指摘されている。上記の「所以號地名者」四二例、「所以名地名者」一六例、「所以稱

「地名者」一六例、「所以云地名者」六例など類型化した表現の中、「所以稱～者」は、餝磨郡と揖保郡のみに用いられる。また、「所以～者」に対応する「故～。」は、『播磨』では、「故曰～。」と、「故号～。」の二種が用いられるが、既に小野田光雄氏に集計があるように(10)、餝磨郡と揖保郡のみが、「故号～。」を多用する。

小野田光雄氏は、『播磨国風土記』を形式内容両面に、国造本紀を加味して、以下のように三分類している。

A群 {明石、賀古} 明石国
　　{印南、美嚢}
B群 {託賀、賀毛} 針間鴨国
　　{餝磨、神前} 針間国
　　{揖保}
C群 {讃容、宍禾}

先述の、「所以」の口語用法が、餝磨郡と揖保郡とのみに用いられる点も、この分類を支持することになる。

さて、『肥前』の唯一例は、次の文章中に用いられる。

松浦郡328皇后曰、「甚希見物。」希見謂梅豆羅志。因曰希見國。今訛謂松浦郡。所以、此國婦女、孟夏四月、常以針釣之年魚。男夫雖釣、不能獲之。

皇后、のりたまひしく、「甚《あな》、希見《めづら》しき物。」希見を梅豆羅志と謂ふとのりたまひき。因りて希見の国といひき。今は訛《よこなま》りて松《まつ》浦《ら》の郡と謂ふ。この所以《ゆゑ》に、此の國の婦女《をみな》は、孟夏四月には常に針を以ちて年魚《あゆ》を釣る。男夫《をとこ》は釣ると雖も、獲ること能はず。

『肥前』『豊後』には、景行紀を中心に『日本書紀』と類似した文章が多く見られるが、この部分も『日本書紀』に同内容の文章がある。

神功前紀333時皇后曰、「希見物也。」希見、此云梅豆邏志。故時人號其處曰梅豆羅國。今謂松浦訛也。是以。其國女人。毎當四月上旬、以鉤投河中、捕年魚。於今不絶。唯男夫雖釣、以不能獲魚。

時に皇后の曰はく、「希見《めづら》しき物なり」とのたまふ。希見、此をば梅豆邏志と云ふ。故、時人、其の處を號けて、梅豆邏國《ママ》と曰ふ。今、松浦《まつら》と謂ふは訛《よこなば》れるなり。是を以て、其の国の女人、四月の上旬に當《いた》る毎に、鉤《ち》を以て河中に投げて、年魚を捕ること、今に絶えず。唯し男夫のみは釣ると雖も、魚を獲ること能はず。

極めて類似した内容であり、叙述順序が同じであり、傍線部に見るように『肥前』と一致する表記が大半である。両者の相違は『日本書紀』に比して『肥前』が四字句に整えようとする意識が明瞭に窺える点である。これは、両者が親子関係にあるのか、兄弟関係にあるのか、いずれにせよ密接な関係にあるとしか考えざるを得ない(11)。共通の資料に依拠したものか、『肥前』が『日本書紀』を参照したか、『日本書紀』が『肥前』を参照したか、諸説分かれるところである（この問題については、〈第七章『豊後国風土記』・『肥前国風土記』の文字表現〉で詳述する）。『肥前』『豊後』は、現存古風土記中、最も漢文としての誤用、和習が少ないが、『常陸』のように、辞賦の模倣はない。その意味では実務的な文章であり、『常陸』が修辞の文章を好んだとすれば、『豊後』『肥前』は学をてらうことを快しとせず、達意の文章を志向していると言えよう。

ともあれ、問題の二重傍線部「所以」は、神功紀では「是以」とあり、この部分は『肥前』の筆録者の用字であることが確認される。

4　有・在

国語の「あり」に対応する「在」と「有」については、『古事記』・『万葉集』は勿論のこと、『日本書紀』においても漢文にはない用法が生じている。即ち、「○○があり」の場合は、「有○○」、「○○にあり」の場合は「在○○」が本来の漢文の用法であるが、ともに「あり」と訓読されたために漢文としては誤用となる例が生じたことになる。『常陸』『播磨』『出雲』については、既に沖森卓也氏に調査があり、(12)これを借用する。今回の調査は、『豊後』『肥前』であるが、これが極めて特徴的であった。『常陸』『播磨』『出雲』の三者は一〇以上の誤用例が存するが、『豊後』には「有」二六例「在」三二例、『肥前』には「有」六三例「在」四〇例が用いられるが、誤用は『肥前』に次の一例が存するのみである。

杵島郡338同天皇、行幸之時、土蜘蛛八十女、又、有此山頂。
同じき天皇（景行）、いでましし時、土蜘蛛八十女、また、この山の頂にあり。

『豊後』・『肥前』という西海道風土記が、最も漢文の語法に習熟した筆録者の手になると言い得る。

5　宣命書き

『豊後』『肥前』以外には、極わずかではあるが、宣命大書体（国語の助詞・助動詞・活用語尾を本文の文字と同じ大きさの音仮名で表記するもの）が用いられる。(13)

A常陸：香島郡388〜390清濁得糺。天地草昧已前。諸祖天神。俗云。賀味留彌。賀味留岐。會集八百萬神於高天之原時。諸祖神告曰。「今我御孫命。光宅豊葦原水穂之國。」自高天原降來大神。名稱香島天之大神。天則號曰香島之宮。地則名豊香島之宮。俗云。豊葦原水穂國。所依將奉止詔留爾。荒振神等。又石根木立草乃片葉辭語之。晝者狭蠅音聲。夜者火光明國。此乎事向平定。大御神止。天降供奉。其後。至初國所知美麻貴天皇之世。奉幣。大刀十口。鉾二枚。鐵弓二張。鐵箭二具。許呂四口。枚鐵一連。練鐵一連。馬一匹。鞍一具。八咫鏡二面。五色絁一連。

俗曰。美麻貴天皇之世。大坂山乃頂爾。白細乃大御服々坐而。白桙御杖取坐識賜命者。我前乎治奉者。汝聞看食國乎。大國小國事依給等識賜岐。于時。追集八十之伴緒。擧此事而訪問。於是。大中臣神聞勝命。答曰。大八島國。汝所知食國止。事向賜之。香島國坐。天津大御神乃擧教事者。天皇聞諸即恐驚奉納前件幣帛於神宮也。

B播磨：賀古郡18御佩刀之八咫劒之上結爾八咫勾玉。下結爾麻布都鏡繋。

C播磨：印南郡26帯中日子命乎坐於神而。

D出雲：意宇郡136～138童女胸鉏所取而。大魚之支太衝別而。波多須々支穗振別而。三身之綱打挂而。霜黒葛闇々耶々爾。河船之毛々曾々呂々爾。國々來々引來縫國者。……意宇社爾。御杖衝立而。意恵登詔。故云意宇。

E出雲：楯縫郡200御乾飯爾多爾食坐。

F出雲：仁多郡250爾時。御祖命。御子乘船而。率巡八十嶋。宇良加志給鞆。猶不止哭之。大神。夢願給。告御子之哭由。夢爾願坐。

二重傍線部が助詞の音仮名表記（但し「鞆《とも》」のみは訓仮名）であり、傍線部は、自立語の音仮名表記（但し「闇」のみは訓仮名、「耶」は、音訓ともに「ヤ」）である。『播磨』は、BCともに前掲の小野田氏分類のA群に属するものである。『出雲』のDは、所謂「国引き神話」中の表現であり、四度反復される表現である。これは口誦伝承として人口に膾炙していたものであろう。『常陸』はAに見るように、漢籍の開闢論を踏まえた漢語表現に始まり、その割注部分の「俗云」「俗曰」の中で用いられるものである。本文とは異なる表記意識に拠ると見られる。文体としては宣命書きであるが、鹿島神社との関連を重視すれば祝詞の一部として伝承されていたものではないかと考えられる。

第三節　接続・文末の助辞

実辞は、記述される内容と密接に関わるが、助辞は、筆録者の筆癖を反映すると言えよう。極言すれば、何を記述するかに関わるのが実辞であるが、どう記述するかに関わるのが助辞であるとも言える。これを踏まえて、現存古風土記五種と西海道風土記甲類逸文・丹後国風土記逸文に於ける主要な文末および連接の助辞使用を調査すれば【表Ⅲ】の通りである。

播磨逸文は、三条西家本の欠落部分であることが確実視されることから、その用例を計上した。常陸逸文については、後述のように、「信太郡日高見国」は、現存『常陸』と別系統と考えられるので除外する。「信太郡郡名」は、後人の手が加わる可能性が高いが、現存『常陸』の省略部分であるとも見られ、参考のためその数を計上した。「便」「爰」は、用いられない風土記もあるが、「信太郡郡名」に例があることは、むしろこの逸文が現存『常陸』と同じ祖本から出ているという推測を補強する材料となる。播磨逸文の場合も同様である。甲類は、西海道逸文（九州風土記逸文）甲類、丹後は、丹後国風土記逸文を意味する。

まず注目されるのは、「便」が、『播磨』『出雲』には用いられず、実辞としての用例しか見られないことである。これを用いるのは『常陸』と西海道風土記（『豊後』『肥前』甲類逸文）、及び丹後国風土記逸文に限定される。『常陸』には「随便」「立即」「即時」、『肥前』には「便即」と熟字が用いられていることも注目される。『常陸』には、「すなはち」の意に用いられる「応時」「登時」の例もある。文末の「焉」も『常陸』と『豊後』にのみ用

【表Ⅲ】

	播磨	常陸	出雲	豊後	肥前	甲類	丹後
便	0	6	0	1	2	4	1
則	1	7	36	0	2	1	0
即	85	32	74	10	17	9	17
乃	19	1	0	1	2	1	5
仍	30	2	4	1	2	0	3
輒	0	2	0	0	0	0	1
爰	0	8	0	0	2	0	4
兮	0	2	0	0	0	0	0
也	24	24	110	17	17	10	7
焉	0	4	0	2	0	1	1
矣	3	7	20	0	0	0	0
之	67	34	35	7	32	9	2

①常陸…「便」6は逸文1を含む。
「爰」8は逸文1を含む。
②播磨…「乃」19は逸文1を含む。
「仍」30は逸文2を含む。
「矣」3は逸文1を含む。
「之」67は逸文1を含む。
③「之」は文末辞のみの数。
但し常陸の注記〈…略之〉23例除外。

いられる。『常陸』『肥前』『豊後』が最も漢文に通暁していると言い得る。その意味で『常陸』にのみ「輒」や詩辞賦専用の助辞「兮」が用いられるなど、最も助辞を多様に用いている点もこの風土記の編者の志向性を窺えよう。『播磨』が接続語を多用することについては、小島憲之氏が既に指摘されたことである（前掲注3同）が、「即」「仍」「乃」の使用が他の風土記を圧倒している。

『常陸』が最も多様に助辞を駆使していることは、一目瞭然である。『常陸』は、おおむね**B〈訓読的思惟に依拠して漢語漢文での筆録を意図した文章〉**で貫かれている。**A〈漢語漢文で思惟して漢語漢文での筆録を意図した文章〉**と見なせる余地があるのは、総記と景表現であることは後述（第六章　美文への志向（二）茨城郡「高浜之海」）するが、「総記」と景表現とは同一の筆になると考えられ、その筆録者は『懐風藻』所載の詩の作者と同等の詩文の力量があり、進んで景の表現を為すというその姿勢から、『文心雕龍』「物色」に学んだ可能性が高い。「物色」の語自体、[行方372]に「物色可怜」の例が見られることもそれを裏付けるのである。

さて、【表Ⅲ】から明らかなように、助辞使用率から言えば丹後国風土記逸文、とりわけ「浦嶼子」も『常陸』に比肩する六朝美文的な文章であると言い得る。反対に、『出雲』と『播磨』は、助辞の種類が少なく、類型的な文章が多いと言える。両者とも「即」の多用が目立ち、文末には『出雲』は「也」、『播磨』は「之」を多く用いる傾向にある。また、甲類の助辞使用は『豊後』・『肥前』に近似していることも注目される。

第四節　「令」による使役表現

現存する古風土記の文体について、今までの接続助辞・文末助辞などの用法の調査に基づく考察をまとめれば以下の通りである。

第一に、和銅の詔にいち早く呼応して「解」として成立した『播磨国風土記』と『常陸国風土記』は、同じ「解」であるとは言え、全く相反する文体を有しており、前者が『古事記』に類似した文体を持ち和文への志向が著しいのに対して、後者は部分的ではあるが六朝美文への志向性が見られ、基本的に漢語漢文の枠組の中に漢字を配置しようという意図が窺えるということである。

第二に、この二つが風土記の文体の対極にあり、後の天平風土記と称される『出雲国風土記』『豊後国風土記』『肥前国風土記』の文体は、この両者の間にあるということである。『出雲』は、和文を志向した部分と漢文を志向した部分が混在し、『肥前』『豊後』は、漢語漢文の枠組の中に漢字を配置したものであるということである。

第三に、『肥前』『豊後』は、現存古風土記中、最も漢文の誤用、和習が少ないが、『常陸』のように、辞賦の模倣はない。その意味では実務的な文章であり、『常陸』が修辞の文章を好んだとすれば、『豊後』『肥前』は学をてらうことを快しとせず、達意の文章を志向したと言えることである。

以上を念頭に置いた上で、本節では使役表現を中心に考察し、五つの古風土記の文体的性格の一端を明らかにしたい。

上代文献に用いられる主だった使役表現は、以下五通りに分類することが可能である。

A　使役動詞＋人＋〔動詞〕
B　遣（使・勅）＋人＋令＋〔動詞〕
C　使役動詞＋〔動詞〕
D　使役動詞＋〔動詞〕＋人
E　人＋使役動詞＋〔動詞〕

Aは、所謂「兼語式」で、漢文の語法に適うものである。[14]『日本書紀』の所謂「α群」は数例の例外はあるが、兼語式に適っていることは言うまでもない。[15]挙例すれば以下の通りである。

日本書紀：巻一五527令二軍飢困一。
日本書紀：巻一五531令二人斷レ腸。
日本書紀：巻一七43故令下人擧二廉節一、宣二揚大道一、流中通鴻化上。

Bは、「教～使～」「使～令～」「令～使～」「命～令～」等の型であり、森野繁夫氏に拠れば、『高僧伝』・『増一阿含経』などに「猛（法師）称レ疾不レ堪二多領一、乃命レ慧令レ答レ之〔高僧伝375b〕」「亦不二教レ人使レ行二妄語一」

〔増一阿含経696b〕」のように多用され、同じ意味・はたらきを持つ語を重複させて確実な伝達を願う口語の影響によるものとされる。[16]『日本書紀』では所謂「β群」に集中する。『古事記』にもこの用法は見られる。

日本書紀：巻九351使レ人令レ看二病者一。

日本書紀：巻一〇371則遣レ使令レ察。

古事記：上巻35遣二予母都志許売一、令レ追。

但し、『古事記』の場合、「令」は、「しむ」七七例、「す」三例、不読（他動詞化）三例[17]のように訓まれるが、すべて動詞に上接する形で用いられているので、六朝口語の影響下にあるとみるよりも、国語の使役の助動詞「す・さす・しむ」の表記に用いたと見るべきかも知れない。また『古事記』においては、「遣」は全五一例中、「つかはす」（四八例）、「やる」（三例）であり、動詞の表記として用いられたと見るべきであろう。

Cは、兼語式において人を省略した構文とも、国語の助動詞の表記として「令」を用いたものとも見られる。『万葉集』や木簡の用例からは、明らかに国語の助動詞「しむ」の表記として用いられたとみなされる用例も少なくない。例えば、次の木簡の例は、明らかに国語の助動詞「しむ」の表記の為に用いられた「令」である。

×□奴大魚之自家尓浪人集令住事問給申久□×〔木簡研究第三号一一頁(3)平城宮南面東門（壬生門）跡出土〕

助詞「に」やク語尾が音仮名表記されるとともに、「浪人を集めて」の語序も和文的ではあるが、「令＋動詞」の部分のみ「令レ住事」と、返読を要する書き方となっている。これは「不」「可」等と同じく、国語語順主体の表記中にあっても動詞に上接させ返読をする方式である。

『万葉集』中の歌の表記に用いられた「令」も同様であり、以下の例も、国語語順中、唯一返読を要する例である。

吾岡之　於可美尓言而　令レ落　雪之摧之　彼所尓塵家武　巻二・一〇四

我が岡の龗に言ひて　降らしめし　雪の砕けし　そこに散りけむ

Dは、国語の助動詞「しむ」の表記として「令」が定着した結果、動詞に「令」を上接させたものであり、漢文を書こうとしてこれをなした場合は訓読的思惟による誤用とみなせるものである。こうした例は「有」と「在」、部分否定と全部否定など『日本書紀』『常陸国風土記』にも見られることは既に詳述した（前掲注15同）。これも『日本書紀』β群に少なくないことは、以下の通り榎本氏の指摘される通りである（前掲注14同）。

日本書紀：巻九293即令レ従二一二兵於己一。

日本書紀：巻二三233乃酌レ酒、強之令レ飲レ夫。

古事記：下巻197令レ為レ僻二其嬢子一

Eも、訓読的思惟によるものと考えられるが、『古事記』の「令」は国語の助動詞「しむ」の表記として用いたものであろう。『日本書紀』β群では、兼語式がきわめて少ないことは榎本氏が指摘される通りである（前掲注14同）が、このE人＋使役動詞＋［動詞］の型が多く見られる。

日本書紀：巻六267則当麻蹶速与二野見宿祢一令二捔力一。

日本書紀：巻一三445天皇則更興二造宮室於河内茅渟一而、衣通郎姫令レ居。

古事記：上巻45是以、八百万神於二天安之河原一、神集瀏而、訓集云都度比高御産巣日神之子、思金神令レ思訓金云加尼而、

小林芳規氏に拠れば、平安初期訓点資料において「しむ」を書記する訓み添え用の訓字は「令」のみであって、「使」「遣」「俾」「教」などは全く用いられない(18)ということであるが、このことも国語の使役助動詞の表記として

「令」が定着していたことを裏付けるものであろう。

五つの古風土記において、主として使役表現に用いられる漢字は「令」であり、「使」は『播磨』に一例用いられるのみである。「使」は風土記においては、主に名詞として用いられるが、後述するように、唯一の使役用法が、漢文としては誤用となっている。

また「遣」を用いた使役表現は、『播磨』三例、『常陸』五例『出雲』〇例、『肥前』九例、『豊後』二例が数えられる。兼語式に適う例も多くあり、見かけ上漢文の語法に外れた例は見当たらない。「遣」の用法のみからは、各風土記の差異を抽出することは困難であるが、各国一例ずつ挙げれば以下の通りである。［右横の「〆」は使役の助動詞の訓み添えを要する動詞］

常陸：信太364即遣二卜者一、訪レ占所々穿〆。
播磨：餝磨32（大汝命）遣二其子一汲〆レ水。
肥前：松浦338（景行天皇）遣レ兵掩滅〆。
豊後：速見300天皇遣レ兵、遮二其要害一、悉誅滅〆。

以下、「令」「使」について具体的に考察する。

『播磨国風土記』

B

賀古28志我高穴穂宮御宇天皇御世、遣二丸部臣等始祖比古汝茅一、令レ定二國堺一。

飾磨40（品太天皇）遣二舎人上野國麻奈毗古一令レ祭之。

揖保56遣二額田部連久等々一、令レ祷。

揖保58召二筑紫田部一、令レ墾二此地一之時。

揖保60遣二大倭千代勝部等一、令レ墾レ田。

揖保62乃遣二阿曇連太牟一、召二石海人夫一、令レ墾之。

揖保64追二發百姓一、令レ引二御船一。

讃容80仍招二鍛人一、令レ焼二其刃一。

託賀100（道主日女命）遣二其子一捧レ酒、而令レ養之。古典大系は「遣二其子捧レ酒、而令レ養之。」とするが、新編全集に従う。

C
賀古28故令二埋塞一。
飾磨44即退二於播磨國一、令レ作レ田也。
揖保48造二三宅於此村一、令二仕奉一之。
揖保74出雲人、欲レ使レ感二其女一、乃彈レ琴令レ聞。
讃容74（玉津日女命）一夜之間生レ苗。即令二取殖一。
讃容78神日子命之鍬柄、令レ採二此山一。
讃容80（道守臣）造二官船於此山一、令二引下一。
宍禾84即令レ釀レ酒、以獻二庭酒一而宴之。

宍禾86大神、令レ舂二於此岑一。

賀毛108（品太天皇）勅令レ射時、

D

揖保74出雲人、欲レ使レ感二其女一、乃彈レ琴令レ聞。

賀毛110大汝命、令レ舂二稲於下鴨村一。

E

美嚢120（伊等尾）而二子等令レ燭、仍、令レ擧二詠辭一。

『播磨』では、第一に、使役を表す「令」はすべて動詞に上接する点で『古事記』と一致する点が注目される。第二にAの型、兼語式が皆無である点から、もっとも漢語漢文から離れていることが認められる点も指摘できる。したがって、Bの型も、たまたま六朝口語に存する型式にあてはまっているものの、国語の使役の助動詞の表記として「令」を用いたと見て良いだろう。Cの型式も同様で、兼語式における人に相当する語の省略と見るよりも、国語の使役助動詞を表記したと見られる。DEは、明らかに漢文にはあり得ない用法であり、特にDの「於下鴨村」の「於」は、国語の助詞「に」の表記に用いられたと見られ、使役表現の国語化を見る好例である。

『常陸国風土記』

A

筑波358（筑箪命）「欲レ令二身名者、着レ國後代流傳一。」

茨城370（倭武天皇）時令三水部、新堀二清井一。

行方384建借間命、令二騎士閇一レ堡。
香島398令三陸奥國石城船造作二大船一。［割注］

B
総記354各遣二造・別一令二檢校一。
総記354（倭武天皇）所レ遣二國造毗那良珠命一、新令レ掘レ井。
茨城368（黒坂命）即縦二騎兵一、急令二逐迫一。
多珂416天皇幸レ野、遣二橘皇后一、臨レ海令レ漁。

C
筑波362（雄神）不レ令二登臨一。
行方376（夜刀神）勿レ令二耕佃一。
行方378（壬生連麿）令レ築二池堤一時。
行方378（壬生連麿）「令レ修二此池一。……」
香島390令レ定二六十五戸一。［割注］
香島392（臣狭山命）新令レ造二舟三隻一。
久慈410（兎上命）時能令レ殺。
久慈412（立速男命）令三示レ災致二疾苦一者。

Aの型、兼語式に適う例が見られることは、『常陸』が漢語漢文を志向したことを裏付けるものである。また、漢文としては明らかに誤用と見られるD・Eの型が皆無である点も『播磨』とは対照的である。B・Cについても、漢文としての誤用を取り立てて指摘することはできない。この風土記では、「令」を使役の助辞として用いたことが確認される。

『出雲国風土記』

C

島根162所㆑造㆓天下㆒大神命、娶㆓高志國坐神、意支都久辰爲命子、俾都久辰爲命子、奴奈宜波比賣命㆒而、令㆑産神、御穂須須美命。

楯縫198佐香河内、百八十神等[a]集坐、[b]御厨立給而、令㆑釀㆑酒給之。

楯縫202當㆑旱乞㆑雨時。必令㆑零也。

神門228所㆑造㆓天下㆒大神、大穴持命、[c]將㆓娶給㆒爲而、令㆑造㆑屋給。

大原260所㆑造㆓天下㆒大神、令㆑殖㆑矢給處。

大原266神須佐乃乎命、[d]御室令㆑造給、所㆑宿。

a「集ひ坐す」b「御厨を立て給ひて」等のように敬語表現を伴う国語的な語序、c「娶ひ給はむとして」のように「むとす」の「す」の表記として「為」を後置する例、d「御室を造らしめ給ふ」にいたっては、目的語を「令」に上接する例があり、『出雲』では、「令」は国語の使役助動詞の表記として用いられていたことが確認される。

『肥前国風土記』

A

基肄316令三筑前國宗像郡人、珂是古、祭二吾社一。

三根320小墾田宮御宇豊御食炊屋姫天皇、令三來目皇子爲二將軍一、遣三征二伐新羅一。

神埼324（景行天皇）即令三群下、起二造此岡一。

B

基肄316覔二珂是古一、令レ祭二神社一。

三根320來目皇子、征二伐新羅一、勒二忍海漢人一、將來居二此村一、令レ造二兵器一。

松浦334勒二陪從阿曇連百足一、遣令レ察之。

C

基肄314（景行天皇）仍令二占問一、卜部殖坂、奏云。

松浦334天皇勅、且レ令二誅殺一。

高来348大如二小豆一、令レ得レ喫。

Aの型、兼語式が用いられるように、B・Cの例も漢文と見て差し支えない。Cの例も、兼語式の人に相当する語を省略した用法と見て良いだろう。

『豊後国風土記』

C

直入292奉膳之人、擬二於御飲一、令レ汲二泉水一。

直入292天皇勅云、「必將レ有レ臭、莫レ令ニ汲用一。」

海部296即勅曰、「取ニ最勝海藻一謂保都米。」便令ニ以進レ御。

速見302此田苗子、不レ被ニ鹿喫一、令レ獲ニ其實一。

Cのみが用いられるが、『出雲』のように、前後に漢文としての語序を乱した部分はない。『肥前』と同じく、兼語式の人に相当する語を省略した用法と見て良いだろう。

古風土記中、唯一成立過程が明確なのは『出雲』のみである。各郡ごとに責任者数名を明記し、巻末に「勘造」者、神宅臣金（全）太理と総責任者、出雲臣広嶋が署名している。おそらく、各郡から提出された資料に最終的筆録者が多少手を加えたものと、最終筆録者の手になる総記と巻末記とから成り立っていると見られる。『出雲』の使役表現に見るように、各郡の下級官人クラスはこのような文体を綴っていたものと思われる。これは、最近、毛利正守氏が提唱される倭文体（前掲注4同）の一つとして認められよう。こうした郡司クラスが提出した資料の文体の混入の例は、「所有」の用法に見るように、全体としては漢語漢文の枠組の中に漢字を配置することを目指した『常陸』にも窺えることは〈第三章第六節「所有」の特殊用法について〉で詳述する。

風土記から窺える下級官人の文体は、前掲の木簡の文体とも共通するものであり、下級官人の間で日常化したものであったことが考えられる。

それに対して、『豊後』『肥前』の使役表現は、漢文の語法に適っており、大宰府で相当の漢文の力量を持つ官人が筆録したとする大方の見解に一致するものと思われる。

以上、使役表現から、風土記の文体を観たが、各国風土記の特質は、本節冒頭に挙げた三つのまとめに相違しないことが明らかになった。

第五節　漢籍と風土記

上代の文章表現は、すべて漢字だけで為される訳であるから、そこには範とした漢籍の存在が想定される。五つの古風土記中、『豊後』『肥前』は、『日本書紀』の文章に近く、『播磨』は『古事記』の文章に近い。『豊後』『肥前』には、漢籍語が散りばめられている。既に小島憲之氏が指摘されるように「花葉」「冬栄」「餘糧◯畝」「梟鏡」などの漢籍語が見られ（前掲注3同）、述作者が幅広い漢籍の素養に恵まれ、漢文としても誤用の極めて少ない文章を書く能力を有していたことがわかる。その対極にあるのが『播磨』であり、漢字で文章を書くという方針でありながら、漢文の枠に拘泥せず、むしろ国語的なものを志向しているかのようである。『出雲』は、地・水・物産などの叙述方式を『山海経』に学びつつ、多くの文選語が利用されていることは、小島憲之氏の指摘される通りである。

さて、五風土記中、最も文人趣味的な表現を有するのが『常陸』である。述作者の個人的嗜好と言っても良いかもしれない。現存古風土記中、最も六朝美文を志向した痕跡が著しい。『文選』をはじめとする幅広い漢籍の素養に基づく表現が多々見られるが、現在のところ、直接どの書籍のどの部分に依拠したという指摘は為されていない。『漢書』地理志の構成や『文選』などの漢籍語を学び、四字句・六字句を連刺繡綴する美文が得意で、法律語も知っている人という述作者像が指摘されている（前掲注3同）。

『常陸』の場合、『文選』もさることながら、『楚辞』を好んだ徴候が窺える。ここでは、『楚辞』との関係を中心に触れてみたい。第一に「遠遊」であるが、これを屈原の作であるとすれば、「離騒」をはじめとする他篇と思想的に大きく異なっている。仙人赤松子や王子喬の名が見えるように、神仙隠逸の思想を有している。王子喬は、『懐風藻』にも葛野王「五言遊龍門山一首」に「王喬道」と見えるように、当時神仙の道の代表的存在として知られていた。これは、『常陸』にも神仙思想が指摘される点からも留意される。[19]「遠遊」に学んだ可能性が想定される『常陸』の表現には、a「冈寂寞兮巖泉舊。夜蕭條兮烟霜新。」（冈については第五章で詳しく述べる）［香島郡三九八頁］と、「山蕭條而無獣兮、野寂漠其無人。」・b「三夏熱朝。九陽○夕」（○は、新編全集「金」、大系本「煎」、板本「蒸」）［茨城郡三六八頁］と、「朝濯髪於湯谷兮、夕晞余身兮九陽。」・c「崢嶸」［筑波郡三六二頁］がある。cは、『文選』にも一二例ほど見られるが、「下崢嶸而無地兮」とある。

aは、対句ではないが、「九辯」（『文選』所引共）にも「寂寞」と「蕭條」の語が見えている。また、「九辯」には、「揺落」［茨城郡三六八頁］の語も見える。また、『芸文類聚』巻五歳時部下「寒」所引「梁裴子野寒夜賦」にも「搖落」の語とともに「遠遊」を典拠としたと思われる「門蕭條兮書閴。巷寂寞兮無人。」という対がある。『文選』『芸文類聚』にも引かれるが「九歌・少司命」の「悲莫悲兮生別離、樂莫樂兮新相知。」を踏まえたとみられるものに、「茲宵于茲。樂莫之樂。」［香島郡四〇〇頁］がある。もっともこれは、『楽府詩集』『玉台新詠』にも張衡「同聲歌」の「樂莫斯夜樂」という類似した表現がある。

さて、「陳懐吐憤」［香島郡三九八頁］という表現は、漢籍に容易に見当たらない。それだけに「惜以致愍兮、發憤以杼情。」に始まる「九章・惜誦」の「言與行其可跡兮、情與貌其不變。」の王逸注に「志願為情、顔色為貌。變、易也。言已吐口陳辭、言與行合、誠可循跡。」とあるのが注目される。王逸注は『令集解』選叙令に「惜誦」の注が引かれており、また『日本国見在書目録』にも「楚辞一六　王逸」と見えており、早くから我が国に伝来していたことが予想される。

【注】

（1）これについては、田中卓氏が主張される「解し申す」と訓読する説も支持されている。今は便宜的に、訓読史や諸説を集成し、自説を展開された植垣節也氏「『解』か『解す』か『解し申す』か」太田善麿先生追悼論文集『古事記・日本書紀論叢』（群書、一九九九年七月）に従った。

（2）周処風土記については、守屋美都雄氏「周処風土記について」大阪大学創立十周年記念論集（一九五九年三月）・「周処風土記輯本」東洋学報四四―四（一九六二年四月）、及び『中国古歳時記の研究』（帝国書院、一九六三年）に詳しい。

（3）小島憲之氏『上代日本文学と中国文学』上（塙書房、一九六二年九月）五七九～六七〇頁

（4）「倭文体」の語は、毛利正守氏「和文体以前の「倭文体」をめぐって」万葉一八五（二〇〇三年九月）・「古事記の書記と文体」古事記年報四六（二〇〇四年一月）の提唱による。

（5）元興寺露盤銘・法隆寺薬師仏光背銘については、拙稿「推古朝遺文の再検討」『聖徳太子の真実』（平凡社、二〇〇三年一一月）及び「所謂『推古朝遺文』について」アリーナ２００８（人間社、二〇〇八年三月）に詳述した。

（6）詳細は拙稿「古事記の漢語助辞――「還」の副詞用法を中心に――」上代文学会研究叢書『書くことの文学』（笠間書院、二〇〇一年六月）

（7）詳細は拙稿「古事記と六朝口語」古事記研究大系一〇『古事記の言葉』（高科書店、一九九五年）参照

（8）矢嶋泉氏「『古事記』に於ける接続語の頻用をめぐって」上代文学六八号（一九九二年四月）

（9）拙稿「古事記『爾』再論」『上代語と表記』（おうふう、二〇〇〇年九月）

（10）小野田光雄氏「播磨国風土記の成立について」『古事記・釋日本紀・風土記ノ文献学的研究』（続群書類従完成会、一九九六年二月）

（11）この『肥前』『豊後』などの九州風土記と『日本書紀』の問題について旧来の諸説を丁寧に整理したものに八木毅氏

「九州風土記覚書」『古風土記・上代説話の研究』（和泉書院、一九八八年三月）がある。

(12) 沖森卓也氏「上代文献における『有・在』」国語と国文学第五八巻六号（一九八一年六月）↓『日本古代の文字と表記』所収（吉川弘文館、二〇〇九年）

(13) 風土記の宣命書きについては、使用仮名の字種の問題も含めて、沖森卓也氏「風土記の文体について」小林芳規博士退官記念『国語学論集』（汲古書院、一九九二年三月）↓『日本古代の表記と文体』所収（吉川弘文館、二〇〇〇年五月）に詳細な考察がある。

(14) 榎本福寿氏「『日本書紀』の使役表現」仏教大学文学部論集七七号（一九九二年一二月）

(15) a拙稿「漢字で書かれたことば——訓読的思惟をめぐって——」国語と国文学第七六巻五号特集号『文字』（東京大学国語国文学会、一九九九年五月）・b森博達氏『日本書紀の謎を解く』（中公新書、一九九九年一〇月）

(16) 森野繁夫氏「六朝漢語の研究——『高僧伝』について——」広島大学文学部紀要三八（一九七八年一二月）

(17) 拙編『古事記音訓索引』（おうふう、一九九三年）に拠る。

(18) 小林芳規氏「上代における書記用漢字の訓の体系」国語と国文学第四七巻一〇号（東京大学国語国文学会、一九七〇年一〇月）

(19) 志田諄一氏「『常陸国風土記』と常世の国思想」・「『常陸国風土記』と神仙思想」『常陸国風土記と説話の研究』（雄山閣、一九九八年九月）

第三章　常陸国風土記の文字表現

第一節　問題の所在

常陸国風土記は、六朝美文に学んだ文章であるという指摘が多く為されてきた。四字句主体に構文しようとする意図、対句を多用しようとする意図が存したことは否定できないが、単純な対はともかく二句以上が絡み合う隔句対となると、使用される部分は限定される。美文に比肩すると見て良い部分はむしろ極一部に過ぎない。

例えば、最近では「常陸国風土記における駢儷文の使用は景表現箇所に偏ってみられる」(1)という指摘、さらに述作者にまで踏み込んで、「(宇合は)おそらくは前任者の石川難波麻呂がまとめた初稿本の地誌や古伝承に関する部分の大半を活かしながら、主に景観をめぐる描写を中心に四六駢儷文を駆使しつつ修訂を施したものと考えられる」(2)という指摘がある。また、この景観をめぐる表現が歌謡を伴うことから、「韻文的表現に依拠することで、はじめて景の叙述をなし得ている」(3)という指摘も存する。

それにしても、現存古風土記の中で、常陸国風土記は際だって文字表現的であることは周知の通りである。六朝美文を模したかのような文章はもちろんのこと、歌謡まで漢詩的に翻訳する試みまで見ることができる。既に小島憲之氏に『漢書地理志』の構成や『文選』などの漢籍に学び、さらには法律語にも造詣があったとの指摘がある(4)ように、この風土記は相当の漢籍教養の上に成り立っている。

その一方で、漢文としては稚拙な誤用も少なくない。「今社中在二石屋一。(新治358)」など「有」を用いるべきところを「在」を用いる例も十例余り見られ、「流南(久慈412)(5)」「流東(茨城368)」「居穴(茨城366)(6)」のような字順の誤りと見られる例も散見する。

辞賦に比肩するかのような文字表現と、稚拙な誤用との混在は、常陸国風土記の述作者に及ばざるを得ない問題であり、この風土記の成立の重層性に関わる問題でもある。成立過程の明確化、述作者の特定は、この研究の究極目標の一つに掲げざるを得ない大きな課題であるが、まずはこの風土記の現存する文章を吟味し、そこに達成された文字表現を個々に検証することから始めたい。それには六朝地誌類との対照や字句の典拠などの比較文学的検討や対句表現をはじめとする修辞の検討などさまざまな考察対象が横たわるが、それらは次章稿以降に委ねることとして、以下本章の問題の所在について、茨城郡の記事を具体例として検討を始めることにする。

第二節　「茨城」地名起源記事を例に

常陸国風土記には、宣命体をはじめ、部分的には和文を表記しようとした部分も存するが、前章で見たようにそれらは割注部分に限定される。この風土記は全体としては、漢語漢文の体裁を志向していると言って良いだろう。そうした観点に立てば、漢文としての誤用の問題をも含めて、常陸国風土記の文字表現の考察の発端として、以下の茨城郡の記事が好材となろう。これは、総記の記事や香島郡の歌謡を伴う景表現の部分、或いはこの記事の直後に置かれるやはり歌謡を伴う景表現の部分と異なり、むしろ常陸国風土記の文章の大部分に共通する特徴を有している。

茨城366

古老曰。昔在㆓國巣㆒。俗語。都知久母。又云。夜都賀波岐。（山之佐伯。野之佐伯。）普置㆓堀土窟㆒。常居㆑穴。（有㆓人來㆒。則入㆑窟而竄之。其人去。更出㆑郊以遊之。）（狼性梟情。鼠窺*掠盗。）（無㆑被㆓招慰㆒。彌阻㆓風俗㆒。）也。

此時。大臣族黒坂命。伺㆓候出遊之時㆒。茨蕀施㆓穴内㆒。即縦㆓騎兵㆒。急令㆓逐迫㆒。佐伯等。如㆑常走㆓歸土窟㆒。盡繫㆓茨蕀㆒。衝害疾死散。（故取㆓茨蕀㆒。以着㆓縣名㆒。）所㆑謂茨城郡。今存㆓那珂郡之西㆒。古者。郡家所㆑置。即茨城郡内。風俗諺云水依茨城之國。

或曰。（山之佐伯。野之佐伯。）（自爲㆓賊長㆒。引㆓率徒衆㆒。）横㆓行國中㆒。大爲㆓劫殺㆒。時黒坂命。規㆓滅此賊㆒。以㆑茨城造。

所以。地名便謂㆓茨城㆒焉。

□は語順の誤りと「在」「有」の誤用の部分を示し、傍線部は四字句を示す。

*植垣節也氏『新編日本古典文学全集』は、「狗」に意改。

括弧で示したように、この文章には、見かけ上対句のように構文される部分が多い。傍線部に見るように、四字句主体に構文され、疑似的な対句を多用した文章であり、範として六朝美文を仰いだことが窺われる。しかし、美文と呼ぶにははなはだ心許ない出来映えとなっている。

例えば、「有二人來一。則入レ窟而竄之。其人去。更出レ郊以遊之。」は、見かけ上、上三字・下六字の隔句対（疎隔句）のように構句されている。確かに「則」と「更」、「而」と「以」、「之」と「之」のように助辞を効果的に用いており、疎隔句を意識せねばあり得ない構文であるが、句頭の「有」と「其」は、対にならない。「故取二茨蕀一。以着二縣名一。」「無レ被二招慰一。彌阻二風俗一。」「自爲二賊長一。引二率徒衆一。」なども同様に見かけ上はともに四字句ずつの対のような構成であるが、一語ずつ見ると対応しない語を含み、正確には対になっていない。対句仕立てにしようという意図は看取できるが対句としては稚拙と言わざるを得ない表現である。

とは言っても、相当の漢籍教養を有する筆録者の手になる文章であることは否定できない。「狼性梟情。鼠窺掠《狗カ》盗」は、植垣氏の説かれるように[7]、「狼」「梟」「鼠」「狗」に関する漢籍の知識に依拠せねば成立し得ない表現であろう。但し諸本すべて「掠」とあり、確かに「狗」の方が対句に適ってはいるが、この部分の他の対句的な部分が、正確には対句として成り立っていないことから考えれば「掠」でも良いかも知れない。

「居穴」もまた字順に問題があるにせよ、漢籍教養に基づくものである。この語は、以下の『易』繫辞伝に淵源を持つと見て良いだろう。

『易経』繫辞伝下・第二章「上古穴居而野処、後世聖人易之以宮室。」〈十三経注疏整理本①『周易正義』三五五頁〉

（『藝文類聚』巻第六十一・居処部一「總載居処」にも所引）

直接『易』に拠ったことも考えられるが、むしろ倒置した語順から考えれば、太古未開の風俗を表す語として記憶されていた（しかも「穴に居り」と訓読されて記憶されていた）と考えた方が良いと思われる。語は異なるが、同意の句は『礼記』にも見える。

『礼記』礼運「昔者先王未レ有二宮室一。冬則居二營窟一。夏則居二橧巣一。未レ有二火化一。食二草木之實・鳥獣之肉一。飲二其血一。茹二其毛一。未レ有二麻絲一。衣二其羽皮一。」〈十三経注疏整理本⑬『礼記正義』七八〇頁〉

これは、神武紀の潤色にも用いられており、また、『懐風藻』序が範とした『文選』序の冒頭「式観二元始一。眇覿二玄風一。冬穴夏巣之時。茹レ毛飲レ血之世。世質民淳。斯文未レ作。」にも利用されている。『礼記』王制には「北方曰レ狄。衣二羽毛一穴居。有下不二粒食一者上矣。」〈十三経注疏整理本⑫『礼記正義』四六七頁〉のように「穴居」の語も見られる。

さらに、風土記の述作者が直接学んだ可能性の高いものとしては、風土記への影響が指摘される『山海経』がある〈前掲注4同〉。

『山海経』第一・南山経「又東三百四十里、曰二堯光之山一、其陽多レ玉、其陰多レ金。有レ獣焉、其状如レ人而彘《てい》鬣《れふ》、穴居而冬蟄、其名曰二猾褢《くわつくわい》一。」〈『山海経校注』〈上海古籍出版社一九八九年〉一〇頁〉

右をはじめ、『山海経』には郭璞注を含め数例用いられている。

また、神功紀に引用される『魏志』東夷伝の倭人条の直前にも以下のような例がある。

『三国志』魏書烏丸鮮卑東夷伝第三十

挹婁在夫餘東北千餘里。濱大海。南與北沃沮接、未知其北所極。其土地多山險。其人形似夫餘、言語不與夫餘、句麗同。有五穀、牛、馬、麻布。人多勇力。無大君長、邑落各有大人。処山林之間、常穴居、大家深九梯、以多為好。土氣寒、劇於夫餘。其俗好養豬、食其肉、衣其皮。冬以豬膏塗身、厚數分、以禦風寒。夏則裸袒、以尺《大》布隠其前後、以蔽形體。〈中華書局本『三国志』八四七頁〉〈傍線部『藝文類聚』巻第九十四・獣部中・「家」に所引、但し「尺」は「大」〉

また、日本書紀の潤色資料でもあり、上代人がしばしば利用した『漢書』師古注にも、『漢書』巻十九上「百官公卿表」第七上「禹作司空、平水土」の師古注に「空、穴也。古人穴居、主穿土為穴以居人也。」〈中華書局本『漢書』七二三頁〉の如き例もある。

『易』『礼記』という学令にも挙げられる基本的な経書からも、日本書紀に利用された『漢書』『三国志』という史書からも、この時代広く利用された『文選』『藝文類聚』という撰集・類書からも、上代漢籍教養人は、太古未開の風俗の一つとして「穴（窟）に居り」を、脳裏に刻むことができたのである。さらに、風土記の述作者にとっては、直接参考にした形跡が見られる『山海経』からもこれを知ることができたはずであり、この風土記の筆録者は「穴居」を太古の風俗・未開の風俗として記憶する文献に事欠かなかった。

未開の風俗として記憶していた「穴に居り」をこの風土記に用いる際に、漢文では動詞が先に立つ、即ち、ヲ・ニ・ト等の助詞があれば倒置するという「鬼と逢へば返る」式に構文した為に、「居穴」と倒置し、本来の漢語「穴居」とは逆の字順になってしまったのであろう。先に挙げた「流南」「流東」も「〇に流る」という訓読的思惟がまずあり、文を成す際、「鬼と逢へば返る」式の倒置法を念頭に「ニ」に引かれて、本来の漢文では「〇流」とあるべきものを倒置してしまったものと考えられることは既に〈第一章　第二節　訓を用いて書くこと〉で述べた。

この部分に於けるもう一つの字順の誤りに「以茨城造」が挙げられる。「茨を以て城を造る」以外の読みは考えられないから、「以レ茨造レ城」の字順が適当であろう。訓読的思惟から起こされた文であることは間違いないが、「茨城」の地名起源譚であることから、地名「茨城」に引かれての誤用であることも考えられる。

「昔在二國巣一」の「在」も、「有」「在」ともに、「あり」と訓読し、「あり」の訓が定着した結果、訓読文〈それが音声として顕在化されたものか、脳裏にのみあるものかに拘わらず）を基に文を成した結果であろうと考えられる。

以上、茨城の地名起源の伝承は、漢籍の教養を持った筆録者が、四字句・対句を志向して構文したが、対句と呼ぶには稚拙な表現や字順の誤り・漢字の誤用も持つ文章であると言うことができる。

これらの生じる背景には、訓読的思惟による文章制作が考えられる。既に述べたように、漢語漢文の読解の為に発達したものが訓読語訓読文であるが、文字表記を想定して叙述を試みようとする際、訓読により成立した言語と文体に依存せざるを得ない状況が存したことを想定しなければならないだろう。漢語漢文で考え、文章を制作するのではなく、訓読語・訓読文で思惟し、それを漢語漢文の枠に当てはめる方法で表記が為されたものと思われる[8]。そして、その訓読語・訓読文は当時の口頭の言語とはかけ離れたものであったことは想像に難くない。

文字表現上の問題点として、誤用の問題・対句など修辞法の問題・漢籍語の問題・助辞用法の問題などが浮かび上がった。本章では、以下、誤用の問題と、助辞用法の問題を取り挙げ、他の問題は次章に渡すことにする。

第三節　誤用の分布

前節で問題にした「在」と「有」の中、漢文では「有」を用いるべき所を「在」を用いた例を挙げれば以下の通りである。

①新治358自レ郡以東五十里。在二笠間村一。
②新治358今社中在二石屋一。
③筑波362郡西十里。在二騰波江一。

④信太366乗濱里東。有二浮島村一。……而在二九社一。

⑤茨城366昔在二國巣一。

⑥行方376其里北。在二香島神子之社一。

⑦行方386野北海邊。在二香島神子之社一。

⑧久慈408上古之時。織レ綾之機。未レ在二知人一。

この中、⑧については、管本・武田本・松下本はいずれも「此」と書かれているのを、字形の類似・文意から西野宣明が「在」として以来、諸註釈いずれも「在」説に拠っている。他の①〜⑦の七例は、管本・武田本・松下本いずれも「在」となっている。また、誤用の疑いを残すものに、久慈408「昔有二魑魅一。」がある。これは管本・武田本は「在」、松下本と西野宣明の板本は「有」となっており、本稿では後者と見て「有」を採った。

また、逆に「在」を用いるべきところを「有」としたものは、以下の唯一例である。

⑨那賀404「……宜レ従二父所レ在。不レ合レ有レ此。」者。

これは、管本・武田本・板本ら「有」とあり、松下本のみが「在」を用いている。

続いて、字順の問題を取り挙げる。これは、割注は除外した。割注部分は宣命書きを含むなど表記意識を本文と異にしていると考えられるからである。字順の誤りと考えられるものには、前掲の他、行方374「因其河名。稱二無レ梶河一。」のような和習が見られる。これは管本・武田本・松下本に見られるが、西野宣明は「因名二其河一」に改めている。また既に〈第一章　第二節　訓を用いて書くこと〉で指摘したように、久慈412「……宜避移。可レ鎮二高山之浄境一。」も、「宜」があれば「可」は不要であり、訓読的思惟に依拠して表記された結果と見られる。沖森卓也氏が破格の例として挙げる、筑波362「俗諺云。筑波峯之會。不レ得二娉財一。兒女不レ爲矣。」（前掲注

5同）は、橋本雅之氏の説「児女なさざりき」[9]を採り、誤用と見なさない。

さて、以上述べてきた「在」「有」の混用、字順の誤りを記事別に見ると、【表Ⅰ】の通りである（尚、表中の掲出語「所有」については、〈第六節〉で詳述する）。

【表Ⅰ】

	総記	新治	筑波	信太	茨城	行方	香島	那賀	久慈	多珂
在有		2	1	1	1	2		1	1	
字順					3	1			2	
所有				1			2		2	1

総記のみは、漢文としての誤用がないことが注目される。このことからも、総記は六朝美文を志向したこの風土記の最終筆録者が最後に述作した可能性が高い。

第四節　助辞用法の考察（一）　文末と連接

助辞は実辞に比べて、述作者の筆癖を反映することは言うまでもない。既に〈第二節〉において茨城郡の記事で見たように、対句仕立てに構句しようとする意図が働いた際、「則」と「更」、「而」と「以」、「之」と「之」のように助辞を効果的に用いていることも、この風土記の特徴の一つに数えられる。助辞には、また一句あたりの字数を整える役割も与えられている。本節では、文末の助辞と連接の助辞を取り挙げる。まず、古風土記中、

『常陸』の特殊性を確認する上で、〈第二章　第三節　接続と文末の助辞〉の【表Ⅲ】を再掲すれば以下の通りである。

【表Ⅲ】に見るとおり、現存古風土記五種と西海道風土記甲類逸文・丹後国風土記逸文において、常陸国風土記が最も多様な助辞を用いていることは一目瞭然である。

【表Ⅲ】以外の連接語も、『常陸』には「随便」「立即」「即時」「応時」「登時」などの例もあり、多種多用な文字表現が為されている。また、『常陸』にのみ「輒」や詩辞賦専用の助辞「兮」が用いられるなど、最も助辞を多様に用いている点が常陸国風土記の特徴となっている。

【表Ⅲ】（再掲）

	便	則	即	乃	仍	輒	爰	兮	也	焉	矣	之
播磨	0	1	85	19	30	0	0	0	24	0	3	67
常陸	6	7	32	1	2	2	8	2	24	4	7	34
出雲	0	36	74	0	4	0	0	0	110	0	20	35
豊後	1	0	10	1	1	0	0	0	17	2	0	7
肥前	2	2	17	2	2	0	2	0	17	0	0	32
甲類	4	1	9	1	0	0	0	0	10	1	0	9
丹後	1	0	17	5	3	1	4	0	7	1	0	2

①常陸…「便」6は逸文1を含む。
「爰」8は逸文1を含む。
②播磨…「乃」19は逸文1を含む。
「仍」30は逸文2を含む。
「矣」3は逸文1を含む。
「之」67は逸文1を含む。
③「之」は文末辞のみの数。
但し常陸の注記〈…略之〉23例除外

さて、次の【表Ⅱ】は、これを常陸国風土記の各郡別にまとめたものである。但し「之」については文末辞のみを数えた。また、省略に付いての注記「最前略之」「以下略之」等は、原本にはないものと見て除外した。常陸国風土記は、省略本であり、総記と行方郡以外には省略が見られるので、各郡の記事の長短の差が顕著である。この為に各郡の行数（新編日本古典文学全集に拠る）を付記した。

以下、【表Ⅱ】に見られる常陸国風土記の助辞について、その特徴を見ていくことにする。

【表Ⅱ】

	也	之	兮	焉	矣	即	便	則	乃	仍	輒	爰	行数
総記	0	0	0	1	2	2	1	0	0	0	0	0	21
新治	0	0	0	0	0	2	0	0	0	1	0	0	9
筑波	3	0	0	0	1	2	0	0	0	0	0	1	26
信太	3	0	0	0	1	4	1	0	0	0	0	0	19
茨城	1	2	0	1	0	2	1	2	0	0	0	0	26
行方	6	5	0	0	1	10	1	1	1	0	0	2	112
香島	4	16	2	1	0	4	1	3	0	1	1	2	81
那賀	0	3	0	0	0	1	0	0	0	0	0	1	25
久慈	1	9	0	0	1	4	0	1	0	0	1	1	51
多珂	1	0	0	1	1	1	0	0	0	0	0	0	26

（逸文は除外、「之」は文末辞のみの数）

まず、辞賦以外のほとんど用いられない「兮」が用いられることが注目される。「兮」は、香島郡にのみに偏用されるが、この風土記で一二を争う格調を有する以下の部分で用いられている。これが前述の所謂「景表現」の部分であり、直前に歌謡を伴って構成される「童子女松原」の説話である。

香島398

便欲相語、恐人知之、避自遊場蔭松下、（携手促膝／陳懐吐憤）（既釋故戀之積疹／還起新歡之頻咲。）

于時（玉露抄候／金風風節、）（皎皎桂月照処／颯々松颸吟処）（唳鶴之西洲／度雁之東岵。）（夙寂寞兮巌泉旧／夜蕭條兮烟霜新。）（近山自覧黄葉散林之色／遥海唯聴蒼波激磧之声。）

茲宵于茲　楽莫之楽。（偏耽語之甘味／頓忘夜之将開。）（俄而　鶏鳴狗吠／天曉日明。）

爰童子等、不知所為、遂愧人見、化成松樹。（郎子謂奈美松／嬢子称古津松。）自古着名、至今不改。

＊「夙」は意改（後述〈第五章第三節〉）、新編全集「夕」、板本・大系本は「山」、菅本・武田本・松下本は「処」。

この「兮」は、『楚辞』「遠遊」の「山蕭條而無獣兮、野寂漠其無人。」、あるいは、これに依拠したと思われる梁・裴子野の寒夜賦「門蕭條兮晝閴。巷寂寞兮無人。」が『芸文類聚』巻五歳時部下「寒」にも採録されており、いずれかに学んだ表現であると思われるが、典拠の問題については、〈第五章〉で詳細に述べる。ここでは、これを利用した結果「兮」がこの部分にのみ用いられたことを指摘するに留める。辞賦に特徴的な助辞である「兮」が、風土記に用いられた理由はここにあると考えられる。

続いて、連接語系の助辞では、「即」は各郡に満遍なく用いられ、最も多用されている。これは他の古風土記四種についても同様である。

「乃」は連体助詞格「の」の例が四例、音仮字「ノ」の例が一一例であり、「すなはち」の義では、行方376「乃至二山口一。」の一例のみである。助辞用法が皆無の出雲国風土記でも、音仮字使用のみで（連体助詞と思われるものも音仮字連続の中で用いられる）二〇例を超える。常陸・出雲では、音仮字（もしくは連体助詞）専用字として使用され、連接の助辞としての使用は避けられたことが考えられる。ここのみ「乃」を用いる積極的な理由は今のところ見いだせないが、「乃至」という熟字に引かれた表記であるかも知れない。

「輙」は、既に小島憲之氏が指摘されるように、六朝俗語小説に多用される助辞であり(10)、他の風土記では使用されないことは注目される。「便」「則」は、郡ごとに多少の使用の偏りは見られるが、これを以て筆録者の相違を論じるに足るものではないと思われる。ともに対句中で換字法として用いられる特徴がある。

茨城366「有二人來一。則入レ窟而竄之。其人去。更出レ郊以遊之。」については先に述べたが、この直後にも以下の傍線部ように「則」「是」と換字されている。

茨城368

夫此地者〔芳菲嘉辰〕〔命駕而向〕〔春則浦花千彩〕〔聞歌鶯於野頭〕〔社郎漁嬢　逐浜洲以輻湊〕
〔揺落涼候〕〔乗舟以游。〕〔秋是岸葉百色〕〔覧儛鶴於渚干。〕〔商豎農夫　棹艀艖而往来。〕

これは前述の所謂「景表現」に相当し、この風土記で屈指の格調を有する部分であり、直後に歌謡を伴っている。点線部のように、「而」「以」の換字も為されている。

「便」もまた以下のように対句中で「以」と換字されている。

総記354

倭武天皇。〔巡狩東夷之國。幸過新治之縣。〕所遣國造豐那良珠命。新令掘井。流泉淨澄。尤有好愛。時停乘輿。翫水洗手。御衣之袖。垂泉而沾。〔便依漬袖之義。以爲此國之名。〕

「仍」の二例は以下のように用いられている。

①新治356

此人罷到。即穿二新井一。今存二新治里一随レ時致レ祭。其水淨流。仍以レ治レ井。因著二郡號一。

②香島392

古老曰。倭武天皇之世。天之大神。宣二中臣臣狹山命一。「今社御舟。」者。臣狹山命答曰。「謹承二大命一。無二敢所レ辭。」天之大神。昧爽復宣。「汝舟者。置二於海中一。」舟主仍見。在二岡上一。又宣。「汝舟者。置二於岡上一也。」舟主因求。更在二海中一。如レ此之事。已非二二三一。爰則懼惶。新令レ造二舟三隻一。各長二丈餘一。初獻之。

①は、四字句構成の中で、傍線部のように「即」「仍」が換字として用いられている。②も傍線部のように「仍」「因」の換字が為されている。ともに換字法と見られる。②では、さらに点線部「宣」「復宣」「又宣」、二重傍線部「在岡上」「更在岡上」のように、二度目の行為以降「また」を意味する助辞が付加され、しかも字をそれぞれ換えて視覚的変化を持たせている。②は、文字による推敲の跡が顕著であり、この風土記に見る景表現のような美文ではないものの、やはり極めて文字表現的な部分である。

さて、常陸国風土記では「また」の義で用いられる助辞としては他に「亦」「還」がある。「還」については

〈第二章第二節〉で述べたとおりであるが、この風土記では「亦」は所謂「もまた」の意味で用いられ、基本的には、「又」とは使い分けられているが、以下の如く対句中で他の助辞と換字されて用いられる場合もある。

①総記356堺是廣大。地亦緬邈。

②那賀404即盛二淨杯一。設レ壇安置。一夜之間。已滿二杯中一。更易レ瓮而置之。亦滿二瓮内一。如レ此三四。

③久慈410慈樹成レ林。上即幕歴。淨泉作レ淵。下是潺湲。青葉自飄二蔭レ景之蓋一。白砂亦鋪二翫レ波之席一。

①は「是」との対となっている。この場合の「是」は代名詞というよりもむしろ主格の表示であり、国語の「は」に相当する。したがって「亦」は、「地もまた」の意であり、国語の「も」に相当するが、漢文の助辞と見るべきである。②は「已」と対応して用いられ、「一晩ですっかり杯に満ちてしまい、容器を大きい瓮に換えたが、それにもまた一杯に成ってしまった。」の意。③は、景表現の美文的な文体中の用例であり、「自」と対応して用いられる。点線部「即」「是」も換字である。

次に文末助辞を考察する。まず注目されるのは、総記である。総記には、常陸国風土記に於いて、文末助辞として最多の「之」、次に多用される「也」が一例も用いられていない。「之」「也」は五つの古風土記すべてに多用される助辞であるが、これが使用されず「矣」二例「焉」一例が文末に用いられるのみである。総記は固有名詞を含む句を除外すれば、ほぼ四字句・六字句で構文され、一二の対句を有し、その中隔句対も三対見られる。即ち六朝美文に学んだ文章であることは明白である。美文の完成度という点では、歌謡を含む景表現の箇所に譲るが、これはそれぞれの郡の記事の一部であり、記事全体としては、誤用も皆無であるという点からも完成度の高い漢文となっている。

さて、「也」という文末助辞は、常陸国風土記に於いて、注の末尾（⑭⑰）や歌謡の末尾（②③）をはじめ、以下のように説明的な文の文末に用いられている。

①筑波362至于今不絶也。
②筑波362阿須波氣牟也。
③筑波362阿氣奴賀母也。
④信太364無可絶盡也。
⑤信太364飯名神之別屬也。
⑥信太366然後得入也。
⑦茨城366彌阻風俗也。
⑧行方374所築池也。
⑨行方376向香島陸之驛道也。
⑩行方380北有香取神子之社也。
⑪行方380或云茨城之里馬非也。
⑫行方380因名也。
⑬行方386因名也。
⑭香島390即恐驚奉納前件幣帛於神宮也。
⑮香島392「……置於岡上也。」
⑯香島396不得輙入伐松穿鐵也。

⑰香島398俗云宇太我岐。又云。加我毗也。
⑱久慈410土色黄也。
⑲多珂414今多珂石城所謂是也。

こうした説明的な文体が総記の美文調にそぐわないという認識が筆録に反映したと考えられるかも知れない。また、〈第一章第三節〉で論じたように、「之」を文末に使うことは古代朝鮮半島の金石文、我が国古代の金石文・木簡にはよく用いられ、日本書紀では巻によって偏用されるが、これも六朝美文ではもちろんのこと、漢籍自体に稀な用法である。総記を筆録する際、「也」「之」の使用は意図的に避けたと見て良いだろう。

以上のことから、総記は他の郡別の記事と筆録者を異にする可能性もあり得る。少なくとも、表記意識を異にすることは認められる。

郡別に見た場合、新治郡は文末助辞を一つも用いないという顕著な特徴を持つが、これはわずか九行の記述であることに起因することも考えられるので言及を憚られる。

助辞の使用分布から注目されるのは「之」である。この風土記の前半の総記・新治・筑波・信太に使用されず、茨城・行方・香島・那賀・久慈に用いられ、最後の多珂では用いられない。特に、行数当たりで見ると、香島・久慈の両郡で多用されるという特徴を持つ。他の古風土記では多用される文末助辞「之」が、常陸国風土記で偏用されることは偶然の結果とは考えがたい。日本書紀では文末の「之」の使用が「也」を上回る巻は、推古・舒明・天武上・天武下の四巻に限定される。[11] 日本書紀の場合、これは他の文字使用の偏用の現象とも一致し、筆録者の相違も指摘されつつある。[12] 常陸国風土記に於いても、筆録者・表記意識を解く鍵の一つになる可能性はあるが、それについては次節以降に譲りたい。

第五節　助辞用法の考察（二）「者」の考察

上代文献での「者」字の用法については、拙稿「上代に於ける『者』字の用法」『国語文字史の研究二』（和泉書院）及びその補訂にあたる拙著『記紀の文字表現と漢訳仏典』（おうふう）に、古事記に到るまでの用例をまとめたことがある。詳細は右記に譲るが、今その分類を挙げれば以下の通りである。

Ⅰ形式名詞的用法

「者」字連語、あるいは名詞性「者」字短語と呼ばれる用法で、この場合の「者」は「コト」「モノ」「トコロ」などの形式名詞に相当する。「者」を末尾に有し、全体で一個の名詞に相当する連語を作る。

Ⅱ提示用法

主語成分の後について、「提示」を強調し、「〜は」という意味を表すものと、規定語（時間を表す語等）と結合するものとがある。

Ⅲ仮設用法

複合句の前の句末に用い、仮設を示す用法である。

Ⅳ語気強調用法

句末に用い、疑問語気を表示するものである。比況の「如〜者」「似〜者」は、「〜者の如し」「〜者に似たり」と解し、形式名詞的用法の範疇に捉えられるが、疑問の場合は、「者」の有無が文意に直接関わらないと見られるので、これのみ語気詞と見なすことにする。

以上の分類に基づいて、常陸国風土記の用法をまとめれば、以下の通りである。

Ⅰ提示用法

a規定語の提示　4例

①総記354古者。②茨城368古者。③④香島390晝者狭蠅音聲。夜者火光明國。

b主語の提示　5例

①総記356常陸國者。②茨城368夫此地者。③香島390白桙御杖取坐識賜命者。④香島392「汝舟者。置於海中。」

⑤香島392「汝舟者。置於岡上也。」

c目的語の提示　1例

①筑波358筑箪命云。「欲令身名者。着國後代流伝。」

Ⅱ形式名詞的用法

a理由　3例

①総記354所以然號者。②行方372所以稱行方郡者。③行方380所以然稱者。

b人・物　8例

①信太364即遣卜者。②茨城370濤氣稍扇。避暑者。袪鬱陶之煩。③茨城370岡陰徐傾。追涼者。軫歡然之意。

④香島394有病者。⑤久慈412諸鳥経過者。⑥多珂414謂建御狭日命者。

⑦多珂416野狩者。終日駈射。不得一宍。⑧多珂416海漁者。須臾才採。盡得百味。

c会話　11例

①筑波358古老曰。「筑波之縣。古謂紀國。……筑箪命云。『欲令身名者。着國後代流伝。』即改本號。更稱筑

波。」者。

②筑波360神祖尊恨泣詈告曰。「即汝親。何不欲宿。……人民不登。飲食勿奠。」者。

③筑波360神祖尊。歡然諱曰。「愛乎我胤。巍乎神宮。……遊樂不窮。」者。

④行方372天皇四望。顧侍從曰。「停輿徘徊。擧目騁望。……宜可此地名稱行細國。」者。

⑤行方378古老曰。「……告夜刀神云。『自此以上。聽爲神地。自此以下。須作人田。自今以後。吾爲神祝。永代敬祭。冀勿祟勿恨。』。設社初祭。」者。

⑥行方380大足日子天皇。……顧東而勅侍臣曰。「海即青波浩行。陸是丹霞空朦。國自其中。朕目所見。」者。

⑦香島390大中臣神聞勝命。答曰。「大八島國。汝所知食國止。……天津大御神乃擧教事。」者。宣命体

⑧香島392天之大神。宣中臣臣狹山命。「今社御舟。」者。

⑨那賀404母告子云。「量汝器宇。自知神子。……宜從父所在。不合有此。」者。

⑩多珂416有人。奏曰。「野上群鹿。無數甚多。……并諸種珍味。遊漁利多。」者。

⑪多珂418倭武天皇……勅陪從曰。「今日之遊。……野物雖不得。而海味盡飽喫。」者。

Ⅲ条件強調用法

a仮設　8例

①総記356設。有身勞耕耘。力竭紡蠶者。立即可取富豊。自然應免貧窮。②行方376有見人者。破滅家門。

③④行方382「若有天人之烟者。來覆我上。若有荒賊之姻者。去靡海中。」⑤香島390我前乎治奉者。

⑥香島394春経其村者。百艸艷花。⑦香島394秋過其路者。千樹錦葉。

⑧久慈412神祟甚嚴。有人。向行大小便之時。令示災致疾苦者。近側居人。每甚辛苦。具狀請朝。

以上のように分類されるが、第一にこの風土記には、漢文の助辞「者」として誤用・稀用に当たる用例はないことが注目される。とりわけ上代文献に多い［Ⅲ条件強調用法］の確定条件を表す例が見られないことが注目される。古事記・万葉集にはこの用法が多用されるが、古風土記では、以下の例がある。

出雲：意宇136 138「……國之餘有耶見者。國之餘有」詔而。（4例）

出雲：意宇142殺割者。女子之一脛屠出。

播磨：飾磨30「見此二山者。能似人眼割下。故號目割。」

播磨：託賀100「他土卑者。常勾伏而行之。此土高者。申而行之。」

これらは、かつて論じたように、仮設用法の「者」を接続助詞「ば」で訓読した結果、「者＝ば」が定着し、その結果、仮定・確定の双方の「ば」の表記として「者」字が定着したものと考えられる。[13] これは当時の日常的な用法であったと考えられるが、以下の木簡などの例がそれを裏付ける。

其地在蔵鈎未不造者今欲得　そこなる蔵の鈎はいまだ造らざれば今得まく欲す。

平城宮発掘調査出土木簡概報二二・六頁（奈良国立文化財研究所）

このような国語化した当時の日常的な「者」の用法が常陸国風土記及び西海道風土記には見られないことは留意される。

第二に注目されるのが、規定語の提示の用法であり、これは西海道風土記に多用される用法である。豊後国風土記・肥前国風土記では、「者」字の用例の大半が「昔者」「曩者」であり、西海道風土記と常陸国風土記がともに漢語漢文を志向したことの徴証の一つに加えられる。

第三に注目されることは、会話の末尾に置かれる「者」の多用である。これは、『助字辨略』に「又唐人疏状、凡引㆓勅旨㆒訖、則以㆓者字㆒足㆑之。」と説明されるものであることは既に述べた（前掲注13同）が、古事記や他の風土記ではそう多く用いられるものではない。

古事記では、既に以下の二例を指摘した。

①序文24詔臣安萬侶「撰録稗田阿礼所誦之勅語舊辞以獻上。」者。

②上巻73介、天照大御神・高木神之命以詔太子正勝吾勝勝速日天忍穂耳命、「今、平訖葦原中國之、白。故、随言依賜降坐而知。」者。

②については、「之」と同じく上接の動詞を強調する用法の一種と見る説もある[14]が、ともに詔の引用に用いられている。

古風土記では、以下の用例がある。

出雲国風土記

③意宇142（語臣猪麻呂）即擡訴云「……以此知神霊之所神。」者。

④嶋根162国忍別命詔「吾敷坐地者国形宜。」者。故云方結。

⑤秋鹿186磐坂日子命……而詔「此處者、国稚美好有、国形如畫鞆哉。吾之宮者、是處造。」者。故云恵伴。

③は神に対する「訴」の引用であり、④⑤は「詔」の引用である。

播磨国風土記

⑥宍禾84宍禾郡。所以名宍禾者。伊和大神。國作堅了以後。堺山川谷尾。巡行之時。大鹿出己舌。遇於矢田村。爾勅云。「矢彼舌在。」者。故號宍禾郡。

⑦美嚢120又詠。其辭曰。「淡海者。水渟國。倭者。青垣。青垣。山投坐。市邊之天皇。御足末。奴僕良麻。」

者。

⑥は「勅」の引用であり、⑦は「詠」という非日常言語の引用である。

風土記逸文については、最近廣岡義隆氏の調査があった(15)。

⑧伊勢国伊勢国號448古語云「神風伊勢國。常世浪寄國。」者。蓋此謂之也。

⑨丹後国浦嶼子482古老等相傳曰。「先世有水江浦嶼子。獨遊蒼海。復不還來。今經三百餘歳。」者。何忽問此乎。

⑩丹後国奈具社488即謂村人等云「思老老夫婦之意。我心无異荒鹽。」者。仍云比治里荒鹽村。

⑪筑前国資珂嶋539御船夜時。來泊此嶋。有陪従名云「大濱小濱。」者。

⑫筑前国西海道節度使522筑前國風土記云。「當奈羅朝庭、天平四年歳次壬申。西海道節度使。筑前國西海道節度使、藤原朝臣諱字合。嫌二前議之偏一。考二當時之要一。」者。

この内、⑫は風土記自体に存したものではなく、風土記の文章の引用に用いられている。

日本書紀では、確実視されるものは以下の二例である。

⑬綏靖221於レ是。神八井耳命。懣然自服。讓二於神渟名川耳尊一曰。「吾是乃兄。而懦弱不能致果。今汝特挺神武。自誅二元惡一。宜哉乎。汝之光二臨天位一。以承二皇祖之業一。吾當下爲二汝輔一之。奉中典神祇上。」者。是即多臣之始祖也。

⑭垂仁271［割注］一云。……是時倭大神。著二穗積臣遠祖大水口宿禰一。而誨之曰。「太初之時期曰。『天照大神悉治二天原一。皇御孫尊。專治二葦原中國之八十魂神一。我親治二大地官一。』」者。言已訖焉。

⑬は、兄から弟（後の綏靖天皇）への譲位の言葉の引用であり、⑭は神懸かりした臣下の言葉の引用である。他

に疑いを残す例として、以下の四例がある。

a雄略479於レ是。新羅王、乃知二高麗僞守一。遣レ使馳告二國人一曰。「人殺二家内所養鶏之雄一」者。

b雄略495冬十月。詔。「聚二漢部一。定二其伴造一」者。

c雄略495十七年春三月丁丑朔戊寅。詔二土師連等一。「使レ進下應レ盛二朝夕御膳清器一」者。

d継体35天皇詔大伴大連金村・物部大連麁鹿火・許勢大臣男人等曰、「筑紫磐井反掩、有西戎之地。今誰可將者。」

aは「鶏之雄者鶏の雄者」、bは「其伴造者其の伴造の者《ひと》」、cは「清器者清き器者」、dは「將者 將《いくさのきみ》たるべき者《もの》」との訓みも可能であり、むしろ形式名詞用法b人・物に分類するべきであろう。

万葉集においては、廣岡氏の調査に拠れば、巻一、二四左注・三九左注・巻二、九〇左注・巻五、沈痾自哀文、割注・巻六、一〇〇九左注・巻八、一六五七左注・巻一六、三八〇三左注・三八二四左注・三八三七左注・巻二〇、四四三九左注の例があると言う(16)。この中、注目されるのは以下の四例である。

巻一、三九左注

右日本紀曰。「三年己丑正月天皇幸二吉野宮一。八月幸二吉野宮一。四年庚寅二月幸二吉野宮一。五月幸二吉野宮一。五年辛卯正月幸二吉野宮一。四月幸二吉野宮一」者。未三詳二知何月従駕作歌一。

巻二、九〇左注

亦(日本紀)曰。「遠飛鳥宮御宇雄朝嬬稚子宿祢天皇廿三年春三月、甲午朔庚子、木梨軽皇子為二太子一。容姿佳麗見者自感。同母妹軽太娘皇女亦艶妙也云々。遂竊通。乃悒懐少息。廿四年夏六月御羮汁凝以作レ氷。天皇異之卜二其所由一。卜者曰。『有二内乱一。盖親々相奸乎云々。』仍移二太娘皇女於伊豫一。」者。今案二代二時不レ見二此歌一也。

巻八、一六五七左注

右、酒者官禁制偁。「京中閭里不レ得二集宴一。但親々一二飲樂聴許。」者。縁レ此和人作二此發句一焉。

巻二〇、四四三九左注

于時水主内親王寝膳不レ安累日不レ参。因以二此日一太上天皇勅二侍嬬等一曰。「為レ遣二水主内親王一賦レ雪作レ歌奉獻。」者。於レ是諸命婦等不レ堪レ作レ歌而此石川命婦獨作二此歌一奏之。

巻一、巻二はともに日本紀の引用に用いられ、巻八は「偁……者」という官符の引用に用いられ、巻二〇は、天皇の勅の引用に用いられている。

官符の引用にこの「者」が用いられることは、早く布施秀治氏が指摘された。

奈良朝以後の詔勅奏書及び官符文等には、偁《イハク》と者《テヘリ》と上下相呼応させたものが頗る多いことも注意すべきで、即ち一種の呼応法を為してゐるのである。(17)

これは、先に挙げた『助字辨略』「又唐人疏狀、凡引二勅旨一訖、則以二者字一足レ之。」の用法に適うものである。

また、早川庄八氏は、施行文書としての太政官符の典型として以下の例を挙げられている。(18)

一　勅施行の太政官符

(イ)

太政官符某国司

其事云々事

以前、奉二勅旨一偁、……者。国宜承知、准レ勅施行。符到奉行。

（ロ）

太政官符某司

　其事云々事

右被二某（＝上卿）宣一偁、奉レ勅……者。

二　論奏型法令施行の太政官符

太政官符某司

　其事云々事

右太政官某月某日論奏偁、……者。画聞既訖。……（施行を命ずる文言）

三　太政官宣型法令施行の太教官符

太政官符某司

　其事云々事

右某（＝上卿）宣（または被二某宣一偁）……

四　奏事型法令施行の太政官符

太政官符某司

　其事云々事

右得二某司解一偁、……伏請二天裁一者（または謹請二官裁一者）。某（＝上卿）宣、奉レ勅依レ請。

五　太政官処分型法令施行の太政官符

太政官符某司

其事云々事

右得二某司解一偁、……謹請二官裁一者。某（＝上卿）宣、依レ請。

このように、官符引用の定型とも言い得るこの形式が、万葉集一六五七番歌左注にはそのまま用いられていると言うことができよう。

さて、常陸国風土記に多用されるこの形式を考察する上で、この官符引用形式がいつまでさかのぼれるかが問題となる。管見の限りでは、以下の『令集解』所引「古記」二条（三例）が古例として挙げられる。

古記云。天平三731年依二式部解一官議曰、案二學令一「凡算經、孫子以下九司以上、各爲一經。」。「其學生、辨二明術理一、然後爲レ通、試二九章六章綴術各三條、餘經各一條一、試レ九通六以上爲レ第。若落二九章一者、雖レ通レ六。猶爲二不第一。」者。令設二及第之科例一、立二敍位之法一。但學如二麟角一、權レ時レ制宜、成若二牛毛一、理須二簡品一。其周髀者、論二天地之運轉一、推二日月之盈虛一、言涉二陰陽一、義關二儒說一、此類餘術。難易殊懸、一概餘銓衡、理未二允愜一。頃者、諸國貢擧算生、偏習二餘經一、苟規二及第一、无二益レ國之大器一、有二容レ身之少才一。曆象秘要、恐將墜レ地。自レ今以後、習レ算出身、不レ解二周髀一者、請、依二令文一、只許二留省一、事異二常例一。（新訂増補国史大集『令集解』学令四五五頁）

古記云……。神龜四727年正月廿六日格云、勲位九等以下任二長上官一應レ免二課役一事。右被二太政官去神龜三726年十一月十五日符一云、得二令師正五位下鍛冶造大隅從五位下越知直廣江。正七位下鹽屋連古麻呂等申狀一偁、「謹檢二賦役令一云。『內外初位長上勲位八等以上、並免二課役一。其主政主帳勲位九等以下、並免二徭役一。』」者。謹案二令文一、勲位九等以下、未二任用之前一、得レ免二徭役一。即知。已被レ任之後、令レ免二課役一。」者。省宜知レ狀。自レ今以後、永爲二常位一。（新訂増補国史大集『令集解』賦役令四一六頁）

「古記」の成立は通説では天平一〇《738》年頃とされるから、遅くとも天平年間には既にこの官符引用形式が定着していたと言って良いだろう。

古事記の用例は「詔」であり、播磨国風土記も一例が詔で、もう一例は詠という非日常言語の引用であった。出雲国風土記でも、二例が詔であり、一例は神への訴えの言葉であった。日本書紀では、神八井耳命の後の綏靖天皇への譲位の言葉と神懸かりの言葉の引用であった。

このように、上代文献において、多くは勅・詔の引用に用いられ、その用例数も限られる中で、常陸国風土記では一一例と多用され、古老の伝承①⑤、神の言葉②③⑧、天皇の言葉④⑥⑪、天皇への言葉⑦（宣命体）⑩のように用いられている。この常陸国風土記での多用は、官符・詔勅に慣れ親しんだ中央官人の筆癖が反映されたものであることが想定される。このことは、既に言われるように、「容止」や助辞「合」をはじめ『常陸国風土記』は法律語を熟知した官人の述作になるという指摘(19)と考え合わせることができよう。

第六節　「所有」の特殊用法について

〈第三節「誤用の分布」〉【表Ⅰ】で取り挙げた「所有」の用法について詳細に検討したい。これはまず他の古風土記に用例がないことが注目される。

かつて述べたことがあるが、「所有」は、古事記では、「……於葦原中国所有宇都志伎上此四字以音青人草之……。」（上巻三六頁）の一例のみが用いられる（前掲注13同）。文言では「領有・占有」の義であるが、「全部」の意は口語的であり、『漢語大詞典』が挙げる用例は、『水滸伝』まで下る。『大漢和辞典』は、漢籍の用例は『国朝漢学師承伝』を挙げ清代まで下るが、まさに古事記の当該例を挙げている。ところが、これは、『敦煌変文集』では「伍子胥変文」を始め四例見え、それよりも早い用例は仏典に見られる。玄奘の『大乗広百論釈論』『大乗大集地蔵十輪経』義浄の『根本一切有部毘奈耶雑事』『金光明最勝王経』等、新訳経典が挙げられるが、既に『経律異相』にも「所有樹木還生如本不可稱計。〔出涅槃經〕巻五21c」をはじめ多くの用例があり、文献での使用が旧訳経典時代に遡ることは明らかである。訓点資料では『金光明最勝王経』古点を始め「あらゆる」と訓まれるから、早くから「あらゆる」の訓が定着し、古事記にも用いられたと見るべきであろう。日本書紀でも、雄略紀・孝徳紀に限られ「領有」の義が五例、「全部」の義は一例〔巻一四・三七三頁〕のみである（前掲注13同）。

さて、常陸国風土記の全用例を分類すれば以下の通りである。

A領有・全部

①総記356但以二所レ有水田。上小中多一。大系…有らゆる・全集…あらゆる・全書…有る所

②香島396之万・輕野。二里所レ有田。潤之。大系…有らゆる・全集…あらゆる・全書…有る所

③香島400以南所レ有平原。謂二角折濱一。大系…有らゆる・全集…あらゆる・全書…有る所

④那賀406「我家所レ有。母與二伯父一。是亦。汝明所レ知。當レ無三人可二相從一。」大系…あるところ・全集…ある・全書…有る

⑤久慈408其池以北。謂二谷會山一。所レ有岸壁。形如二磐石一。大系…有らゆる・全集…あらゆる・全書…有る所

⑥久慈408山田里。多爲二墾田一。因以名之。所レ有清河。源發二北山一。近經二郡家南一。會二久慈河一。大系…有らゆる・全集…あらゆる・全書…有る所

以上については、漢文の語法として適当な用例であるが、この風土記特有の用法は以下B・Cの例である。

B存在（マシマス）

⑦信太364其里西。飯名社。此即。筑波岳所レ有。飯名神之別屬也。大系…有《いま》せる・全集…有す・全書…有る所

⑧香島388別置二神郡一。其處所レ有。天之大神社。坂戸社。沼尾社合二三處一。大系…有《い》ませる・全集…有ませる・全書…有る所

C産出

⑨香島396安是湖之所レ有沙鐵。造レ劍大利。大系…有る所・全集…あらゆる・全書…有る所

⑩久慈408河内里。本名二古古之邑一。……所レ有土。如二青紺一。用レ畫麗之。大系…有らゆる・全集…あらゆる・全書…有る所

⑪久慈412北山。所レ有白土。可レ塗レ畫之。大系…有らゆる・全集…あらゆる・全書…有らゆる

⑫多珂418東南濱碁子。色如二珠玉一。所レ謂常陸國。所レ有麗碁子。唯是濱耳。大系…有らゆる・全集…あらゆる・全書…有る

まず、Bの存在（マシマス）であるが、これは、古典大系・新編全集ともに「います」と訓んでいるように、神の存在を意味しており「マシマス」の意が相応しいと思われる。「所＋動詞」は、漢文では**〈主語＋所＋動詞＋（之）＋目的語〉**とあるべきであるが、日本書紀にも

神代上79高天原所レ生神、名曰二天御中主尊一。

右のように、「高天原に生りませる神」のような漢文の語法に外れた文例がある。これは日本書紀では所謂β群に用いられるものであり、森博達氏が中国人述作説を採るα群には用いられない。[20] この用法は、漢語漢文を志向した日本書紀β群においても用いられたものであり、その意味で常陸国風土記も漢語漢文を志向したものであ

ることとは矛盾しないが、明らかな和習であり、漢語漢文としては誤用と言えるだろう。〈第三節〉で指摘した有・在の誤用や、字順の誤りの場合、意図的にそれを用いたというよりも訓読的思惟による誤用と言えるが、この場合は、日本書紀β群の表現とともに、神の発生・存在を表す国語独特の表現であり、意図的に用いられた可能性も残されるかも知れない。

C産出についても「所有」の使い方は特殊である。いずれも〈**土地＋所有＋産物**〉という文型である。この風土記での初出例⑨について、古典大系は、「其若松浦、即、常陸下總、二國之堺、安是湖之所レ有。（其の若松の浦は……安是の湖のあるところなり。）」と古典全書・新編全集と句点を大きく異にするが、古典全書・新編全集に従うべきであろう。また新編全集の頭注は、後世の「有るところの」と同じと言う。これは、この「所有」の用法に不審を感じたが故の注であろうかと推測される。

この〈**土地＋所Ｖ＋産物**〉（**Ｖは動詞**）という構文は、奇しくも常陸国から提出された木簡に見られるのである。古代木簡で〈**所Ｖ**〉の見られるものを挙げれば、以下の通りである。

平城宮木簡

①常陸国那賀郡酒烈埼所生若海藻　『平城宮木簡一』木簡番号四〇二

②←烈埼所生若海藻　『平城宮木簡二』木簡番号二七四〇

③・←鳳至郡
・←美崎所生　「木簡研究」第八号112頁

④長門国豊浦郡都濃嶋所出穉海藻天平十八年三月廿九日　『平城宮木簡一』木簡番号四〇一

二条大路木簡

⑤□○□〔並ヵ〕島上郡高□〔槻ヵ〕□所生　「平城宮発掘出土木簡概報」三三21頁

長岡宮跡木簡

⑥↑郡□〔酒ヵ〕列埼所生……□○五□　「木簡研究」第二〇号59頁

⑦・↑〔常陸〕国那賀郡酒□〔烈ヵ〕埼所生伍斤

・○延暦九年　「木簡研究」第二一号35頁

①〜⑦の中、産物の記述される木簡は①②④であり、分量の記述される木簡は⑥⑦である。③は、能登国鳳至郡（あるいは越前国鳳至郡、越中国鳳至郡）美崎の地名が確認され、⑤は、摂津国島上郡高槻の地名が確認されるが、**〈地名＋所生〉**のみの記述であり、産物名・分量が記述されないので、常陸国風土記の**〈土地＋所Ｖ＋産物〉**という構文とは異なると見られる。産物に付けられた木簡であれば、産物名は記述されずとも、産出地が記述されれば事は足りたことも考えられる。

したがって、考察対象となる木簡は、①②④⑥⑦であるが、④を除く四例が奇しくも常陸国那賀郡酒烈埼《さかつら》からの貢進されたものであることは注目に値する。①と②は筆跡も酷似することが指摘されており、ともに常陸国那賀郡酒烈埼《さかつら》の産物であるワカメを記したものと見られる。⑥⑦は時代は降り、長岡京の時代のものであり、⑦は延暦九790年の年紀を持つが、これもまた常陸国の酒烈埼から貢進された産物の分量を記している。④は天平一八746年の年紀と長門国豊浦郡都濃島の地名が確認され、やはり産物はワカメである。

〈土地＋所Ｖ＋産物〉の構文は、地方の下級官人、とりわけ常陸国那珂郡の官人が常用した構文であることが認められる。数少ないこの**〈土地＋所Ｖ＋産物〉**の構文が常陸国風土記と常陸国から貢進された木簡に共通することは、偶然の語を以て捨て置けない事実であると考えられる。

詔勅・官符の引用の末尾に用いられる「者」は、中央官人になじんだ用法であり、〈**土地＋所V＋産物**〉の用法は、常陸の下級官人が木簡に記した用法であった。

常陸国風土記の最終的筆録者が中央から派遣された国司或いはその周辺の官人であったにせよ、その資料には郡司クラスの在地の官人から提出されたものがあったことが想定される。

ここで、改めて和銅の所謂「風土記撰進の詔」に注目したい。『続日本紀』元明天皇、和銅六713年五月甲子（二日）詔を挙げれば、以下の通りである。

①畿内七道諸国郡郷名著好字。②其郡内所生、銀銅彩色草木禽獣魚虫等物、具録色目。③及土地沃塉、④山川原野名号所由、⑤又古老相伝旧聞異事、載于史籍、言上。

常陸国風土記は、その巻首に「常陸国司。解。申古老相伝旧聞事」とあり、⑤を承けたものと考えられる。記載内容からも⑤に多大な関心を抱いていたことは確実である。しかし、①に関する記述はほとんど見られないが、②③④に関しても無関心ではなく、各郡ごとに少なからず記述されている。④⑤は内容的に不可分の面もあり、これを記述することに最も労力を割いたのが『常陸国風土記』であると言い得るが、②③は各郡からの報告なしに成り立つものではないだろう。全体として漢語漢文を志向し、漢文としての誤用も少ないことがこの風土記の特徴であることから、最終的筆録者は漢語漢文に長けた中央から派遣された官人であったことが考えられるが、それぞれの土地の産物などは各郡から提出された資料に依拠した部分も含まれたに違いない。その一つの徴証が〈**土地＋所V＋産物**〉構文に見て取れるのである。

【注】

（1）田中俊江氏「常陸国風土記と「常世之国」」古代文学三八号（一九九九年三月）

（2）増尾伸一郎氏「神仙の幽り居める境」『古代東国と常陸国風土記』（雄山閣、一九九九年）

（3）橋本雅之氏「『常陸国風土記』の漢語表現」太田善麿先生追悼論文集『古事記・日本書紀論集』（おうふう、一九九九年）→『古風土記の研究』（和泉書院、二〇〇七年）

（4）小島憲之氏『上代日本文学と中国文学』上（塙書房、一九六二年）五七九〜六七〇頁

（5）沖森卓也氏「風土記の文体について」小林芳規博士退官記念『国語学論集』（一九九二年）→『日本古代の表記と文体』収載（吉川弘文館、二〇〇〇年）

（6）橋本雅之氏「『常陸国風土記』註釈（四）」風土記研究第二二号（一九九六年一一月）

（7）植垣節也氏　新編日本古典文学全集5『風土記』（一九九七年）三六七頁頭注

（8）拙稿「漢字で書かれたことば――訓読的思惟をめぐって――」国語と国文学第七六巻五号特集号『文字』（東京大学国語国文学会、一九九九年五月）

（9）橋本雅之氏「古代説話における婚姻の一習俗」古事記研究大系11『古事記の世界』上（高科書店、一九九六年）

（10）小島憲之氏『上代日本文学と中国文学』上（塙書房、一九六二年）六一七〜六一八頁

（11）白藤禮幸氏「日本書紀の文末助辞について」五味智英先生還暦記念『上代文学論叢』（笠間書院、一九六八年）

（12）森博達氏『日本書紀の謎を解く』（中公新書、一九九九年）

（13）拙著『記紀の文字表現と漢訳仏典』（おうふう、一九九四年）

（14）山口佳紀氏「『古事記』における『者』字の用法と解釈」山口明穂教授還暦記念『国語学論集』（明治書院、一九九六年）

（15）廣岡義隆氏「文末辞・語已辞としての『者』字（一）」菅野雅雄博士古稀記念『古事記・日本書紀論究』（おうふう、二〇〇二年三月）→『上代言語動態論』所収（塙書房、二〇〇五年）

(16) 廣岡義隆氏「文末辞・語已辞としての『者』字（二）」三重大学日本語学文学第一二号（二〇〇一年六月）↓『上代言語動態論』所収（塙書房、二〇〇五年）

(17) 布施秀治氏「古文書記録に見えたる語辞の一般考察下」帝国学士院記事第二巻第二号（一九四三年七月）二七四頁

(18) 早川庄八氏『日本古代の文書と典籍』（吉川弘文館、一九九七年）一七九～一八一頁

(19) 小島憲之氏『上代日本文学と中国文学』上（塙書房、一九六二年）六一五頁

(20) 前掲注(12)

第四章　美文への志向（一）　香島郡「童子女松原」

第一節　「童子女松原」本文

前章において、助辞用法や漢語漢文としてみた場合の誤用などを検証した。その結果、表現主体の重層性が見えてきた。辞賦に比肩するかのような美文と稚拙な誤用との混在は一人の述作者の手に成るとは到底考えられないものである。

この章では六朝美文への傾斜が著しい表現について考察したい。六朝美文への志向は景表現の部分に顕著であり、またそこには歌謡を伴っていることが指摘されていることについては、前章で述べた通りであるが、ここでは香島郡の所謂「童子女松原」を中心に考察したい。この文章が常陸国風土記中の名文として最も際立ったものであることは周知の通りである。最近、橋本雅之氏に当該部分を考察した論があった(1)。王勃「七夕賦」の表現を利用して述作した可能性が極めて高いとされるが、その確認も含めて考察したい。そこにどんな漢籍知識人の相貌が見えてくるだろうか。

まず、四本集成に拠る校訂本文を対句を明示して挙げれば以下の通りである。

以南。童子女松原。古有二年少童子一。俗云。加味乃乎止古。加味乃乎止賣。

男稱二那賀寒田之郎子一。
女號二海上安是之嬢子一。

竝。形容端正。光二華郷里一。相二聞名聲一。同存二望念一。自愛心滅。經レ月累レ日。

嬥歌之會。俗云宇太我岐。又云。加我毗也。邂逅相遇。

于レ時。郎子歌曰。伊夜是留乃。阿是乃古麻都爾。由布悉弖々。和乎布利弥由母。阿是古志麻波母。

嬢子報歌曰。宇志乎爾波。多々牟止伊閇止。奈西乃古何。夜蘇志麻加久理。和乎彌佐婆志理之。

便欲二相語一。恐二人知一之。避レ自二遊場一。蔭二松下一。

携レ手促レ膝。既釋二故戀之積疹一。
陳レ懐吐レ憤。還起二新歡之頻咲一。

于レ時。

玉露杪候。皎皎桂月照處。唳鶴之西洲。夙寂寞兮巖泉舊。近山自覽二黄葉散レ林之色一。
金風令節。颯々松颸吟處。度雁之東岵。夜蕭條兮烟霜新。遙海唯聽二蒼波激レ磧之聲一。

茲宵于レ茲。樂莫二之樂一。

偏沈二語之甘味一。俄而。鶏鳴狗吠。
頓忘二夜之將レ開一。天曉日明。

爰僮子等。不レ知レ所レ爲。遂愧二人見一。化二成松樹一。

郎子謂二奈美松一。自レ古著レ名。至レ今不レ改。
嬢子稱二古津松一。

以上について、本文とその典拠を中心に考察するが、本文は、歌謡の前後で二分することができる。辞賦に比肩するとも言い得る後半部（歌謡の直後）と、歌謡の題詞とも言い得る前半部である。前半部は四字句主体に構成されるが、対句を構成する意識が希薄な部分である。

第二節　「童子女松原」前半部

まず、前半部から逐次考察する。

①以南。童子女松原。

植垣氏（『新編日本古典文学全集』）は、次行の「……郎子女號……」からの目移りによる誤入として、「女」を削除するが、四本（管本・武田本・松下本・板本）ともに「童子女」とある。三写本共通の祖本（延宝五年に前田家本を書写したとされる彰考館本）に元々なかった「女」が竄入していた可能性も残されるが、ここでは諸本に従う。

さて、「童子女」の語は漢籍には未見であるが、仏典には「男子女人童子女類」[No.263正法華経]、「女人及童子女等」[No.895蘇婆呼童子請問経]等に見られる。

②古有二年少童子一。俗云。加味乃乎止古。加味乃乎止賣。

「年少童子」の語も、[No.26中阿含経]・[No.1644佛説立世阿毘曇論]等、仏典に散見する語である。

③男稱二那賀寒田之郎子一。女號二海上安是之嬢子一。

「稱」「號」と避板法を用いるのは対句仕立ての常套手段である。「童子」「童女」を用いず、「郎子」「嬢子」と用いるのも同様に重複を配慮したものである。「郎」と「嬢」については、神田秀夫氏に詳細な研究がある。[2] 神田氏は、「郎」と「嬢」を相対させた特殊例として当該例を挙げ、そこに『遊仙窟』の五嫂が一方を「娘子」と呼び、一方を「張郎」と呼んで中に立つような相称、対照の面白味を指摘し、唐朝の流行を模倣したものとされる。「郎子」について、神田氏は『字源』より『北斉書』『北史』の例を引く。これは沙門の会話中にあらわれる。他に例を求めても、この語は初唐あたりから文献中にあらわれはじめるようである。

元起曰「年少郎子、何用馬為。」〔南史・巻五五・列伝四五・鄧元起・中華書局本一三六九頁〕

有僧乞食因即勸云、「郎子既有善性、可向天台山出家。」〔No.2060續高僧傳586a13〕

これらを見ても会話文中の二人称であり、口語的要素が強い。嬢(娘)子もまた『北斉書』『北史』『遊仙窟』『王梵志詩』『敦煌変文』など初唐あたりから文献中に用いられはじめ、会話文に多く用いられる。常陸国風土記では、こうした口語性を帯びたを語をいち早く取り入れ、洒落た対表現としている。神田氏も指摘されるように、これは光明子の「藤三娘」と同じく唐の流行(例えば『遊仙窟』の「十娘」「五嫂」)を取り入れた気取った異国趣味である。明治に於いて例えれば「フラウ」と呼称する意識に類似する。[3] 先進文化を有する外国の言語を学んだ知識人独特の意識が見て取れる。

④竝。形容端正。光二華郷里一。

「形容端正」は、仏典・敦煌変文などに多く用いられるが、〔列女伝・巻一・周室三母〕などにも用いられ、容姿を誉める常套句である。「光華」について、橋本氏(前掲注1同)は「七夕賦」の「忘二帝子之光華一」を挙げ、風土記の「光華」もこの「天子の誉れ」を踏まえて、二人の美貌が村里に誉れ高かったことを意味すると考えるのが妥当であるとされるが、「七夕賦」は名詞の例であり、風土記の「光華」は動詞である。「七夕賦」に拠ったと見てこの「光華」を「ほまれ」の意に解釈するよりも、「二人の美貌が村里に光り輝いていた」という解釈が成り立つ余地も残される。いずれの解釈に立つにせよ、述作者は、広い漢籍の知識から、既にこうした「光華」の用法を熟知していたと見るべきであろう。むしろ解釈のためには、例えば「齊故中堅將軍趙州長史李妻崔氏墓誌銘」（漢魏南北朝墓誌彙編）の「剋生邦媛、光華戚里。」等の用法と比較すべきであろう。

⑤相二聞名聲一。同存二望念一。自愛心滅。經レ月累レ日。

「望念」は稀用。四字句仕立てにするための造語と見られる。「經〇累〇」は、「經年累稔」「經年累月」など、しばしば漢籍・仏典に用いられる句である。

⑥嬥歌之會。俗云宇太我岐。又云。加我毗也。邂逅相遇。

「嬥歌」は、小島憲之氏が指摘するように、(4)『文選』「魏都賦」に見え、李善注に「巴土人歌也」とある。これは明らかにここに拠ったと見るべきであり、『文選』の学習が盛んだったとは言え、こうした稀少語を選択して用いる知識と能力から、述作者として相当の漢籍知識人像が浮かび上がる。

「邂逅相遇」は、『毛詩』鄭風「野有蔓艸」以来の句である。

野有蔓艸、零露漙兮、有美一人、清揚婉兮、邂逅相遇、適我願兮。
野有蔓艸、零露瀼瀼、有美一人、婉如清揚、邂逅相遇、與子偕臧。

鄭玄は、草が初めて生じ、霜が露と変じた仲春の日の歌とする。当時、鄭玄注で読まれていたことは明らかである。現在では、露が初めて降りる秋の郊野での出会いと見なす説(5)も存する。秋の出会いとすれば、風土記のこの場面に適合するが、むしろ、季節は問題ではなく、男女の出会いを描写する際にこの語に思い当たるところがあったと見るべきであろう。論語以来、鄭声は淫とされるが、「邂逅相遇」の句のみでそれを踏まえたとみるのは早計であろう。

以上のように、前半部は、二人の主人公の紹介と出会いを記述しており、歌謡の題詞として機能していると言い得る。四字句中心に記述しようとする意図が見られるが、これはこの風土記の全体的な特徴であり、この部分に限定されることではない。避板法は存するが、美文を意識したとは言えない。

第三節　「童子女松原」後半部

続いて、美文への志向が明確に見られる後半部について考察する。

①便欲㆓相語㆒。恐㆓人知㆒之。避㆑自㆓遊場㆒。蔭㆓松下㆒。

「語」は、菅本「晤」もしくは「䎸」、武田本・松下本は「晤」、板本は「語」となっている。「晤」は、集韻に「䁻或作晤」とありこの場合論外。「䎸」は集韻に「聴也」とあるが、この場合「聴く」よりも「語る」方が適当であろう。植垣氏は「相晤」とするが、「相語」の例は多くあるが、「相晤」の例は唐以前には見当たらないので、古典全書・古典大系・板本に従い「語」とするのが穏当であろう。

②携レ手促レ膝。
「携手」は『毛詩』邶風「北風」以来の語。久慈郡にも「促膝携手」［四一〇頁］の例がある。「促膝」は『芸文類聚』では、梁代の用例が、陸倕「贈京邑僚友詩」「感知己賦贈任昉」、何遜「與胡興安夜別詩感知己」朱异「田飲引」など四例認められる。

③陳レ懐吐レ憤。
これについては、〈第二章　第五節　漢籍と風土記〉で指摘したとおり、『楚辞』王逸注に類似表現がある。即ち、「九章・惜誦」の「惜誦以致愍兮、發憤以杼情。……言與行其可跡兮、情與貌其不變。」に対する王逸注に「志願為情、顔色為貌。變、易也。言己吐口陳辭、言與行合、誠可循跡。」とある。王逸注は『令集解』選叙令に「惜誦」の王逸注が見られるとともに、『日本国見在書目録』にも「楚辞一六　王逸」とあり、早くから伝来していたものと見られる。直接これを参考にしたとは言い難いが、「携手促膝」と緊句（四字対）を作るための所作であろう。

④既釋二故戀之積疹一。還起二新歡之頻咲一。
「既……、還……」については、拙稿で詳述したが(6)、「既・已」と「且・亦・復・還」との併用による用法であり、古事記では、「既行其信。還惶其情。故。雖報其功。滅其正身。」［下巻一八〇頁］「既等天皇之鹵簿。亦其束装之状。及人衆。相似不傾。」［下巻一九九頁］が見られる。「スデニ」と「マタ」とは、句を距てて相互に呼応し、「還」は再現反復の意を示す。懐風藻（調老人）や山上憶良（万葉集巻五）また空海の性靈集（既……還、既復

……）など漢籍教養人の作に見えることが指摘されている。(7) この部分も「かねてからの恋心の積もりに積もった苦しみを解きほぐすばかりではなく、かえってまた新しい歓喜の笑みを幾度となく浮かべてしまう。」の意。見事な長句（七字対）である。

橋本氏（前掲注1同）は「新歓」を逢瀬の場に用いる王勃「七夕賦」との共通性を説かれるが、確かに王勃は「益州夫子廟碑」にもこの語を使うなど、初唐四傑においても、この語を好んだのは王勃のみのようである。王勃以外では、楽府であるが『芸文類聚』にも所載の「魏文帝猛虎行」の冒頭句に「與君媾新歡」［芸文類聚巻四十二］とある。橋本氏は、場面的に王勃の例に劣るとするが、むしろ「故」と「新」の対比という点では、謝霊運の「道路憶山中五言」［文選巻第二六］の「懐レ故叵二新歡一」という表現に注目すべきであろう。

⑤于レ時。玉露杪候。金風令節。

橋本氏（前掲注1同）は、王勃「七夕賦」と同じく、「于時」を間において情景描写へと転換する方法の類似を説かれるが、これは多くの辞賦に共通することであり、「七夕賦」のみに学んだとは言い難いだろう。

「杪」は、管本・武田本・板本は「抄」とあるが、松下本に従う。小島憲之氏（前掲注4同）の説かれる通り、「杪」は、季節の末を意味することは後述する。「令節」も、管本・武田本・松下本、植垣氏「金風々節」とあるが、今、小島憲之氏（前掲注4同）・橋本雅之氏（前掲注1同）に拠る。

「杪候」「令節」は、「芳菲嘉辰、搖落涼候。」（茨城郡・高浜之海）とともに、季節の表現であることが明らかであることは小島氏の説かれる通りである。こうした四季の表現について、『初学記』『太平御覧』に引かれる『梁元帝纂要』が参考になる。両書ともに、四季の部分が引かれている。

〔初学記巻三・春第一〕（〔太平御覧巻十九・時序部四・春中〕大同小異）

梁元帝纂要曰。春曰青陽。氣清而温陽。亦曰發生、芳春、青春、陽春、三春、九春。天曰蒼天。萬物蒼蒼而生。風曰陽風、春風、暄風、柔風、惠風。景曰媚景、和景、韶景。時曰良時、嘉時、芳時。辰曰良辰、嘉辰、芳辰。節曰華節、芳節、嘉節、韶節、淑節。草曰弱草、芳草、芳卉。木曰華木、華樹、芳林、芳樹。林曰茂林。鳥曰陽鳥、時鳥、陽禽、候鳥、時禽、好禽。正月孟春。亦曰孟陽、孟陬、音鄒。上春、初春、開春、發春、獻春、首春、首歳、初歳、開歳、發歳、獻歳、肇歳、芳歳、華歳。二月仲春、亦曰仲陽。三月季春、亦曰暮春、末春、晩春。

〔初学記巻三・夏第二〕（〔太平御覧巻二十二・時序部七・夏中〕大同小異）◯全略◯

〔初学記巻三・秋第三〕（〔太平御覧巻二十五・時序部十・秋下〕大同小異）

梁元帝纂要曰。……◯中略◯……九月季秋、亦曰暮秋、末秋、暮商、季商、杪秋。亦曰授衣此時婦功畢、始授衣。亦曰玄月。

〔初学記巻三・冬第四〕（〔太平御覧巻第二十七・時序部十二・冬下〕大同小異）

梁元帝纂要曰。……◯中略◯……十二月季冬、亦曰暮冬、杪冬、除月、暮節、暮歳、窮稔、窮紀。

茨城郡に用いられる「嘉辰」〔三六八頁〕が春の表現として挙げられていることも注目されるが、「杪」も、「杪秋」が九月、「杪冬」が十二月の表現として挙げられているように、「杪」が季末を意味することは明らかである。また、この風土記に見られる「〜辰」「〜節」という表現も列挙している。以上のように、四季それぞれの季節の表現を類別しているので、季節表現の解釈に役立つことはもちろんであるが、季節表現を駆使して美文を制作する場合にも利用価値は高かったであろう。しかし、『梁元帝纂要』の伝来は確認できない。『日本国見在書目録』にも残らず、『初学記』の伝来も常陸国風土記成立以降と見るのが穏当であろう。
季節の末を意味する「杪」の例を伝来が確実なものに求めれば以下の通りである。

〔芸文類聚〕宋謝靈運歸塗賦「……時旻秋之杪節。天既高而物衰。雲上騰而鴈翔。霜下淪而草腓。……」

これは、風土記と同じく秋の描写に用いられていることが注目される。

さて、「玉露」と「金風」の対の例は枚挙に暇がない。『文選』『芸文類聚』を中心に、常陸国風土記編者が目にした可能性のある漢籍を挙げれば、以下の通りである。

a〔芸文類聚巻五十八・雑文部四・移〕
陳徐陵為護軍長史王質移文曰。比金風已勁。玉露方團。宜及窮秋。幸踰高塞。

b〔楽府詩集巻二十・鼓吹曲辞〕斉随王鼓吹曲・謝朓・泛水曲
玉露一作霜霑翠葉、金風鳴素枝。

c〔楽府詩集巻四十四・子夜歌四十二首・晉宋齊辭・秋歌十八首〕
金風扇素節、玉露凝成霜。登高去來雁、惆悵客心傷。

d〔全唐詩巻一52〕秋日二首・李世民（小島氏所引）
菊散金風起、荷疏玉露圓。將秋數行雁、離夏幾林蟬。雲凝愁半嶺、霞碎纈高天。還似成都望、直見峨眉前。

e〔全唐詩巻三十五7〕奉和秋日即目應制・許敬宗
玉露交珠網、金風度綺錢。昆明秋景淡、岐岫落霞然。

f〔全唐詩巻九十五14〕自昌樂郡溯流至白石嶺下行入郴州・沈佺期
金風吹綠梢、玉露洗紅籜。

g［文選巻第二九］雑詩十首五言　張景陽

金風扇素節、丹霞啓陰期。西方為秋而主金。故秋風曰金風也。河圖曰、崑崙山有五色水、赤水之氣、上蒸為霞、陰而赫然。魏文帝芙蓉池詩曰、丹霞夾明月。

aは、小島氏も挙げるが、『芸文類聚』に所載されることには触れていない。gは、「玉露」ではなく「丹霞」との対であるが、李善注から「金風」の訓詁が知られるとともに、行方郡の「海即青波浩行。陸是丹霞空朦。」［三八〇頁］との関連が考えられる。

⑥皎皎桂月照處。唳鶴之西洲。颯々松颸吟處。度雁之東岵。

ここは、古典大系が「皎皎《あきら》けき桂月《つき》の照らす處は、唳《な》く鶴《たづ》が西洲《かへるす》なり。颯《さや》々げる松颸《まつかぜ》の吟《うた》ふ處は、度《わた》る雁が東《ゆく》岵《やま》なり。」と訓んで以来、古典全書・植垣氏ともに「西洲《かへるす》なり」「東岵《ゆくやま》なり」を踏襲している。読解としてはこの上ない訓みであるが、述作者は、「皎皎・桂月・唳鶴・西洲・颯々・松颸・度雁・東岵」は音読していた可能性が残される。この部分は、国語の表現を美文に置き換えたとは到底考えられず、はじめから美文制作を意図して書かれたと考えられるからである。

「皎皎桂月」については、以下を参考にしたと考えられる。

a［文選巻二七楽府上］燕歌行七言　魏文帝（本文『芸文類聚』に前半部のみ所引）

秋風蕭瑟天氣涼、草木搖落露為霜。楚辭、曰、悲哉秋之為氣也、蕭瑟兮草木搖落而變衰。毛詩曰、蒹葭蒼蒼、白露為霜。群燕辭歸鴈南翔、念君客遊思斷腸。禮記曰、仲秋之月、鴻鴈來、玄鳥歸。鄭玄曰、玄鳥、燕也。楚辭曰、燕翩翩其辭歸。又曰、鴈雍雍而南遊。慊慊思歸戀故郷、何為淹留寄佗方。鄭玄禮記注曰、慊、恨不滿之貌也、口簟切。賤妾煢煢守空房、煢、單也。憂來思君不敢忘、不覺淚下霑衣裳。古詩曰、涙下霑衣裳。援琴鳴絃發清商、短歌微吟不能長。宋玉風賦曰、臣援琴而鼓之。宋玉笛賦曰、吟清商、追流徴。明月皎皎照我床、星漢西流夜未央。古詩曰、明月何皎皎、照我羅床帷。毛詩曰、夜如何其、夜未央。牽牛織女遙相望、爾獨何辜限河梁。史記曰、牽牛為犧牲、其北織女。織女、天女孫也。曹植九詠注曰、牽牛為夫、織女為婦、織女、牽牛之星、各處一旁、七月七日得一會同矣。

b 〔文選巻第二三〕 秋懷五言 謝恵連

平生無志意、少小嬰憂患。平生、已見上文。説文曰、嬰、繞也。如何乘苦心、矧復値秋晏。古詩曰、晨風懷苦心。淮南子曰、秋士哀也。皎皎天月明、奕奕河宿爛。古詩曰、明月何皎皎。薛君韓詩章句曰、奕奕、盛貌。毛詩曰、子興視夜、明星有爛。蕭瑟含風蟬、寥唳度雲鴈。楚辭曰、秋之為氣也、蕭瑟兮草木搖落而變衰。寒商動清閨、孤燈曖幽幔。寒商、秋風也。楚辭曰、商風肅而害之、百草育而不長。王逸楚辭注曰、曖曖、闇昧貌。耿介繁慮積、展轉長宵半。楚辭曰、獨耿介而不隨。毛詩曰、展轉反側。【下略】

c 〔文選巻第二九〕 古詩一九首五言 「七」

明月皎夜光、促織鳴東壁。春秋考異郵曰、立秋趣織鳴。宋均曰、趣織、蟋蟀也。立秋女功急、故趣之。禮記曰、季夏、蟋蟀在壁。玉衡指孟冬、衆星何歴歴。春秋運斗樞曰、北斗七星、第五曰玉衡。淮南子曰、孟秋之月、招搖指申。然上云促織、下云秋蟬、明是漢之孟冬、非夏之孟冬矣。漢書曰、高祖十月至霸上、故以十月為歳首。漢之孟冬、今之七月矣。白露沾野草、時節忽復易。禮記曰、孟秋之月、白露降。列子曰、寒暑易節。秋蟬鳴樹間、玄鳥逝安適。禮記曰、孟秋、寒蟬鳴。又曰、仲秋之月、玄鳥歸。鄭玄曰、玄鳥、鷰也。謂去蟄也。呂氏春秋曰、國危甚矣、若將安適。高誘曰、適、之也。復云秋蟬、玄鳥者、此明實候、故以夏正言之。昔我同門友、高舉振六翮。論語曰、有朋自遠方來、不亦樂乎。鄭玄曰、同門曰朋。韓詩外傳、蓋桑曰、夫鴻鶴一舉千里、所恃者六翮耳。不念攜手好、棄我如遺跡。毛詩曰、惠而好我、攜手同車。國語、楚門且語其弟曰、靈王不顧於民、一國棄之、如遺跡焉。南箕北有斗、牽牛不負軛。言有名而無實也。毛詩曰、維南有箕、不可以簸揚、維北有斗、不可以挹酒漿。睆彼牽牛、不以服箱。良無盤石固、虚名復何益。良、信也。聲類曰、盤、大石也。

ａｂは李善注に『楚辞』（後述）と［文選巻第二九］古詩一九首五言「十九」の初句（［玉台新詠巻一］にも所載）が典拠に挙げられている。古詩の初句とその李善注は「明月何皎皎、照我羅床幃。毛詩曰、月出皎兮。」とあり、月の形容に「皎」を用いるのは『毛詩』以来のようである。ａで童子女松原と共通する素材には「秋（金）風」「露」「月」「雁（鴈）」がある。また、李善注の引く『楚辞』とともに、「搖落」の語が用いられるが、これは茨城郡高浜之海に「搖落涼候」の例がある。ｂでは「月」と「鴈」が共通する。ｃは、「月」「露」が共通するとともに、②に用いられた「攜（携）手」の語があることが注目される。

その他、ここと同じく「月」と「風」を対に用いる例を『文選』に求めれば以下の通りである。

［文選巻二三］詠懐詩十七首・其七「微風吹羅袂、明月耀清暉。」

［文選巻二九］雑詩五言・何劭「秋風乗夕起、明月照高樹。」

このように、「月」「露」「雁」「風」などを、秋の景物として、漢籍から例を求めることはたやすいが、「鶴」を秋の景物とした例は稀である。その意味で注目されるのが、以下の例である。

ａ［芸文類聚第三巻歳時部上　秋］

風土記曰。「鳴鶴戒露。白鶴也。此鳥性儆。至八月。白露降。即高鳴相儆。」

ｂ［芸文類聚第九十巻鳥部上　鶴］

風土記曰。「鳴鶴戒露。此鳥性警。至八月白露降。流於草上。滴滴有聲。因即高鳴相警。移徙所宿處。慮有變害也。」

この風土記は、『隋書経籍志』巻三三地理類に「風土記晋平西将軍周処撰」とあるように、単に風土記と名付けられたと考えられるが、地名を冠して『陽羨風土記』、著者名を冠して『周処風土記』とも呼ばれる。陽羨を中心として、呉越・荊楚、さらには蜀に関する記事も含まれる。即ち揚子江に沿った地域が対象であり、地理書であると同時に歳時記的な内容をも持つ。本文と注から成り立っていたと考えられる（唐劉知幾『史通』「文言美事は章句に列し、委細叙事は細書に存す」）が、六朝時代広く読まれ、南斉書・水経注・荊楚歳時記・廣雅・初学記・李善注文選・白氏六帖・芸文類聚・斉民要術・一切経音義等に引用され、我が国でも和名類聚抄・和歌童蒙抄・袖中抄・塵袋等に引用される。現在最多の逸文を収めるのは太平御覧である。現存する逸文の九割は注の文章であろうと考えられている。(8)

この『周処風土記』に見られる「露を警して鳴く鶴」という知識を踏まえたものを『芸文類聚』に求めれば、次の庾信の賛がある。

c〔芸文類聚第九十巻鳥部上　鶴白鶴黄鵠玄鵠附玄鵠〕

周庾信鶴賛曰。「……雲飛欲舞。露落先鳴。……松上長悲。……」

庾信詩が奈良時代好まれたことは周知の通りであるが、庾信には、「唳鶴」を秋の景物として取り挙げたものが二例ある。ともに、猿の鳴き声と対にしている。

d周・庾信　明月山銘（庾子山集七〇〇頁）「霜朝唳鶴、秋夜鳴猿。」

e周・庾信　枯樹賦（庾子山集四七頁）「臨風亭而唳鶴、対月峡而吟猿。」

さて、常陸国風土記と『周処風土記』をはじめとする六朝の地誌類との関係については、章を改めて述べる予定であるが、撰進当時の常陸国風土記は「常陸國司解。申古老相傳舊聞事。」と巻頭にあるのみで、「風土記」という題はなかったとは言え、述作者は、こうした地誌類を参考にしたに違いない。『周処風土記』は、和名類聚抄にも引用されることから、早くから伝来した可能性はあるが、当時頻繁に利用された『芸文類聚』からもその存在とこの記述は知られるのである。この場合は当時好まれた庾信に学んだ可能性も認められ、いずれとも決しがたいが、常陸国風土記の美文を志向した部分の述作者は、『文選』『芸文類聚』はもとより、個人集としての伝来が確認される庾信・王勃などの六朝末～初唐の詩賦の表現に敏感であったことは確実視されよう。

「鶴」は万葉集では、四七首、ほととぎす、雁、鶯に次ぎ四番目に歌われる鳥であるが、留鳥説(9)まであるように、季節は限定されない。その鳴く声は、「鶴鳴き渡る」のように、黒人［巻三・二七一］・赤人［巻六・九一九］に歌われるが、明らかに秋の景物としては巻十の秋相聞に二首［二二四九・二二六九］を数える他、「雁」とともに歌われた例は一首、以下の例のみである。

秋雑歌・詠鴈［巻十・二一三八］

多頭我鳴乃　今朝鳴奈倍尓　鴈鳴者　何處指香　雲隠良武

（鶴がねの今朝鳴くなへに雁がねはいづくさしてか雲隠るらむ）

したがって、「鳴く鶴」の季節は、万葉集の発想から常陸国風土記へ持ち込まれたものではなく、やはり『周処風土記』・庾信などの漢籍から持ち込まれたものと見るべきであろう。

⑦⿰歹几寂寞兮巖泉舊。夜蕭條兮烟霜新。

「⿰歹几」は、「夙」の古字である。菅本・武田本・松下本は「処」、伴信友本には「昼歟」（傍書）とあり、角川鑑賞日本古典文学は「昼」、板本・大系本は「山」、植垣氏は「夕」とするが、今、「処」の字体に近似し、「夜」と対になる語という点から「夙」の古字「夙」（あさ）と意改した。『新撰字鏡』に「夙　昔陸反、旦也、朝也、飄颸、豆牟志加世又阿志太」とある。この「夙」の問題については、次章で詳述する。

「夙」と「夜」を対に用いる例としては、「夙興夜寐」が有名である。これは［毛詩、小雅、小宛］［左伝、襄公、二六］［荀子、子道］［墨子、非楽上］［管子、弟子職］［史記、秦始皇紀］［漢書、董仲舒伝］等、多く用いられている。また、以下の仁徳紀は『淮南子』修務訓からの潤色であることが知られている(10)。

仁徳紀六十七年是歳、……於是、天皇夙興夜寐、軽賦薄斂、以寛民萌、布徳施恵、以振困窮。弔死問疾、以養孤孀。是以、政令流行、天下太平。廿余年無事矣。

「寂寞」「蕭條」の対は〈第二章　第五節　漢籍と風土記〉で述べた通り、『楚辞』「遠遊」、或いは「遠遊」に学んだ「梁裴子野寒夜賦」に学んだ可能性が高い。両者の当該部分を挙げれば以下の通りである。

山蕭條而無獣兮、野寂漠其無人。『楚辞』「遠遊」

門蕭條兮晝閴。巷寂寞兮無人。『芸文類聚』巻五歳時部下「寒」所引「梁裴子野寒夜賦」

直接的には、このいずれかに拠ったと思われるが、「寂寞」「蕭條」という語の訓詁については次の『淮南子』の理解に拠っていると考えられる。

『意林』巻二・淮南子二十二巻「蕭條者形之君。寂寞者音之主。」

『淮南子』巻十一・斉俗訓「故蕭條者、形之君。而寂寞者、音之主也。」

「寂寞」を「巖泉」に、「蕭條」を「烟霜」に用いていることは、前者を聴覚的表現として、後者を視覚的表現として用いている。これは、右の『淮南子』の理解を踏まえた用法と見なければならない。

この「寂莫」「蕭條」の用例として注目されるのは、先の⑥に挙げたａｂで李善注に引かれた『楚辞』「九辯」

である。これは『文選』にも載るところとなっており、『文選』より引けば以下の通りである（王逸注は適宜省略する）。

悲哉秋之為氣也。蕭瑟兮。草木搖落而變衰。憭慄兮若在遠行、登山臨水兮送將歸。泬寥兮泬寥、曠蕩而虛靜也。或曰、泬寥、猶蕭條無雲貌也。泬音血。天高而氣清、寂漻兮源濟順流、漠無聲也。收潦而水清。……中略……燕翩翩其辭歸兮、蟬寂寞而無聲。鴈廱廱而南游兮、雄雌和樂、群戲行也。鵾雞啁哳而悲鳴。奮翼呼而低昂也。夫燕、蟬遇秋寒將穴處而懷懼、候鴈、鵾雞喜樂而逸豫、言無有候鴈、鵾雞之喜、而有蟬、燕之憂也。

「蕭條」は、王逸注の部分であるが、「雲無き貌」とあるように視覚に基づく表現であり、「寂莫」は本文に「蟬寂莫として声無し」とあるように聴覚に基づく表現である点が注目される。こうした「寂寞」「蕭條」の理解に基づいて、それぞれ「巖泉」「烟霜」の対に構句していることは、述作者の漢籍の素養とそれを踏まえた表現の力量が知られる。

さて、その「巖泉」は、周明帝・贈韋居士詩［『芸文類聚』『周書』『北史』所載］に「嶺松千仞直、巖泉百丈飛。」と用いられるが、初唐詩では、王勃集に以下をはじめ四例、陳子昂にも二例が確認されるから、初唐詩に好まれた語であると言える。

［王勃・梓州郪縣靈瑞寺浮圖碑］「若乃巖泉銑石之什、風烟草木之狀、傾九圍而得雋、環四時而競爽。」

また、「煙霜」は、初唐以前にはあまり見られないが、謝超宗「肅咸樂」［楽府詩集巻第九・郊廟歌辭九・齊太廟樂歌］［南齊書巻十一・志第三・樂］に「絜誠底孝、孝感煙霜。」の例がある。

「煙霜」はともかく、「巖泉」の語は王勃などの初唐詩に学んだ可能性が高い。

⑧近山自覧二黄葉散レ林之色一。遙海唯聴二蒼波激レ磧之聲一。

「黄葉」と「蒼波」の色対が用いられるが、「黄葉」については、既に小島憲之氏に詳細な研究があるように(11)、「もみぢ」にあたる「赤葉」「紅葉」の例は、六朝より初唐までの詩にも例はまれで、大部分は「黄葉」であることから、この一般に通行する中国の例がそのまま万葉集、ひいては常陸国風土記にも採用されたものと見て良いだろう。

「蒼波」は初唐以前の例に、

［芸文類聚巻第三十］［梁簡文帝・與蕭臨川書］白雲在天、蒼波無極。

［王勃・上劉右相書］遂令、冋麾轉檄、背青丘而鶩。列障分亭、巡蒼波而守。

などがある。ここでも王勃との一致が注目される。

ここは、「山と海」「黄色と蒼波」という実景を「覧と聴」「色と声」というふうに視覚と聴覚の対に仕立てている。

⑨茲宵于レ茲。樂莫二之樂一。

この表現は既に〈第二章　第五節　漢籍と風土記〉で述べたとおり、［『楚辞』九歌・少司命］「悲莫悲兮生別離、樂莫樂兮新相知。」に名高い表現である。『楽府詩集』『玉台新詠』所載の張衡「同聲歌」にも「樂莫斯夜樂」という表現がある。これについて、橋本雅之氏（前掲注1同）は、「同聲歌」は、おもいがけないめぐり合わせで夫婦となり、初めての夜を迎えた気持ちが描かれている点で、「童子女松原」の表現的源泉となったとされる。確かに両者の話としての類似は認められるが、この表現の源泉を「同聲歌」に限定することは困難であろう。

『楚辞』「少司命」は、『文選』巻第三十三・騒下にも、王逸注とともに採録され、また『芸文類聚』巻第二十九人部十三　別上も、この句を挙げている。言うなれば、「悲莫悲兮生別離、樂莫樂兮新相知。」は、当時の知識人にとっては周知の句であったといっても過言ではないだろう。

⑩偏沈㆓語之甘味㆒。頓忘㆓夜之将㆑開㆒。

「偏」と「頓」を対にした例はかろうじて仏典には見られる。

　不可偏遵佛法頓棄僧尼。［No.2123諸経要集16b20］

『諸経要集』は『法苑珠林』とともに、道世の撰になり、我が国でも早くから利用されたことは『日本霊異記』から知られるが、直接これに依拠したとは言えないだろう。「偏」と「頓」が対に用いることができることを知識として持っていたと見るべきである。

⑪俄而。鶏鳴狗吠。天暁日明。

　橋本氏（前掲注1同）は、王勃「七夕賦」に「俄而」が夜明けの描写に用いられる点を指摘される。「俄而」は漢籍にありふれた表現であるが、確かに夜明けを描写する例としては、「七夕賦」の

俄而　（月還西漢、　（梟氏鳴秋、　（玉關控鶴、
　　　（霞臨東沼。　（雞人唱曉。　（瓊林飛鳥。

という表現に学んだ可能性が高い。「鶏鳴」は、夜明けを意味する例も少なくないが、「狗吠」を夜明けに用いる例は未見である。次句の「天暁日明」と対句に仕立てるため「狗吠」を用いたと思われるが、典故としてはあま

り適切な表現ではないだろう。『孟子』以来、しばしば用いられるこの常套句「鶏鳴狗吠」を記憶していた述作者が、典故に縛られずに用いた例であろう。

⑫爰僮子等。不レ知レ所レ爲。遂愧二人見一。化二成松樹一。郎子謂二奈美松一。嬢子稱二古津松一。

「爰」は、日本書紀でも多用される接続語。古風土記では、『常陸』の他には『肥前』のみが用いる。ともに漢語漢文を志向した風土記である。逸文でも、美文調の「丹後国浦嶼子」等が用いている。

第四節　小結

橋本氏（前掲注1同）は、「童子女松原」における秋の一夜の逢瀬を記述するにあたり、王勃「七夕賦」の表現を利用して述作した可能性は極めて高いとされる。これを否定するわけではないが、橋本氏自身も述べられるように、「七夕賦」のみならず、王勃の作品には「童子女松原」の表現に用いられる漢語がしばしば見られることに注目すべきであろう。広く王勃の作品全般に親しんでいた述作者像を見ることが可能である。〈第六章〉で取り挙げる予定であるが、茨城郡「高浜之海」にしても、王勃の作品に親しんだ徴候を見ることができる。

ひとまず、まとめるとすれば、「童子女松原」の記述にあたり、相当の漢籍の素養を有する述作者は、『文選』『芸文類聚』はもとより、『楚辞』（但し『文選』『芸文類聚』所引に拠る場合も考えられる）、庾信集・王勃集などから学んだ表現を駆使したと考えられる。この場合、直接それらを机上に置いておこなったと考えるより、むしろ記憶に拠ったと考える方が良いかも知れない。また、『周処風土記』などの六朝地誌類に学んだ点も想定されるが、この問題については〈第六章〉に譲る。

【注】

（1）橋本雅之氏「『常陸国風土記』における漢語表現の受容をめぐって」『古事記・日本書紀論究』（おうふう、二〇〇二年）→『古風土記の研究』（和泉書院、二〇〇七年）

（2）神田秀夫氏『古事記の構造』（明治書院、一九五九年）一二一頁〜一四一頁

（3）日本国語大辞典に拠れば、夏目漱石『道草』の「『フラウ門に倚って待つ』と云って彼をひやかした」の例を初出としている。

（4）小島憲之氏『上代日本文学と中国文学』上（塙書房、一九六二年）六〇六〜六二四頁

（5）境武男氏『詩経全釈』（汲古書院、一九八四年）二四一頁

（6）拙稿「古事記の漢語助辞――『還』の副詞用法を中心に――」『書くことの文学』（笠間書院、二〇〇一年）

（7）西宮一民氏『古事記修訂版』（おうふう、二〇〇〇年）一九九頁頭注

（8）守屋美都雄氏「周処風土記について」『中国歳時記の研究』（帝国書院、一九六三年）

（9）犬養孝氏「万葉の鶴」『吉永登先生古稀記念上代文学論集』（関西大学国文学会、一九七五年）

（10）拙稿「仁徳紀後半部の述作」『日本古代の国家と村落』（塙書房、一九九八年）

（11）小島憲之氏『上代日本文学と中国文学』中（塙書房、一九六四年）八〇六頁

第五章　香島郡「童子女松原」の「処」字は「殀」字か

第一節　はじめに

『常陸国風土記』香島郡の所謂「童子女松原」は、茨城郡「高浜之海」とともに、六朝美文を志向したこの風土記最高の文学表現がなされていることは論を俟たない。しかしながら、この風土記の現存写本には誤脱が少なくない。現存写本の祖本と見られる前田本（加賀本）、それを書写した水戸彰考館本がともに現存せず、また前田本と言っても近世初期をさかのぼることはできないことが、この風土記の校訂を困難にしている。(1)

今回取り挙げたいのは、以下に対照した冒頭の「処」字についてである。この当該箇所においても、以下のような異同が見られるのである。

管本　　処舛寞兮厳泉旧

武田本　処舛寞兮厳泉舊

松下本　処寂寞兮巖泉舊

板本　山寂寞兮巖泉舊

今、林崎治恵氏の「常陸国風土記四本集成」で当該箇所を示せば、以下の通りである。

菅本 20オ3　岾処寐寞兮巌泉旧夜蕭條兮烟霜新」近
武田本 20オ5　怙処䆳寞兮巌」泉舊夜蕭條兮烟霜新近
松下本 20オ5　怙処寂寞兮巌」泉舊夜蕭條兮烟霜新近
板本 21オ6　路。」山寂寞兮巖泉舊。夜蕭條兮烟霜新。」近

この「処」字について、橋本雅之氏は、ひとまず「昼」と解釈した上で、以下のように述べている。

この句の「昼」については、菅本・松下本・武田本には「処」とあり、伴信友本には朱の右傍書「昼歟」と記す。しかし、この説はその後顧みられず、西野宣明が「山寂莫兮」と校訂した説を、多くの注釈書が支持する。そのような中で、鑑賞古典本は「昼寂莫兮」とし、新編全集本では「夕寂莫兮」とする。下句「夜蕭条兮」との対句を考えた場合、朝・昼などの表現が相応しいと考えられる。この点については、なお考察を必要とするがひとまずは、伴信友の説に従っておく。(2)

このように、現行注釈書では、「山」説(秋本吉郎氏・久松潜一氏)、「昼」説(岡田精司氏・西宮一民氏・橋本雅之氏)、「夕」説(植垣節也氏)と解釈が分かれる。この他近刊の沖森卓也氏・佐藤信氏・矢嶋泉氏編著『常陸国風土記』(山川出版社、二〇〇七年)では、底本(菅本)の通り「処」を採っている。これらに対して、前章では、「夙」の異体である「夘」と見て、「あさ」と訓じた。本章では、この「夘」説について詳細な検討を試みることにする。

第二節　諸説の検討

今、主だった諸本・注釈書類[3]の当該文字の前後の句を対照すれば【表Ⅰ】の通りである。

【表Ⅰ】

	①	②③④⑤⑥	⑦⑧⑨⑩⑪⑫⑬	⑭
管本	颯々松飋吟	度雁　東怗	処⿱山舛寞兮厳泉旧	夜蕭條兮烟霜新
武田本	颯々松飋吟	度雁　東怗	処⿱山舛寞兮厳泉舊	夜蕭條兮烟霜新
松下本	颯々松飋吟	度雁　東怗	処寂寞兮巖泉舊	夜蕭條兮烟霜新
板本	颯颯松飋吟處	度雁之東路	山寂寞兮巖泉舊	夜蕭條兮烟霜新
群書	颯々松飋吟處	度雁□東帖	山寂寞兮巖泉舊	夜蕭條兮烟霜新
標註	颯颯松飋吟處	度雁之東路	山寂寞兮巖泉舊	夜蕭條兮烟霜新
新講	颯颯松飋吟處	度雁之東岾	山寂寞兮巖泉舊	夜蕭條兮烟霜新
大系	颯々松飋吟處	度雁之東岾	山寂寞兮巖泉舊	夜蕭條兮烟霜新
全書	颯颯松飋吟處	度雁之東岾	山寂寞兮巖泉舊	夜蕭條兮烟霜新
飯田	颯々松飋吟□	度雁□東岾	処寂寞兮巖泉旧	夜蕭條兮烟霜新
神道	颯々松飋吟□	度雁□東岾	処寂寞兮巖泉舊	夜蕭條兮烟霜新
新編	颯々松飋吟処	度雁　東岾	夕寂寞兮巌泉舊	夜蕭条兮烟霜新
山川	颯々松飋吟	度雁　東岾	処寂寞兮巌泉旧	夜蕭条兮烟霜新
拙稿	颯颯松飋吟處	度雁之東岾	歾寂寞兮巖泉舊	夜蕭條兮烟霜新

（但し新講については、訓読文から本文を復元した）

「山」説は、天保己亥（一八三九年）刊、西野宣明『訂正常陸国風土記』（板本）に始まり、これを支持する注釈書が多く、上記以外でも、書き下し文、口語訳から本文を推定すると、岩波文庫本、東洋文庫本、角川文庫本も「山」説を採っている[4]。

さて、板本の上欄注記によれば、「乙本東路下有㆓處字㆒今据㆓諸本㆒削㆑之」とある。凡例に拠れば乙本は彰考館所蔵のことと言う。大系本でも松下本などの⑦の「処」を①の位置にあるべきものとして「吟処」としている。

これは前の二句との隔句対を考慮して

の措置であると考えられる。これを示せば以下の通りである。

皎々桂月照處。唳鶴之西洲。
颯々松颸吟處。度雁之東岵。

そして、大系本は、松下本では「山」がなく、彰考館本では⑧は「山叔」の合字の如き字形とし、群書類従本・板本によって「山寂」とする。全書でもほぼ同様である。しかし管本・武田本の⑧の字体は「寂」の異体字として、『五経文字』『金石文字辨異』『龍龕手鑑』等に見える以下の文字に近い。

また、京都大学人文科学研究所所蔵石刻拓本資料及び拓本文字データベース(5)に拠れば、これと近似した字体も求められる。

 唐劉明墓誌　 羅什法師悟玄序

ウ冠と山冠・穴冠の相違はあるが、これらの字形はよく似ている。本邦残存の原本系『玉篇』にも、同様の字体が見えている。

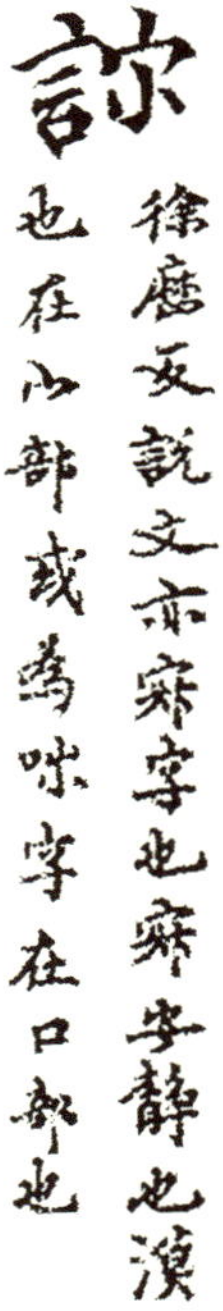

『原本玉篇残巻』（中華書局版二三八頁）
『玉篇零巻』（台湾力行書局版四〇頁）

今、板本の「山寂」が何に依拠したか推測するしかないが、おそらく大系本が言うように「⿱山舛」を「山寂」の二文字に解したことが考えられる。しかし、「⿱山舛」は以上の例から「寂」の異体と見る方がよいだろう。また以下に示す「処」の字体からもそれが言えそうである。

山川本は⑦を「処」とするが、ここにも「処」の字体の問題が関与する。山川本は、凡例で字体について「旧字については新字に改める」とし、「爲――為　國――国　處――処」等を例示するが、今諸本における「処」の字体を調査すれば、以下【表Ⅱ】の通りである。

管本は「処」を主に用い、武田本は「𠩄」と「処」が相半ば、松下本は「處」と「処」が相半ばであるが、武田本の「𠩄」の出現箇所は松下本の「處」の出現箇所に一致し、「処」は両者で出現箇所が共通することは両者の関係を考える上では重要な事実となるだろう。

【表Ⅱ】

	所在	管本	武田本	松下本	板本	行
a	総記356墾發之處	処	𠩄	處	處	17
b	筑波358巡行諸神之處	処	𠩄	處	處	40
c	行方378爲其居處	処	𠩄	處	處	172
d	行方382遣麻績王之居處	処	処	処	處	192
e	香島388其處所有	処	処	処	處	245
f	香島388沼尾社合三處	処	処	処	處	246
g	香島398皎皎桂月照處	處	𠩄	處	處	310
h	香島398颯々松颸吟處				處	310
i	香島400処寂寞兮巖泉舊	処	処	処	處	311
j	久慈412今所坐此處	処	処	処	處	390

所在欄の数字は新編全集の頁
行は常陸国風土記四本集成の行

さて、ここで注目されるのは、iの処（【表Ⅰ】の⑦）が、h（【表Ⅰ】の①）の位置から誤入されたとする大系本等の説を採れば、「皎々桂月照處　颯々松颸吟処」となり、対句中において字体が異なることになる。対句において避板の要求から同訓異字を用いる例は知られるが、異体字を使用した例は管見に入らない。とすれば、本来h（【表Ⅰ】の①）の位置にあった「処」が目移りしてi（【表Ⅰ】の⑦）の位置に書いてしまったとは考えがたい。

次に、山川本の三種写本のまま「処寂寞兮巌泉旧」とするが、これが「処」である可能性は極めて希薄であると考えられる。〈第三章〉で述べたように、木簡に見られるような郡衙の下級役人の筆と同様な用法の存在は、この風土記に各郡から提出された資料の表記が残存していることを意味する。それら各郡から提出された資料を基に、いくつかの段階を経て、最終的には六朝美文的なものを志向した述作者の手で、文人趣味的な潤色が施された。この最終述作者の筆になることが確実視されるものとして、「総記」と歌謡記載を契機として創作された景表現である可能性が高い。

ここで「処」字ではない根拠として取り挙げたいのは、武田本の「慮」と松下本の「處」の出現箇所は最終述作者の筆を反映するのではないかという推測についてである。aは「総記」中の用例であり、漢文としての誤用もなく美文的な文章である。bは歌謡まで漢詩風に表記された「福慈の神と筑波の神」中の用例であり、ここも和習のない漢文である。cは「夜刀の神」の直後「男高里」中の用例である。「夜刀の神」は継体天皇の時代と日本書紀に描かれる大化改新後の孝徳天皇時代の土地開発における神への対処の相違を天皇制・中央集権の絶対視の思想を盛り込んで見事に表現した箇所である。これは常陸という在地に生まれた発想ではなく明らかに中央官人の発想と見られる。ここにも和習はみられない。gは言うまでもなく歌謡を伴う景表現であり、常陸国風土記中最も美文的な表現であり、もちろん和習はない。

これに対して、武田本・松下本の「処」の出現箇所は、dは「板来村」の地理と物産を述べる部分、efは〈第三章　第六節「所有」の特殊用法について〉で述べたように「所有」(波線部)の二種の和習の中の一つ「マシマス［存在］」の用法(誤用と言うより、神・神社の存在を表す国語表現として定着したものと言った方が良いかも知れない)が見られる箇所である。

香島388其処所レ有天之大神社・坂戸社・沼尾社合ニ三処一、惣称ニ香島之大神一。因名レ郡焉。

ｊは以下に示すように「太田郷」中の用例である。

久慈412敬祭祈曰。「今所レ坐ニ此処一、百姓近家、朝夕穢臭。理不レ合レ坐。宜避移、可レ鎮ニ高山之浄境一。」

波線部は、〈第三章　第三節　誤用の分布〉で示したように、この直後に用いられる「流南」とともに、訓読的思惟に拠る和習である。

さて、「夜刀の神」そのものではなくその直後に用いられるという点で、ｃの帰属のみ曖昧さを残すが、以上のようにａｂｇは、最終的述作者の筆が入った箇所であり、ｄｅｆｊは最終的述作者が手を加えなかった箇所と見ることはできないだろうか。武田本の「䖏」の出現箇所と松下本の「處」の出現箇所が一致し、「処」は両者で出現箇所が共通するところに、両者の祖本の残映を見る時、この字体の相違は偶然として無視することを躊躇させるところがあるのである。この推定が許されれば、ｉは、ｇと同じく歌謡を伴う景表現中に現れるのであるから、これがもし「処」である場合は「處」もしくは「䖏」の字体をもって書かれるはずであり、ｉの「処」は「処」ではない別の字であったと言えるのではないか。

続いて「昼」説を検討したい。飯田瑞穂氏によれば、現在のところ、小宮山楓軒本傍書・伴信友本傍書に「昼カ」とあるのが初出と見られるが、鑑賞古典本は、対句の「夜」から考えて「昼」の字とし、ヒルと試訓するとしている。前掲の橋本説も同様に対句を考慮してのものである。しかし、「昼」「晝」いずれの字体であれ、「処」からは遠い。

最後に「夕」字説であるが、「夕」を採った根拠を新編全集には示されていないが、植垣氏の「夕」説も対句を考慮してのものかと推察される。字体も「処」の一部が含まれることから考えられたのかも知れない。

第三節　「⿰歹几」説

前章では、「⿰歹几」説を案出した。その理由は、以下のように簡単に述べるに留まった。

「処」の字体に近似し、「夜」と対になる語という点から「夙」の古字「⿰歹几」（あさ）と意改した。『新撰字鏡』に「夙　昔陸反、旦也、朝也、飄颺、豆牟志加世又阿志太」とある。

続いて、「夙」と「夜」を対に用いる例として、〔毛詩、小雅、小宛〕〔左伝、襄公、二六〕〔荀子、子道〕〔墨子、非楽上〕〔管子、弟子職〕〔史記、秦始皇紀〕〔漢書、董仲舒伝〕をはじめとして多用される「夙興夜寐」を挙げ、我が国の用例としては、『淮南子』修務訓からの潤色であることが知られる『日本書紀』仁徳六十七年是歳条の用例「於是、天皇夙興夜寐、軽賦薄斂、以寛民萌、布徳施恵、以振困窮。弔死問疾、以養孤孀。是以、政令流行、天下太平。廿余年無事矣。」を示した。

また、「寂寞」「蕭條」の対について、『楚辞』「遠遊」、或いは「遠遊」に学んだ梁裴子野「寒夜賦」に学んだ可能性が高いことも指摘した。今、三者を対照すれば以下の通りである。

山蕭條而無獸兮　野寂漠其無人　……『楚辞』「遠遊」
門蕭條兮晝閴　巷寂寞兮無人　……『芸文類聚』巻五歳時部下「寒」所引、梁裴子野「寒夜賦」
門蕭條而晝閉　夜寂寞兮無人　……『全梁文』巻五三・裴子野「寒夜賦」
⿰歹几寂寞兮巖泉舊　夜蕭條兮烟霜新……『常陸国風土記』

『常陸国風土記』中、当該例のみに使用される「兮」がともに「寂莫」「蕭條」に後置している点で、「寒夜賦」

との関係が深そうである。但し「寒夜賦」は、『芸文類聚』所引では「門は蕭條として昼閴《しづ》けく、巷は寂漠として人無し」とあるが、『全梁文』では「門は蕭條として昼閉ぢ、夜は寂莫として人無し」と本文に異同がある。

さて、「⿰歹几」字について詳細に確認する作業に入りたい。「夙」の異体字には、「⿰亻丙・⿰亻囟・夙・⿰歹凡・⿰歹凡……」など、さまざまな字体が確認されるが、その中で、「処」との誤写の蓋然性に富むものは「⿰歹凡」「⿰歹几」「⿰夕几」が挙げられる。「⿰歹凡」は、『説文解字』以来、『玉篇』『字彙』『康熙字典』にも掲出される。『説文解字』では、「早敬也、从丮、持事雖夕不休早敬者也。臣鉉等曰今俗書作夙譌息遂切。」とあり、『玉篇』では、「⿰歹凡説文夙」、『字彙』では「⿰歹凡古夙字」『康熙字典』では、「⿰歹凡夙本字」とある。多くの字書に見られるが、「処」と誤写する可能性は他に比べて低いと見てよいだろう。

さて、字体から、最も「処」に近似する「⿰夕几」は、管見では、宋・夏竦『古文四声韻』に見えるのみである。近時刊行された『大書源』（二玄社、二〇〇七年）にも掲出されていない。この字体が最も「処」に近いことは注目されるが、残念ながら孤例である。

続いて「⿰歹几」字であるが、現代の辞書でこれを載せるものに『大漢和辞典』『中文大辞典』『漢語大字典』がある。『大漢和辞典』［大漢和番号16371］では、音シュク、夙の古字とし、用例は『字彙補』の「⿰歹几、古文夙字」を挙げる。『中文大辞典』では、夙の古字とし、『字彙補』を挙例し、『漢語大字典』でも、夙と同じとし、『字彙補』とともに『改併四声篇海・歹部』引『川篇』「⿰歹几、音夙、古文。」を挙げている。これらが引く『篇海』は金・韓孝彦の撰、『字彙補』は、清・呉任臣編である。

また、『康熙字典』には「夙古文⿰亻丙⿰亻囟⿰歹几」とある。その他この字の典拠を挙げるものには以下がある。

宋・婁機『漢隷字源』「尉氏令鄭君碑⿰歹几夜在公即夙字」

清・顧藹吉『隷辨』「鄭季宣碑歿夜在公、隷續云書夙云歿」

清・邢澍『金石文字辨異』「鄭季宣碑歿夜、隷續云歿即夙字」

これらが引く『隷續』は宋・洪适編、巻十九に「尉氏令鄭君碑」を挙げている。この碑は摩滅が甚だしく当該箇所の前後も判読できていない。今当該部分を挙げれば、以下の通りである。

（闕十一字）臣歿夜在公亐斯（闕七字）

この碑について、以下のように述べている。

右漢故尉氏令鄭君碑、篆額穹碑、多有㆓裂文㆒、字半湮晦、少㆓成章句㆒。……書夙作歿……。

『金石萃編』巻十七もこの碑を載せるが『隷續』と同じ部分しか判読していない。ところが、今この碑の拓本は幸いにも『京都大学人文科学研究所所蔵石刻拓本資料』として以下のように公開されている。

http：//kanji.zinbun.kyoto-u.ac.jp/db-machine/imgsrv/takuhon/type_b/html/kan0056x.html

ファイルナンバー：KAN0056X

標題：鄭季宣殘碑（碑陽）

年代：後漢中平3年（186）4月

大きさ：拓高137、寛97糎

字数行数：約18行行存数字

原石所在地：山東省濟寧市教育局漢碑亭

しかし、その破損から当該字は確認できない。また公開画面は文字検索機能を有するが、当該字及び前後の文字については検索することはできない。したがって人文研でも確認できなかったことが推測される。

さて、本邦の字書では元禄五年（一六九二年）頃刊行された中根元珪『異體字辨』（杉本つとむ氏編『異体字研究資料集成』一期二巻）がこれを載せる。左巻五丁裏には「古夙」とあり、右巻では「夙」の項に他の異体字とともに挙げている。また明治十六年（一八八三年）長梅外・三洲・古雪父子による『古今異字叢』（杉本つとむ氏編『異体字研究資料集成』一期六巻）に「夙」の項に掲載されている。

この文字が風土記撰録時代の我が国で使用された痕跡を調査したが、『日本書紀』では、成務四年二月条「夙夜兢惕」・仁徳六十七年是歳条「夙興夜寐」（先述）・欽明十四年八月条「夙夜乾々」と三例「夙」が用いられるが、穂久邇文庫本・北野本・尊経閣本・兼右本等を確認したところ、何れも「夙」の字体であった。『万葉集』では、巻10二二四一番歌「夙々」（あさなさな）（但し『万葉考』以来「凡々」おほほしく）・巻11二五六三「夙興乍」（はやくおきつつ）と二例見られるが、西本願寺本及び『校本万葉集』で確認したところいずれも「夙」の字体であった[6]。

その他時代は降るが、『性霊集』巻五「夙夜惜陰」（六地蔵本善本叢刊、汲古書院）、『本朝文粋』巻一二・一四「夙夜」（真福寺本善本叢刊、臨川書店）をはじめ、『太平記』玄玖本（前田育徳会尊経閣文庫、勉誠社）・義輝本（高橋貞一編、勉誠社）・神田本（穂久邇文庫、汲古書院、新典社）・中京本（中京大学図書館蔵、新典社）なども確認したがいずれも「夙」の字体であった。仏典でも、『細字法華経』（李元恵六九四年書写、東京国立博物館e国宝）信解品第四「夙夜」、石山寺本『経律異相』（院政期書写）巻二十九・國王臨死藏珠髻中十「夙夜珍愛」など幾つか「夙」の写本での字体を確認したがすべて「夙」であった。

以上「歺Ｌ」について、字書以外の用例は見出せず、使用が指摘される金石文の拓本写真からも今は見出すことができなかった憾みはあるが、文脈と字体の類似から『常陸国風土記』当該箇所の「処」は、「歺Ｌ」もしくは「歺Ｌ」の誤写である可能性がもっとも有力であると考えられる。

【注】

（1）『常陸国風土記』諸本の研究には以下の論がある。前田本を書写した彰考館本を現存写本の祖本とする説が有力であったが、林崎氏は、現存諸本の詳細な比較調査によって、前田本↓彰考館本↓管本と、前田本↓武田本↓松下本の二系統を推定している。

飯田瑞穂氏「常陸国風土記の諸本について（一）（二）」歴史研究（茨城大学）二七・二八（一九五七年一〇月・一九五九年四月）・『茨城県資料　古代編』（一九六八年一一月）・「加賀本『常陸国風土記』のこと」日本歴史四二〇（一九八三年五月）↓いずれも、飯田瑞穂著作集2『古代史籍の研究上』（吉川弘文館、二〇〇〇年）所収

秋本吉郎氏『風土記の研究』（ミネルヴァ書房、一九六三年一〇月）

林崎治恵氏「常陸国風土記四本集成（上）（中）（下）」風土記研究一〇・一一・一二（一九九〇年一〇月・一二月一九九一年六月）・『常陸国風土記』の伝写について古事記年報三四（一九九二年一月）

橋本雅之氏『古風土記の研究』（和泉書院、二〇〇七年一月）

（2）橋本雅之氏『古風土記の研究』（和泉書院、二〇〇七年一月）一二〇頁［（初出時とほぼ同文↓「『常陸国風土記』における漢語表現の受容をめぐって」『古事記・日本書紀論究』（おうふう、二〇〇二年三月）］

（3）諸本及び略号［太字ゴシック］は以下の通り。

管本・**武田本**・**松下本**・**板本**は、林崎氏の「常陸国風土記四本集成」（注一）による。また**管本**は『常陸国風土記の探求』（市民の古代研究会関東編、一九九五年）所載の写真版・管政友筆写『常陸風土記』彰考館本により、**板本**（西野宣明『訂正常陸国風土記』）は、井上雄一郎著『常陸国風土記新講』（武蔵野書院、一九五六年）所収の影印により確

認した。

『群書類従』二八雑部「常陸国風土記」（続群書類従完成会、一九二九年）／栗田寛著『標注古風土記』（大日本図書、一八九九年）／井上雄一郎著『常陸国風土記新講』（武蔵野書院、一九五六年）／日本古典文学大系『風土記』（岩波書店、一九五八年）／日本古典全書『風土記』上（朝日新聞社、一九五九年）／飯田瑞穂『茨城県資料　古代編』（茨城県、一九六八年）→飯田瑞穂著作集２『古代史籍の研究上』（吉川弘文館、二〇〇〇年）所収／岡田精司・西宮一民『鑑賞日本古典文学第二巻　日本書紀・風土記』（角川書店、一九七七年）／神道大系『風土記』（神道大系編纂会、一九九四年）／新編日本古典文学全集『風土記』（小学館、一九九七年）／沖森卓也・佐藤信・矢嶋泉編著『常陸国風土記』（山川出版社、二〇〇七年）

（４）武田祐吉編『風土記』（岩波書店、一九三七年）／東洋文庫吉野裕訳『風土記』（平凡社、一九六九年）／小島瓔禮校注『風土記』（角川書店、一九七〇年）

（５）http://kanji.zinbun.kyoto-u.ac.jp/db-machine/imgsrv/takuhon/ 及び http://coe21.zinbun.kyoto-u.ac.jp/djvuchar

（６）巻十一に関しては『万葉集校本データベース』暫定版サンプルデータ（同作成委員会）を用いて寛永版本・広瀬本・京都大学本・陽明本の画像を確認した。

※尚、本稿で使用した異体字の画像は、中華民國教育部國語推行委員會『異體字字典』http://140.111.1.40/main.htm 民國九十三年一月正式五版に拠った。

第六章　美文への志向（二）　茨城郡「高浜之海」

第一節　はじめに

先に〈第四章〉に於いて、常陸国風土記中、六朝美文への傾斜が著しい「童子女松原」について考察した。その結果、「童子女松原」の述作にあたり、『文選』『芸文類聚』はもとより、『楚辞』（但し『文選』『芸文類聚』所引に拠る場合も考えられる）、庾信集・王勃集などから学んだ表現を駆使したことが確認された。『周処風土記』をはじめとする六朝地誌類に学んだ点も考慮されるところであった。本章では、同じく六朝美文への志向性が著しい茨城郡「高浜之海」を取り挙げ、述作者が利用した漢籍を確認しながら、特に六朝地誌類に学んだ点についても言及したい。

第二節　茨城郡「高浜之海」

まず、四本集成に拠る校訂本文を対句を明示して挙げれば以下の通りである。


夫此地者。（芳菲嘉辰。（命レ駕而向。（春則浦花千彩。（聞二歌鶯於野頭一。（社郎漁嬢。逐二濱洲一以輻湊。

　　　　　（搖落凉候。（乘レ舟以游。（秋是岸葉百色。（覧二儛鶴於渚干一。（商豎農夫。棹二艀艖一而往來。

況乎。（三夏熱朝。嘯レ友率レ僕。（竝二坐濱曲一。（濤氣稍扇。避レ暑者。袪二鬱陶之煩一。

　　　（九陽煎夕。　　　　　　　（騁二望海中一。（岡陰徐傾。追レ凉者。軫二歡然之意一。

詠歌云。多賀波麻爾。支與須留奈彌乃。意支都奈彌。與須止毛與良志。古良爾志與良波。

又云。多賀波麻乃。志多賀是佐夜久。伊毛乎古比。川麻止伊波波夜。志古止賣志川毛。


「童子女松原」と同じく、優れた景表現は、歌謡を伴っている。逐次その表現の背後にある漢籍教養について考察したい。

①夫此地者、芳菲嘉辰、搖落凉候。

「芳菲」について、橋本雅之氏「『常陸国風土記』注釈（五）茨城郡」［以下「橋本注釈」と略称］[1]は、駱賓王「夏日遊二徳州一贈二高四一」等を挙例し、「必ずしも春の情景を表現するものではないが、ここでは後句との関係から見て諸注釈書にいうように春を表現したもの」とされるが、氏自身が挙例される［芸文類聚巻二十八］所引「梁蕭子雲・落日郡西齋望海山詩」の例も「蟬鳴早秋至。蕙草無二芳菲一。」のように、蕙草に芳菲の無いことが早秋の訪れとして表現されているのであり、漢籍に於いても、多く春の表現に用いられていることは以下の通りである。

〔楽府詩集巻十八〕毛處約・雉子班「春物始二芳菲一」

〔楽府詩集巻五十一〕陳顧野王・陽春歌「春草正芳菲」

〔楽府詩集巻十七〕梁庾肩吾・有所思「春日坐二芳菲一」

〔芸文類聚巻第三十九・禮部中・籍田〕隋江總・勞酒賦「在二陽春之仲序一。覽二具物之芳菲一。」

また、以下の例は、「春則浦花千彩、秋是岸葉百色。」の「浦花」「岸葉」の対表現との関係からも見過ごせない表現である。

〔芸文類聚巻第三十一・人部十五・贈答〕隋江總・遇長安使寄裴尚書詩「傳聞令二〇文苑英華二百四十七作合。此訛。浦葉一。遠向二洛陽一飛。北風尚斷レ馬。南冠獨不レ歸。去レ雲目徒送。離レ琴手自揮。征レ蓬失二處所一。春草屢芳菲。太息關山月。風塵客子衣。」

〔詩紀巻九十三〕梁何遜・贈諸遊舊詩「旅客長憔悴。春物自芳菲。岸花臨レ水發。江燕遶レ檣飛。」

「嘉辰」については、〈第四章〉で『梁元帝纂要』〔初学記巻三・春第一〕（〔太平御覧巻十九・時序部四・春中〕大同小異）を挙げた通りである。伝来していたとすれば、季節表現を学ぶ上で簡便な資料となっていたと思われる。

以下のように、『芸文類聚』にも「令節」「良節」などとともに用いられており、〈第四章〉で取り挙げた香島郡・童子女松原の「金風令節」の表現を思い合わせることができよう。

〔芸文類聚巻四・三月三日・賦〕晉夏侯湛・禊賦「羨二暮春之嘉辰一。美二靈氣之和柔一。結二方軌之奏路一。敷二令節一而宣遊。……」

［芸文類聚巻四・五月五日・詩］梁王筠・五日望採拾詩「長絲表二良節一。金縷應二嘉辰一。」

また、この語は、既に橋本注釈も引かれるように、『懐風藻』にも用いられており、春の表現として知られたものであったことが確認される。

［懐風藻］刀利康嗣・侍宴「嘉辰光華節。淑景風日春。」

「揺落」については、『文選』『芸文類聚』『宋書』に所載の魏文帝「燕歌行」を〈第四章〉に引き、童子女松原の「皎皎桂月」の表現について考察したが、以下、李善注が挙げるように、「草木揺落」は、『楚辞』に由来するものと見られる。

［文選］楽府二首・魏文帝・燕歌行七言

秋風蕭瑟天氣涼、草木搖落露為レ霜。楚辭（九辯）曰、悲哉秋之為氣也、蕭瑟兮草木搖落而變衰。毛詩曰、蒹葭蒼蒼、白露為霜。群燕辭歸鴈南翔、念二君客一遊思斷腸。禮記曰、仲秋之月、鴻鴈來、玄鳥歸。鄭玄曰、玄鳥、燕也。楚辭曰、燕翩翩其辭歸。又曰、鴈雍雍而南遊。慊慊思レ歸戀二故郷一、何為淹留寄二佗方一。鄭玄禮記注曰、慊、恨不滿之貌也、口簟切。賤妾煢煢守二空房一、煢、單也。憂來思レ君不二敢忘一、不レ覺淚下霑二衣裳一。古詩曰、淚下霑衣裳。援レ琴鳴レ絃發二清商一、短歌微吟不レ能レ長。宋玉風賦曰、臣援琴而鼓之。宋玉笛賦曰。吟清商、追流徵。明月皎皎照二我床一、星漢西流夜未レ央。古詩曰、明月何皎皎、照我羅床帷。毛詩曰、夜如何其、夜未央。牽牛織女遙相望、爾獨何辜限二河梁一。史記曰、牽牛為犧牲、其北織女。織女、天女孫也。曹植九詠注曰、牽牛為夫、織女為婦、織女、牽牛之星、各處一旁、七月七日得一會同矣。

この語は、既に指摘されるように、藤原宇合に使用例があることが注目される。

［懐風藻］藤原宇合・在常陸贈倭判官留在京「懸レ榻長悲搖落秋。」

②命レ駕而向、乗レ舟以游。

「駕」と「舟」の対については、仏教語としての例が目に留まる。

［顔氏家訓・歸心第十六］原夫、四塵五廕、剖二析形有一。六舟三駕、運二載群生一。

［芸文類聚巻七十七・内典下・寺碑］陳虞荔・梁同泰寺刹下銘「嚴二此三駕一、用二拔畏塗一。漾二彼六舟一、拯二諸淪溺一。」

「六舟」は、六波羅蜜、六度のことであり、「舟」は「波羅蜜」の漢訳、「度」とも訳される。「三駕」は、三乗のことであり、羊車・鹿車・牛車を、それぞれ声聞・縁覚・菩薩の乗り物に例えている。

仏教語としてではなく、交友や風物を楽しむ用例としては以下がある。

［文選］顔延年・陶徴士誄「宵盤《たのしミ》 晝憩《いこヒ》、非レ舟非レ駕。」

［芸文類聚巻二十一・人部五・交友］梁陸倕・贈京邑僚友詩「李郭或同舟。潘夏時方駕。娯歡追二美景一。敷レ文永二清夜一。促膝豈異レ人。戚戚皆姻婭。」（「促膝」は、〈第四章第三節〉で触れた）

なお、「命駕」の例が王勃「秋晩入洛於畢公宅別道王宴序」に見えること、『懐風藻』にも、葛野王「遊龍門山」に「命レ駕遊二山水一」のように用いられることは橋本注釈の指摘される通りである。

③春則浦花千彩、秋是岸葉百色。

橋本注釈は、「浦花」「岸葉」ともに漢籍では一般的ではないとし、類例として「浦葉」の使用例を挙げるのみであり、「浦」と「岸」の対も『懐風藻』の藤原宇合の詩序と中臣大島の詩を挙げるに留まっている。その宇合の暮春曲宴南池序「映レ浦紅桃、半落二輕旆一。低レ岸翠柳、初拂二長絲一。」は、『魏書』の撰で名高い魏収の「櫂歌行」を踏まえたかのようである。

〔楽府詩集巻四十〕北斉魏収・櫂歌行「雪溜添二春浦一。花水足二新流一。桃發武陵岸。柳拂武昌樓。」

「浦」「岸」「桃」「柳」という景物、「拂」という動詞が共通する。楽府の我が国への伝来は明確ではないが、『常陸国風土記』の景表現が、『楽府詩集』の表現に類似する例はしばしば見られることは注目に値する。その他、「浦」と「岸」の対を挙げれば、以下の通りである。

〔全唐詩巻四十三〕李百藥・雨後「後窗臨二岸竹一、前階枕二浦沙一。」

〔全唐詩巻四十八〕張九齡・奉和聖制龍池篇「岸傍花柳看二勝畫一、浦上樓臺問二是仙一。」

とりわけ、注目に値するのが、王勃の次の例である。

〔全唐詩巻五十六〕〔王子安集巻三〕王勃・重別薛華「明月沈二珠浦一、風飄濯二錦川一。樓臺臨二絶岸一、洲渚亘二長天一。旅泊成二千里一、棲遑共二百年一。窮途唯有レ涙、還望獨潸然。」

〈第四章〉において、童子女松原の表現を考察し、広く王勃の作品全般に親しんでいた述作者像を想定したが、ここでも「浦」と「岸」、「千」と「百」の対が共通している。

「浦花」「岸葉」については、先に類例として、江總「遇長安使寄裴尚書詩」の「浦葉」、何遜「贈諸遊舊詩」の「岸花」の例を挙げたが、「岸竹」と「浦花」の対の例を唐詩に見いだした。

〔全唐詩巻九十一〕韋嗣立・自湯還都經龍門北溪贈張左丞崔禮部崔光祿「空聞二岸竹動一、徒見二浦花繁一。」

また、「岸葉」には、以下の例がある。

〔詩紀巻九十三〕梁何遜・送司馬　五城聯句詩「隨風飄二岸葉一、行雨暗二江流一。」

〔全唐詩巻百六十〕孟浩然・宿桐廬江寄廣陵舊游「風鳴二兩岸葉一、月照二一孤舟一。」

但し、孟浩然（六八九〜七四〇年）は、風土記述作期の伝来は困難かと思われる。

④聞二歌鶯於野頭一。覧二儛鶴於渚干一。

橋本注釈は、「歌鶯」は、一般的ではないが、初唐詩に見える「鶯歌」に基づき、下句の「儛鶴」と揃えるために文字を転倒させたとするが、「歌鶯」の語も唐詩には見えている。

［全唐詩巻七十］李適・奉和春日幸望春宮應制「輕絲半拂朱門柳、細纈全披畫閣梅。舞蝶飛行飄二御席一、歌鶯度曲繞二仙杯一。」

［全唐詩巻七十二］韓仲宣・三月三日宴王明府山亭「溝垂二細柳一、岸擁二平沙一。歌鶯響レ樹、舞蝶驚レ花。」

むしろこの二首は、天平十九年三月二日の大伴池主から大伴家持への贈答の「春可レ樂、暮春風景最可レ怜。紅桃灼々、戯蝶廻レ花儛。翠柳依々、嬌鸎隠レ葉歌。」（万葉集巻十七）と「花」「柳」「蝶」「鶯」「歌」「舞」などの素材が共通していることの方が注目されよう。

「舞鶴」については、『文選』の鮑明遠・舞鶴賦（『芸文類聚』にも）が有名であるが、仙禽であった鶴が俗界で舞う様子を描写したものであり、季節は秋に限定されない。橋本注釈は『玉台新詠』巻七・梁簡文帝「擬二落日窓中坐一」の「游魚動二池葉一、舞鶴散二階塵一」を挙げるが、これは後句に「空嗟千歳久、願得レ及二陽春一。」とあるように春の風景を詠じたものである。鶴と鶯を呼応させる表現では、鶯の鳴き声は春の景として用いられるが、鶴は秋に限定して用いられることはないようである。

［全唐詩巻三十七］王績・句「鶴警琴亭夜、鶯啼酒瓮春。」

［全唐詩巻六十九］韋元旦・餞唐州高使君赴任「鳴レ皐夜鶴在、遷レ木早鶯求。」

［全唐詩巻九十八］趙冬曦・奉和張燕公早霽南楼「鴻歸鶴舞送、猿叫鶯聲續。」

［隋書巻七十六・列傳第四十一・文學・孫萬壽］五言詩贈京邑知友「華亭宵鶴唳、幽谷早鶯鳴。」

鶴が秋の景として用いられるのは、〈第四章〉で詳述したように香島郡・童子女松原に見られる「唳鶴」の背後にある『周処風土記』等に依拠した教養が契機となっていると考えられる。

⑤社郎漁孃、逐二濱洲一以輻湊。商竪農夫、棹二䑧艖一而往來。

「社郎」の語は初唐以前には稀である。既に小島憲之氏は、『幽明録』「甄沖」説話の「社公」「社郎」を例示されるが、[2] 管見でも当該例以外見当たらない。「甄沖」説話（『古小説鉤沈』・『太平広記』巻三一八）では、土地の神を「社公」、その子を「社郎」、その妹を「女郎」としている。

「濱洲」の語も稀用である。『史記正義』所引『博物志』には、「徐君宮人有レ娠而生レ卵、以為二不祥一、棄二於水濱洲一。」とあるが、四庫全書本には「棄二之水濱一」とあり、異同がある。『博物志』は、その書の性格から風土記編者が参考にした可能性は認められるが、確証はない。『日本国見在書目録』には「博物志十　張華撰」と見えている。『史記正義』は常陸国風土記に遅れる開元二四（七三六）年の成立であり、これに学ぶことはできない。

「䑧艖」について、橋本注釈は、以下のように、雄略紀と『方言』郭璞注を挙げて、「艖䑧」を「䑧艖」の誤写転倒と見ている。

［雄略十三年］秋八月、播磨國御井隈人、文石小麻呂、……路中抄劫、不レ使レ通レ行。又斷二商客艖䑧一、悉以奪取。

［郭璞注方言］南楚江湘凡船大者謂二之舸一。姑可反。小舸謂二之艖一。今江東呼レ艖小底者也。音叉。……短而深者

謂二之舸一。今江東呼二艖舸一者。音歩。

『方言』によれば、「舸」は、短く底が深い舟であり、「艖」は、「舸」に対して小さい舟であるから、語順は「艖舸」「舸艖」のいずれでも良いかと思われる。四本集成では諸本「舸」を先にしており、ここでは諸本に従う。

⑥況乎、三夏熱朝、九陽煎夕。

橋本注釈が指摘するように、「三夏」の用例は『文選』及び初唐詩に例がない。橋本注釈は『楽府詩集』から、以下の二例を挙げている（但し、「楽府詩集巻四」とするは誤り）。

〔楽府詩集巻四十四〕子夜四時歌・晋宋齊辭・夏歌二十首18「情知二三夏熱一、今日偏獨甚。」

〔楽府詩集巻四十四〕子夜四時歌・晋宋齊辭・冬歌十七首09「懐二人重レ衾寢一、故有二三夏熱一。」

ここでもまた『楽府詩集』の表現に学んだ可能性が想定される例が存することは留意しておかねばならないだろう。但し、『芸文類聚』には以下の例がある。

〔芸文類聚巻三・歳時部上・夏〕晋李顒詩「炎光燦二南溟一、溽暑融二三夏一。」

「朝」と「夕」の対に「九陽」が用いられる例としては、橋本注釈も挙げる『楚辞』「遠遊」の例がある。

朝濯二髪於湯谷一兮、夕晞二余身兮九陽一。

既に〈第二章　第五節　漢籍と風土記〉で述べたところであるが、『楚辞』「遠遊」に学んだと思われる徴候が『常陸国風土記』――とりわけ辞賦的表現を志向した部分――にしばしば見られることをここでも確認しておきたい。

「遠遊」は、古来、屈原の作とされるが、屈原作であるとすれば、「離騒」をはじめとする他篇と思想的に大きく異なっている点が問題とされる。仙人赤松子や王子喬の名が見えるように、神仙隠逸の思想を有している点で、『楚辞』中でも異色の篇である。例えば、以下のように赤松子や王子喬の風を慕う表現が見えている。

漠虚静以恬愉兮、澹無為而自得。聞二赤松之清塵一兮、願レ承二風乎遺則一。
軒轅不レ可二攀援一兮、吾将下従二王喬一而娯戯上。

前者の「自得」は、「古人云、常世之國、蓋疑此地。」と常陸国を讃える「総記」中の表現「墾發之處、山海之利、人人自得、家家足饒。」に見られるところである。言うまでもなく、『常陸国風土記』にも神仙思想の影響が指摘されている(3)。中でも、増尾伸一郎氏は、藤原宇合「五言、遊吉野川」と『常陸国風土記』との表現の類似を指摘される。

芝蕙蘭蓀澤。松柏桂椿岑。野客初披レ薜。朝隠蹔投レ簪。
忘レ筌陸機海。飛レ繳張衡林。清風入二阮嘯一。流水韵二嵆琴一。
天高槎路遠。河廻桃源深。山中明月夜。自得二幽居心一。

吉野の風景を描写し、陸機・張衡・阮籍・嵆康を踏まえ、「自ずから幽居の心を得たり」と結ぶこの五言詩は、神仙境への憧憬、隠逸への追慕が表明されている。これは『楚辞』「遠遊」に流れる神仙隠逸の思想に共通するものである。「命駕」の用例として先に挙げた葛野王「五言、遊龍門山」にもそれは共通する。

命レ駕遊二山水一、長忘冠冕情。安得二王喬道一、控レ鶴入二蓬瀛一。

ここにも王子喬の風を慕う表現が見えている。このような『懐風藻』の吉野を神仙境に擬する――その徴候は雄略記紀からも窺える――発想の背後にある思想が、『常陸国風土記』の神仙趣味に通じるものがあることは否定されないが、もう一つの契機が六朝地誌類にもあった可能性が想定される。これについては後述する。

さて、増尾氏はこの「自得」「幽居」（香島郡「可レ謂二神仙幽居之境、靈異化誕之地一」）をはじめ、『懐風藻』宇合詩と共通する『常陸国風土記』の語として「丹霞」「揺落」「徘徊」等を挙げ、宇合は「おそらくは前任者の石川難波麻呂がまとめた初稿本の地誌や古伝承に関する部分の大半を活かしながら、主に景観をめぐる描写を中心に四六駢儷文を駆使しつつ修訂を施したものと考えられる」と述作者論に踏み込んでいる。神仙思想と述作者については、ひとまず置くとして、「遠遊」には、他にも『常陸国風土記』と共通する表現として、以下の例がある。

山蕭條而無レ獣兮、野寂漠其無レ人。……香島郡「殑寂寞兮巖泉舊。夜蕭條兮烟霜新。」

下崢嶸而無レ地兮……筑波郡「夫筑波岳、高秀二于雲一。最頂西峯崢嶸、謂二之雄神一。」

前者については〈第四章〉で述べたが、後者は『文選』にも一二例ほど見られる語であり、「遠遊」ばかりに学んだとは言い難い。しかし、「遠遊」との類似性はその使用語句のみならず、神仙隠逸思想にもあることは留意せねばならない。またそれが吉野を神仙境に擬するところとも共通するものであることも考え合わせねばならないだろう。即ち、吉野を神仙境に擬する発想を知る者が、常陸国を「常世国」と疑い、香島社の周囲を「神仙の幽り居む境」としたのである。

⑦嘯レ友率レ僕。竝二坐濱曲一。騁二望海中一。

「嘯」については、既に橋本注釈が、『芸文類聚』「熱」に見られる用例から「嘯を風を呼ぶための動作」であるとする内田賢徳氏[4]を承けて、「嘯きによって風を呼び暑さを凌いでいる様子を、漢語を利用して描写したもの」とし、「友とウソムキ僕《やつこ》を率て」と訓んだ。訓みや解釈には同意するが、詩賦に見られる「嘯風」の知識に依拠して、実際にそのような行為が常陸国で行われていたか否かに関わらず、机上で創られた文辞であると言った方が良いだろう。内田氏が指摘されるように、『芸文類聚』巻五「歳時部下・熱」は、「嘯」が風を呼ぶための動作であることを知るのに有効であったと思われるが、とりわけ『常陸国風土記』は、魏王粲「大暑賦」に学んだ点が認められるのではないかと思う。

［芸文類聚巻五・歳時部下・熱］魏王粲大暑賦

惟林鍾之季月、重陽積而上昇。喜二潤土之溽暑一、扇二温風一而至興。獸狼望以倚喘、鳥垂レ翼而弗レ翔。遠二昆吾之中景一、天地翕二其同光一。征夫瘼二於原野一、處者困二于門堂一。患二衽席之焚灼一、譬二烘燎之在一レ床。起屏營而東西、欲レ避レ之而無レ方。仰二庭槐一而嘯レ風、風既至而如レ湯。於レ是帝后順レ時、幸二九峻之陰岡一、託二甘泉之清野一、御二華殿於林光一、潛二廣室之邃宇一、激二寒流於下堂一。重屋百層、垂陰千廡、九闥洞開、周帷高擧。堅冰常奠、寒饌代敍。

「嘯」は、もちろんのこと、「扇」「陰岡」などの語は、これに続く⑧に用いられている。

⑧濤氣稍扇。避レ暑者、祛二鬱陶之煩一。岡陰徐傾。追レ涼者、軫二歡然之意一。

「避暑」と「追涼」の対は、以下の例がある。

［全唐詩巻五八］六月奉教作・李嶠（第四句缺三字。第七句缺一字。第八句缺三字）

養日暫裴回、畏景尚悠哉。避レ暑移二琴席一、追レ涼□□□。竹風依レ扇動、桂酒溢レ壺開。勞餌□飛雪、自可□□□。

「鬱陶」と暑気との結びつきは、『文心雕龍』によって知られる。

［文心雕龍巻十・物色第四十六］

是以、獻ㇾ歳發ㇾ春、悅豫之情暢。滔滔孟夏、鬱陶之心凝。天高氣清、陰沈之志遠。霰雪無ㇾ垠、矜肅之慮深。

春になれば悦楽の情がのびのびし、夏になると心は鬱陶しくむすぼれ、秋には心は深く沈み、霰雪降る冬には、身の引き締まる思いがするというのである。『文心雕龍』「物色」は、『詩経』『楚辞』以来の自然描写を範としながら、新しい技法を追求したものであり、「乃《か》の山林皐壌《かうじやう》の若きは、實に文思之奥府なり」と文学に於ける自然描写の重要性を説き、「物色盡きて情餘り有る者は、會通に曉らかなるなり。」と景物の描写に徹底しながらも余情を生む作品を高く評価している。

この風土記に見られる辞賦的表現、美文を模した表現がすべて景表現に関わることからも、『文心雕龍』「物色」は必読の書であった可能性が高い。この書の我が国での初見は、空海『文鏡秘府論』とされるが、『懐風藻』及びこの風土記の歌謡を伴う景表現の背景にある学識を考慮すれば、この時代にこの書が学ばれていたとしても不思議はないだろう。

「鬱陶」が夏の暑さに起因することは、『文心雕龍』から明らかになったが、『初学記』巻第三・夏第二所引「晋夏侯湛・大暑賦」にも「乃鬱陶以興ㇾ熱」の表現がある。「晋夏侯湛・大暑賦」は、『芸文類聚』巻五「熱」にも載るが当該部分は引かれていない。

また、友と風を呼ぼうと嘯き、浜辺に並び腰を下ろして、海を見はるかせば、波間から涼しい風が立ち起こって来るという情景は、映像を髣髴とさせる見事な描写であるが、風が立ち起こることを「扇」とする例は、橋本注釈が、嵆康・雑詩一首「微風清扇」[文選巻二十九]、藤原史・春日侍宴「薫風扇㆓海浜㆒」[懐風藻]、大伴家持「和風稍扇」[万葉集巻一八・四〇七二左注]を挙げているが、『周処風土記』にもこの表現があることが注目される。

仲夏、長風扇レ暑。注云、此節東南常恒有レ風（至）、俗名二黄雀長風一。

〔初学記巻三歳時部夏・太平御覧巻二二時序部夏「至」字あり〕

以上の部分が、あたかも歌序のように置かれ、以下の二首が続く。

高浜に　来寄する波の　沖つ浪　寄すとも寄らじ　子らにし寄らば

高浜の　下風さやく　妹を恋ひ　妻と言はばや　しことめしつも

歌謡がまずあり、この歌謡を導く序の如きものとして述作されたと考えるのが自然だろう。既に「韻文的表現に依拠することで、はじめて景の叙述をなし得ている(5)」という指摘もあるが、筑波郡・筑波岳の景表現も歌謡の前に置かれ、〈第四章〉で取り挙げた香島郡・童子女松原もまた歌謡の前後に景の叙述があり、同じく香島郡・香島神社の景表現も歌謡の直後におかれ、いずれも六朝美文を志向した駢文的表現となっている。これらの文章は、歌謡の記載を契機に制作されたと見て良いだろう。

第三節　六朝地誌類

『周処風土記』については、〈第四章〉でも「唳鶴」の季節を考察する上で、その受容を考慮すべきことを述べたが、既述の「唳鶴」「扇暑」以外に、守屋美都雄氏の労作「周処風土記輯本(6)」より、『常陸国風土記』との類似性が認められるものを挙げれば以下の通りである。

a陽羨縣西南有レ泉。常有二紫黄色一、浮見二水上一、出レ金之地也。〔太平御覧巻七〇地部泉水〕

b陽羨縣西有二洮湖一。湖中大小杯山。〔太平寰宇記巻九二・前半部のみ「江賦」李善注〕

c陽羨縣東有二太湖一。中有二包山一。山下有二洞穴一。潛二行地中一、云レ無二所不レ一通。謂二之洞庭地脈一也。〔芸文類聚巻九水部下湖・御覧巻五四地部「云」字なし〕

d陽羨縣有二袁君冢一、壇邊有二數枚大竹一、高二三丈、枝皆両両《披》枝下垂、如下有二塵穢一則掃払上、壇上恒浄潔。〔御覧巻九六二竹部竹・斉民要術巻一〇「抜」字異同〕

e南中六月則有二東南長風一。風六月止。俗号二黄雀一。長風時、海魚変為二黄雀一因為レ名也。〔御覧巻九天部風〕

f陽羨県令袁起生有二神異一無レ病而亡。塚東面有二屏風一。蓋神之所レ坐。〔御覧巻七〇一服用部屏風〕

我が国の現存古風土記に共通することであるが、「東西南北」＋「有二〇〇一」という表現は、『山海経』に見られる「東西南北〇〇里」＋「曰二〇〇一」よりも『周処風土記』に近い。また、dは、以下の記事と近似していることは注目される。

行方郡376郡家南門。有二一大槻一。其北枝、自垂觸レ地、還聳二空中一。

しかしながら、『周処風土記』に限らず、六朝時代の地誌には近似した類型表現があったことが窺える。いま、多くの地誌の佚文を引く『斉民要術』の巻十「桃」から例示すれば以下の通りである。

『神異経』曰「東北有レ樹。高五十丈、葉長八尺、名曰レ桃。其子徑三尺二寸、小核、味和、食レ之令二人短壽一。」

『広州記』曰「廬山有二山桃一、大如二檳榔形一、色黒而味甘酢。人時登採拾、只得二於上飽噉一、不レ得二持下一、迷不レ得レ返。」（『芸文類聚』巻八十七・『太平御覧』巻四十九、大同小異）

六朝の地方志については、早く青山定雄氏の優れた研究がある。(7) 六朝時代の地方志所載の説話・伝説で「断然多いのは神仙思想に基くもので、これによつて当時如何に民間に深く拡まつて居たかが推察される」とし、幾つかを例示されるが、前掲の『広州記』の廬山の山桃の条もその例として挙げている。これに類似する『常陸国風土記』の文章としては、以下のものがある。

香島郡394其社南、郡家。北沼尾池。古老曰、神世、自レ天流來水沼。所レ生蓮根、味氣太異、甘美絶二他所一之。有レ病者、食二此沼蓮一、早差驗之。

『常陸国風土記』の神仙思想について、『懐風藻』に描かれる吉野の背景となった思想からの流れについて先述したが、もうひとつの流れとして、六朝地誌類に存した神仙趣味を認めて良いと思われる。前者は「総記」や歌謡の前後に置かれる景表現と親しく、後者は前掲の「蓮根」等の産物記事に親しいと見て良いだろう。

また、青山氏は、地名伝説及び地名の説明に関するする記事は、当時の地方志の逸文に見られるものだけでも非常な数になると述べられ、（1）形状による命名法、（2）産物による場合、（3）神仙、方術に関連したもの、（4）故事によるもの、（5）龍、蛟、その他によるものをそれぞれ例示している。これらは、伝来していたとすれば、風土記撰進の詔の「山川原野名号所由」に答える記述の参考になったはずのものである。『周処風土記』をはじめ多く散佚し、類書等に引かれるに留まるが、風土記の撰者がこうした地方志に目を向けなかったとは考え難い。

第四節　結びに向けて

以上「高浜之海」の考察からは、六朝詩・唐詩と共通する表現、楽府と共通する表現等が認められた。六朝地誌類も含めて、これらを直接何に学んだかは明確ではないが、六朝以前の文献については、李善注『文選』及び

『芸文類聚』等の類書――『日本国見在書目録』には、『華林遍略』や『修文殿御覧』も認められるから、これらの散佚類書に拠ったことも想像に難くない――などが候補に挙げられよう。

また神仙思想については、『楚辞』「遠遊」と六朝地誌類を直接的な影響を与えた候補として挙げて良いかも知れない。

最後に『常陸国風土記』の成立について述べておきたい。今まで述べてきたことを踏まえれば、この風土記は段階的に成立したと見なすべきであると思う。辞賦に比肩するかのような六朝美文を模した景表現と、漢語漢文を志向したとすれば、誤用と呼ぶべき稚拙な表現とが混在することがその根拠である。

即ち、〈第三章第六節〉で取り挙げた「土地＋所V＋産物」の用法は、常陸国那賀郡からの木簡と共通する用法であった。郡衙の下級役人の筆と同様な用法は、この風土記に各郡から提出された資料の表記が残存していることを意味する。各郡から提出された資料を基に、その叙述方法は六朝地誌類に学んで、四字句を主体に構成し、各郡ごとに一通りまとめたものがまず成った。

これを第一段階とすれば、その上に文人趣味的な潤色が施された。これを最終段階とすれば、六朝美文的なものを志向した述作者の手になるものは、「総記」と、歌謡記載を契機として創作された景表現とであろう。〈第三章第三節〉【表I】において、各郡ごとの誤用の分布を一覧したが、全体として、誤用もなく騈文を目指して書かれたものは「総記」のみとなり、「総記」は景表現と同一の筆になると考えられるのである。この部分には『懐風藻』所載の詩の作者と同等の詩文の力量があり、進んで景の表現を為すというその姿勢から、『文心雕龍』「物色」に学んだ可能性が浮かび上がった。この最終段階の潤色者として最も可能性が高いのは、その素養、同一表現の使用等から見て、養老三年（七一九年）七月常陸国守となった藤原宇合であろう。しかし、宇合の前には、既に第一段階として成立した風土記があったであろうことは、若干の混同はあるものの、郷里制以前の「里」の表記を残していることからも明らかであろう。

【注】

（1）橋本雅之氏「『常陸国風土記』注釈（五）茨城郡」風土記研究二四（一九九九年六月）
（2）小島憲之氏『上代日本文学と中国文学』上（塙書房、一九六二年九月）六一二頁
（3）志田諄一氏「『常陸国風土記』と常世の国思想」・「『常陸国風土記と説話の研究』（雄山閣、一九九八年九月）・増尾伸一郎氏「神仙の幽り居める境――常世国としての常陸と藤原宇合――」『古代東国と常陸国風土記』（雄山閣、一九九九年六月）
（4）内田賢徳氏「風と口笛」説話論集第六集『上代の伝承とその表現』（清文堂、一九九七年四月）
（5）橋本雅之氏「『常陸国風土記』の漢語表現」太田善麿先生追悼論文集『古事記・日本書紀論集』（群書、一九九九年七月）→『古風土記の研究』（和泉書院、二〇〇七年）
（6）守屋美都雄氏「周処風土記輯本」東洋学報四四巻四号（一九六二年四月）→『中国古歳時記の研究』（帝国書院一九六三年三月）所収
（7）青山定雄氏「六朝時代の地方志について――撰者とその内容――」東方学報第十二冊之三（一九四一年十二月）・第十三冊之一（一九四二年五月）

第七章　『豊後国風土記』・『肥前国風土記』の文字表現

第一節　はじめに

『豊後国風土記』・『肥前国風土記』（以下『豊後』『肥前』と略称）について、早くから「恐らくは各国各島から大宰府に提出した資料又は稿本に拠つて大宰府で同一人が編纂撰定したのであらう。」とする説(1)があり、現在も大方この考え方が通行していると言って良い(2)。両書の文体についても「漢文を基調とするが、そこには日本語的要素も若干混入した『日本書紀』のような文体(3)」のように、同一に論じられることが多い。

たとえば、井上通泰氏（前掲注1同）・西尾光雄氏（前掲注2Ｈ同）ともに、総記の体裁に関してその共通性を挙げ、両書の編纂が同時になされたことを指摘している。

豊後：総記284豊後國者。本。與豊前國。合爲一國。昔者。纏向日代宮御宇大足彦天皇。……日晩僑宿。……因曰豐國。後分兩國。以豐後國爲名。

肥前：総記310肥前國者。本。與肥後國。合爲一國。昔者。磯城瑞籬宮御宇御間城天皇之世。……日晩止宿。

……因曰火國。後分兩國。而爲前後。

これをはじめとして、両書の共通点は多く挙げられているが、一方、両書の相違点に関しての指摘は少ない。この方面の先駆者井上通泰氏も、「但本書の肥前風土記に異なるは斯其縁也といへると因斯といへると自時以来又は自時以降といへると三辞のみである。かやうに僅に二三辞でも特色のあるのは稿本の作者の筆癖が其儘に残つて居るのであらう」（前掲注1A 一二頁）と述べ、三例を指摘するにとどまっている。

確かに、多くの研究書が指摘する通り『豊後』『肥前』に共通する点は多いが、両書の相違も少なからず指摘することができる。本章では、両書の共通点とともに、その差異に着目しながら、『豊後』『肥前』それぞれの文字表現について考察したい。

第二節　両書に共通する特徴

井上通泰氏は、『豊後』と『肥前』の体裁は全く同一であることを以下のように説明する。

まづ巻頭に郡駅烽寺の数を幾所と挙げ次に国号総説を挙げ次に郡名の下に郷駅等幾所と挙げ郷数の下に里数を註し次に郡内の郷名並に其他の地名の下に在二郡西一、在二郡東南一とやうに郡家よりの方位を註したるなど彼此全く相齊しい。（前掲注1A 一〇～一一頁）

秋本吉郎氏も、井上氏らの先行研究を受けて、共通する徴証を一三条に渉って挙げながらも「書式・資料及び編述方針に共通するものがあることが、直ちに大宰府における編述、同一人の筆録編述であるといふことを意味するものとはならない。編述者を異にしても、同じ大宰府の指令と監督の下に筆録編述するならば、類同した書を作製し得る筈である。」（前掲注2E一五四頁）と述べている。氏自身、徴証6・徴証8に文辞・用字の酷似、類似、類似について挙げているが、文辞・用字の酷似するという点は、やはり同一人の筆と見る向きに傾くが、この点こそが慎重に判断せねばならない問題である。今、具体的にその一致例・類似例を挙げる井上氏（前掲注1A一一頁）に従って、その例を挙げれば以下の通りである。
a肥前：総記310日晩止宿。
豊後：総記284日晩僑宿。
b肥前：高來郡346仍勒神大野宿禰。遣看之。
豊後：総記284菟名手。即勒僕者。遣看其鳥。
c肥前：総記310更。擧燎火之状。奏聞。天皇勅曰。
豊後：総記284擧状奏聞。天皇。於茲。歡喜之有。即勅菟名手云。
d肥前：彼杵郡342昔者。纏向日代宮御宇天皇。誅滅球磨噌唹。凱旋之時。
豊後：日田郡286昔者。纏向日代宮御宇大足彦天皇。征伐球磨贈於。凱旋之時。
e肥前：藤津郡342年魚多在。
豊後：日田郡288年魚多在。
豊後：大分郡298年魚多在。
f肥前：松浦郡334自爾以來。白水郎等。就於此嶋。造宅居之。因曰大家郷。
豊後：日田郡288邑阿自。仕奉靫部。其邑阿自。就於此村。造宅居之。因斯名曰靫負村。
g肥前：松浦郡334若降恩情。得再生者。

豊後：速見郡302若垂大恩。得更存者。

以上の例から、井上氏は「文辞が右の如く相似て居るのは同一人の手に成つた為と見るのが至当であらう」（前掲注1A一一頁）と結論づけている。

ちなみに、b「遺看」の例は、記紀万葉及び現存五古風土記中、この二例のみである。c「奏聞」は、記紀万葉及び現存五古風土記中では、『日本書紀』巻一七・一九・二〇・二二・二五・三〇に用いられる他は、「肥前：松浦郡334獲大耳等奏聞。天皇勅。」の一例のみである。

d「凱旋」に関しては、中川ゆかり氏（前掲注2M）に詳細な考察がある。後述するが、記紀万葉及び現存五古風土記中では「肥前：松浦郡328其事成功凱旋者」の他、『筑前国風土記』逸文「兒饗石」・『筑紫国風土記』逸文「芋衛野」・『常陸国風土記』逸文「信太郡」の条に用いられているのみである。e「年魚多在」f「造宅居之」も、記紀万葉及び現存五古風土記中では当該例以外はない。

そのほか古風土記中、『豊後』『肥前』及び九州風土記に共通する特徴の一つに「訛」字の使用がある。今『日本書紀』の例も含めて挙げれば以下の通りである。

上代文献「訛」一覧表

a「今訛謂……」

a1肥前：養父郡318　今訛謂養父郡也。
a2肥前：養父郡318　今訛謂狹山郷。
a3肥前：三根郡320　今訛謂米多井。
a4肥前：藤津郡342　今訛謂鹽田川。

a5肥前：松浦郡328　今訛謂松浦郡。
a6逸：筑前國資珂嶋539今訛謂之資珂嶋。（釋日本紀巻六）
a7逸：筑前國兒饗石543今訛謂兒饗石。（釋日本紀巻十一）

b「今謂……訛也」

b1肥前：神埼郡324　今謂　蒲田郷訛也。
b2肥前：佐嘉郡326　今謂　佐嘉郡訛也。
b3逸：筑前國怡土郡542今謂　怡土郡訛也。（釋日本紀巻十）
b4逸：豊前國鹿春郷549今謂　鹿春郷訛也。（宇佐託宣集）
b5書紀：神武3 191　今謂　難波訛也。訛。此云與許奈磨盧。
b6書紀：崇神5 245　今謂　泉河訛也。
b7書紀：崇神5 247　今謂　樟葉訛也。
b8書紀：垂仁6 267　今謂　弟國訛也。
b9書紀：神功9 333　今謂　松浦訛也。
B1書紀：神武3 193　今云　蓼津訛也。
B2書紀：神武3 193　今云飫悶廼奇訛也。
B3逸：備前國牛窓583　今云　牛窓訛也。（本朝神社考第六）（参考）

c「今謂……訛之也」

c1肥前：松浦郡332　今謂賀周里訛之也。

c2肥前：杵嶋郡338　今謂杵嶋郡訛之也。

c3肥前：藤津郡340　今謂託羅郷訛之也。

c4肥前：彼杵郡344　今謂彼杵郡訛之也。

c5肥前：彼杵郡346　今謂周賀郷訛之也。

d「今謂……者訛也」

d1豊後：日田郡286　今謂日田郡者訛也。

d2豊後：直入郡292　今謂球覃郷者訛也。

d3豊後：大野郡296　今謂網礒野者訛也。

d4豊後：海部郡296　今謂佐尉郷者訛也。

d5豊後：海部郡296　今謂　穂門者訛也。

d6書紀：景行7 297　今謂　的者訛也。

d7書紀：仲哀8 327　今謂　伊覩者訛也。

e「今謂……其訛也」

e1豊後：國埼郡304　今謂伊美郷其訛也。

E1書紀：神武3 209　今云　鳥見是訛也。

f「訛……今」

f1逸：筑後國三毛郡548後人訛曰三毛。今以爲郡名。（釋日本紀巻十）

g「その他」

g1書紀：応神10 365若謂輕野。後人訛歟。
g2書紀：允恭13 449 14故訛畝傍山。謂宇泥咩。訛耳成山。謂瀰々耳。
g3書紀：欽明19 79百濟本記云。津守連己麻奴跪。而語訛不正。未詳。
g4書紀：欽明19 81百濟本記云。河内直。移那斯。麻都。而語訛未詳其正也。
g5書紀：欽明19 81百濟本記云。汝先那干陀甲背。加獵直岐甲背。亦云那奇陀甲背。鷹奇岐彌。語訛未詳。
g6書紀：欽明19 83語訛未詳。
g7逸：尾張國吾縵郷452後人訛言阿豆良里也。（釋日本紀巻十）

以上のように、記紀万葉及び風土記中、「訛」字は、九州風土記と『日本書紀』以外では、B3『備前国風土記』逸文とg7『尾張国風土記』逸文に用いられるのみである。前者は大系本・新編全集も参考として挙げているもので、古風土記逸文である確証はない。後者はａｂｃｄｅｆの用例がすべて「今」とともに用いられているのに対して「今」の字を欠いている。となると、「今」とともに「訛」が使用される例は、九州風土記と『日本書紀』β群のみであることになる。ちなみに、『日本書紀』全一八例は、β群と欽明紀百済資料依拠部分のみの例である。

ともに、「今」と「訛」が用いられるものの『肥前』はａｂｃ、『豊後』はｄｅと明確に区分されることは注目に値する。ａｂｃを肥前型、ｄｅを豊後型とすれば、『日本書紀』β群の用例は、その両者にまたがっていることも考慮しておかねばならないだろう。

確かに、井上氏の説くように同一人の手になるという想定も成り立たなくはないが、「井上博士以降、大宰府での一括編述乃至同一人の編述であると解しようとする見解に傾いてゐるが、それは同を見ることに急であって、異を軽視し乃至は省みないものではないか。」（前掲注2E一五四頁）という見解も傾聴すべきであろう。

「訛」以外にも『日本書紀』β群のみと共通するものに接続語「於茲」がある。「於茲」は、『肥前』『豊後』と『日本書紀』にのみ用いられる接続語である。その使用例は以下の通りである。

肥前：　総記310於茲。健緒組。奉勅。悉誅滅之。
肥前：基肄郡314於茲。薦膳之時。
肥前：養父郡318於茲。纏向日代宮御宇天皇。巡狩之時。
肥前：佐嘉郡326於茲。縣主等祖大荒田占問。
肥前：佐嘉郡326於茲。大荒田云。
肥前：松浦郡328於茲。皇后。勾針爲鉤。飯粒爲餌。
肥前：松浦郡332於茲。見其沼底。但有人屍。
肥前：松浦郡334於茲。百足。獲大耳等奏聞。
肥前：松浦郡336於茲。天皇。垂恩赦放。
肥前：杵嶋郡338於茲。遣兵掩滅。
肥前：藤津郡340於茲。大白等三人。但叩頭。陳己罪過。共乞更生。
肥前：彼杵郡342於茲。有人。名曰速來津姫。
肥前：彼杵郡344於茲。神代直。迫而捕獲。
肥前：彼杵郡344於茲。有土蜘蛛。名欝比表麻呂。拯濟其船。
豊後：　総記284天皇。於茲。歡喜之有。即勅菟名手云。

豊後：直入郡292於茲。天皇勅云。
豊後：速見郡300於茲。天皇遣兵。遮其要害。悉誅滅。
豊後：速見郡302田主。於茲。大懐恠異。放免不斬。

『日本書紀』では「於茲」は一一例を数えるが、その中接続語としての使用は、以下のように四例（冒頭◎印）、いずれもβ群で用いられている。

×神武3 213「自我東征。於茲六年矣。」「我東を征ちしより、茲に六年になりにたり。」
◎崇神5 243於茲。天皇歌之曰。茲に、天皇歌して曰はく、
◎垂仁6 275天皇。於茲。執矛祈之曰。天皇、茲に、矛を執りて祈ひて曰はく、
×仁徳11 391「今朕臨億兆。於茲三年。」「今朕、億兆に臨みて、茲に三年になりぬ。」
×允恭13 433「不孝執甚於茲矣。」「不孝、孰か茲より甚しからむ。」
×允恭13 437「今朕践祚。於茲四年矣。」「今朕、践祚（あまつひつぎしら）りて、茲に四年」
×安閑18 51「毎念於茲。憂慮何已」。「毎に茲を念ひ、憂へ慮ること何ぞ已まむ」
×皇極24 255「成功之路。莫近於茲」「功を成す路、茲より近きは莫し」
×孝徳25 313「久矣無別風淫雨。江海不波溢。三年於茲矣。」「久しく別風淫雨無く、江海波溢げざること、茲に三年なり。」
◎天武上28 383東宮於茲疑有隠謀而慎之。東宮、茲に、隠せる謀有らむことを疑ひて慎みたまふ。
◎天武上28 395天皇於茲。行宮興野上而居焉。天皇、茲に、行宮を野上に興して居します。

この事も、『豊後』『肥前』と『日本書紀』β群の親近性の徴証の一つである。以上のように他の古風土記には

見られず、『豊後』『肥前』（及び九州風土記甲類）に共通する表現は、『日本書紀』、とりわけβ群にも共通していること、また「訛」のように『豊後』『肥前』の間で微妙な表現の差異があることも確認された。この二つの追究を深める前に、『豊後』『肥前』の漢語漢文書記能力について考察したい。

第三節　『豊後』『肥前』の漢語漢文書記能力――訓読的思惟について――

〈第二章第四節〉で述べた通り、『豊後』『肥前』が他の風土記に比して、漢語漢文に習熟した者の筆録になることは確実視して良いだろう。『肥前』『豊後』は、現存古風土記中、最も漢文の誤用、和習が少ないが、『常陸』のように、辞賦の模倣はない。その意味では実務的な文章であり、『常陸』が修辞の文章を好んだとすれば、『豊後』『肥前』は学をてらうことを快しとせず、達意の文章を志向していると言えよう。

また、所謂「漢籍語」の使用については、小島憲之氏が「花葉」「自時以来」「自時以降」「餘糧宿畝」「梟鏡」等（前掲注2D）を、中川ゆかり氏が「勒＋動詞」「凱旋」「消息」等（前掲注2M）を挙げ、九州風土記を特徴づけている。小島氏は、俗語的用法も二三挙げているが、例えば、記紀万葉、古風土記中、『肥前』にのみ用いられる次の「定」の副詞用法[4]もその一つに数えられるだろう。

肥前：彼杵郡342 344「有人。名曰篦簗。住川岸之村。此人有美玉。愛之罔極。定無服命。」人あり、名を篦簗といひて、川岸の村に住めり。此の人、美しき玉有たり。愛しみすること極みなし。定めて命に服ふことなけむ。

この「定」の副詞用法の例を『漢語大詞典』は、「究竟、到底」の意とし、『世説新語』の以下の例を初例として挙げている。

晋文王戯レ之曰「卿云二『艾艾一』、定是幾艾?」

また、吉川幸次郎氏（前掲注4A）は、「定」という助字は「事態の必ず然あるべきことを推測する場合に下される」のが通例であるとし、右の例も「事態の究極の確定は、いかようであるかと問う」ものであるとするが、但し『世説』には、「予想に反した事態の発生」を「定」で現す例が多々あることも指摘している。

この用法は、仏典では早く用いられており、朱慶之氏（前掲注4B八七頁）に拠れば、『中本起経』No196（後漢末建安一二207年訳出）の例を「原来」の意として挙げている。

150b後來弟子。謂二火害レ佛。悲喚哀慟。……踊レ身赴レ火。清涼和調。還顧白レ師。「瞿曇無レ恙。本謂二龍火一。定是佛光。」

いずれにしても、この「定」を右記の例のような六朝口語の一つに数えて良いだろう。

その他、『豊後』『肥前』の特徴の一つとして、敬語の補助動詞「坐」「給」「賜」が皆無であることが挙げられる。

○「坐」は、倭文体(5)の『播磨』、及び各郡の前半部、とりわけ神の言動に倭文体が使用される『出雲』に少なくないが、漢文体を志向したと見られる『常陸』にも用いられる。例示すれば以下の通りである。

播磨：餝磨郡42欲レ平二韓国一。渡坐之時。

出雲：意宇郡134國引坐八束水臣津野命。

常陸：行方郡380登二坐下總國印波鳥見丘一。

常陸：香島郡390白細乃大御服々坐而。

『常陸』の香島郡の例は細字割注の宣命体での用例であるが、行方郡の例は本文中の例である。

○「賜」「給」は、『出雲』は、「給」が優勢で補助動詞の使用は三〇例を超えるが、「賜」の補助動詞は以下、四例のみである。いずれも返読不要の倭文体中の例である。

出雲：意宇郡140越八口平賜而、還坐時。

出雲：意宇郡140「……青垣山廻賜而、玉珍置賜而守」。

出雲：秋鹿郡188御狩爲坐時。即、郷西山。待人立賜而。

『播磨』の「賜」は動詞六例に対して補助動詞の用例は以下一例のみである。「給」は全二例中、補助動詞は以下の一例のみである。

播磨：賀古郡26自レ彼度賜。

播磨：餝磨郡36尓時。但馬国造、阿胡尼命。申二給「依此赦罪一」。

『常陸』では、補助動詞「給」「賜」はともに、以下のように、香島郡の細字割注の宣命体の部分で用いられるのみである。

常陸：香島郡390大國小國事依給等識賜岐。

常陸：香島郡390白桙御杖取坐識賜命者。

常陸：香島郡390大國小國事依給等識賜岐。

常陸：香島郡390事向賜之。

これらに対して、『豊後』『肥前』では、以下のように、動詞として一例使用されるのみであり、補助動詞の用例は認められない。

豊後・総記284重賜㆑姓。曰㆓豊國直㆒。因曰㆓豊國㆒。

以上のように、漢語漢文にない国語の敬語表記の為に工夫された「坐」「賜」「給」の補助動詞用法が『豊後』『肥前』に見られないということは、この両国の風土記が漢語漢文を志向して書かれたことの徴証の一つとなるだろう。

ここで、両国風土記の訓読的思惟(6)について確認しておきたい。まず、『豊後』について、漢語漢文にない語彙、誤った用法について確認する。

○「仕奉」については、〈第二章第二節〉及び拙稿(7)等で述べた通り、『古事記』・平城宮木簡に専用されるものであり、漢籍・仏典に用例を未見の語である。『日本書紀』では、巻二〇敏達一二年是歳条の日羅の言と、巻三〇持統三年五月の詔中の新羅の奏の引用部分に見られる。ともに半島系の会話文中と言うことができる。古風土記では『播磨』に三例用いられる。『豊後』の例は以下の一例である。

日田郡288邑阿自、仕㆓奉靫部㆒。

漢語「奉事」や和習語「奉仕」と比べ、当時、国語の「つかへまつる」の表記として常用されていた「仕奉」がここに用いられたと見るべきであろう。

○「若」の疑問推量の用法については、かつて分類を試みたことがある(8)が、この用法は、『古事記』一一例、

『日本書紀』一七例（巻二六斉明紀割注の一例以外はすべてβ群）、『万葉集』題詞左注七例の使用が確認できる。古風土記では『豊後』に以下の一例が見えるのみである。

国埼郡304昔者。纏向日代宮御宇天皇。御船。従周防國佐婆津。發而度之。遙覧此國。勅曰。「彼所見者。若國之埼」。因曰國埼郡。（彼の見ゆるは、けだし國の埼か）

○部分否定の誤りは、以下の二例のみである。

日田郡290但一處之湯。其穴似レ井。口徑丈餘。無レ知二深淺一。水色如レ紺。常不レ流。聞二人之聲一。驚慍騰レ涅。一丈餘許。今謂二慍湯一。是也。

速見郡300玖倍理湯井。在二郡西一。此湯井。在二郡西河直山東岸一。口徑丈餘。湯色黒。涅常不レ流。人竊到二井邊一。發レ聲大言。驚鳴涌騰。二丈餘許。其氣熾熱。不レ可二向昵一。縁邊草木。悉皆枯萎。因曰二慍湯井一。

両例とも「常に流れない」では文脈が通らず、「常には流れない」「時折流れる」の意でなければならないから、ともに漢文では「常不流」ではなく、「不常流」とあるべきものである。

○語順の誤りの疑いのあるのは次の一例のみである。

速見郡304當年之間。百姓死絶。水田不レ造。遂以荒廢。

通常なら「不造水田」とあるべきだが、こうした目的語の倒置の例は、漢文でもしばしば見られるものであり、百姓が死に絶えて「水田」さえもなく荒れ果てたという文脈で「水田」を強調するための倒置であると見れば、漢文としても誤用とは言えない。

続いて『肥前』について考察する。

○「有」の誤用については、〈第二章第二節〉で詳述したが、『常陸』『播磨』『出雲』の三者はそれぞれ一〇例以上の誤用例が存するのに対して、『豊後』「有」二六例「在」三二例、『肥前』「有」六三例「在」四〇例の中、誤用は『肥前』に次の一例が存するのみである。

杵嶋郡338同天皇、行幸之時、土蜘蛛八十女人、有二此山頂一。

この「有」はどこどこという場所にあるの意であるから、「在」とあるべきところである。

○欲の位置の誤用は、次の一例のみである。

佐嘉郡326大荒田云。「此婦。如レ是。實賢女。故以二賢女一欲レ為二國名一。」因曰二賢女郡一。今謂二佐嘉郡一。

これは、「欲《おも》ふ」内容は「賢女を以て国名としよう」というところなので、「故欲以賢女、為國名。」とあるべきであり、「賢女を以て国名と為さむと欲《ほ》りす」「賢女を以て国名と為さまく欲《おも》ふ」等の訓読文的なものが脳裏にあり、そこから構文したために生じた誤用であり、訓読的思惟による構文（前掲注6）が見て取れる一文である。

○「霞」が上代文献では漢語本来の意味とは異なって用いられることについては、既に多くの論がある。(9) 小島憲之氏は、以下の梅園、釈大典を引いてその相違を説明している。

三浦梅園『詩轍』「霞ノ字ハ、ホデリ、一名ヤケ、朝ヤケタヤケのヤケ也」［巻六・烟］

六如上人『葛原詩話』「蕉中師（釈大典）ノ曰ク、烟霞・烟靄・風烟ノ類、皆火気ヨリ転ジテ、空中気色ノ義トナル。倭語ノカスミハ皆此レニ当ル。霞ハカスミノ義ニ非ズ。」

古風土記では、『常陸』は以下のように、「青波」の対として「丹霞」と用いており、漢語本来の「ヤケ」の意に用いた可能性を残している。

行方郡380香澄里。古傳曰。大足日子天皇。登二坐下總國印波鳥見丘一。留連遙望。顧レ東而勅二侍臣一曰。「海即青波浩行。陸是丹霞空朦。國自二其中一。朕目所レ見。」者。時人由レ是。謂二之霞郷一。

この「丹霞」は、『懐風藻』の宇合の詩に類例があり、以下のように「白露」との対で用いられている。

懐風藻90七言。秋日於左僕射長王宅宴。一首。「霑レ蘭白露未レ催レ臭。泛レ菊丹霞自有レ芳。」

また、『芸文類聚』にも、「丹霞」を用いた色対に以下のように「金風」「青雲」の例がある。

『芸文類聚』巻二天部下・雨「又雑詩曰。金風扇二素節一。丹霞啓二陰期一。」〔『文選』雑詩十首五言　張景陽〕

『芸文類聚』巻六〇軍器部・剣「梁簡文帝謝敕賚方諸劍等啓　……已匹二丹霞之暉一。乍比二青雲之制一。……」

以上のように、『常陸』の「霞」は、漢語「霞」を踏まえたものであることは明白であるが、「香澄里」の地名起源となっており、漢語「霞」と和語「かすみ」の間で混同があることも確かである。これらの「霞」に対して、『肥前』の例を挙げれば、以下の通りである。

松浦郡332賀周里。在二郡西北一。昔者。此里有二土蜘蛛一。名曰二海松橿媛一。纏向日代宮御宇天皇。巡レ國之時。遣二陪從大屋田子一。日下部君等祖也。誅滅。時霞四含。不レ見二物色一。因曰二霞里一。今謂二賀周里一。訛之也。

これは、「霞」によってあたりの景色が見えなくなったというのだから、漢語「霞」ではなく、『万葉集』の例などと同じく和語「かすみ」の表記として用いられた漢字である。

以上、『豊後』『肥前』の漢語漢文書記能力を確認したが、両書が漢籍語を積極的に用い、四字句に整えようとする意図を有し、漢語漢文を志向したことは確実視されるが、わずかであるが誤用も確認された。したがって両書の文章は『日本書紀』β群と共通する特徴を持っているということができよう。

第四節　『豊後』と『肥前』の差異

前々節の指摘に立ち返り、『豊後』『肥前』の間での表現の差異について、考察したい。

既に井上氏（前掲注1）・西尾氏（前掲注2H）等に指摘もあるが、「因斯」は、『肥前』には使用されず、『豊後』のみ七例を数える接続語であるが、これは『万葉集』左注、『日本書紀』に用いられている。『日本書紀』ではα群のみ二例の使用である。

日田郡286因斯曰久津媛之郡。
日田郡286因斯名曰無石堡。
日田郡288因斯名曰靫負村。
直入郡292因斯名曰臭泉。
大野郡294因斯名曰大野郡。
大野郡294因斯曰大囂野。
速見郡300因斯名曰速津媛國。

『万葉集』

03四五九左注　因斯悲慟即作此歌。
16三八〇五左注　因斯娘子作此沫雪之句歟。
16筑前國志賀白水郎歌十首三八六〇〜三八六九左注　因斯妻子等不勝犢慕裁作此歌。
20四四九四左注　因斯不奏也。

『日本書紀』
継体17 39勅使父根等。因斯。難以面賜。却還大嶋。別遣録史。果賜扶余。由是。加羅結儻新羅。生怨日本。
欽明19 71由是見亡。因斯而觀。三國之敗。良有以也。昔新羅請援於高麗。而攻撃任那與百濟。

これについて、小島憲之氏は、『豊後』『肥前』が属している一群の西海道風土記が、体裁・文章ともに統一的に編述されていることを挙げた上で、以下のように述べている。

この一群の風土記の編述者が、机上の作業に力を注いでいることを意味している。地名の記述法や語句・用字法にも、諸国に共通なものが少なくない。文章は、漢籍語を多く用いたり、一句を四字に揃える傾向があるなど、漢文趣味が現われているが、これも一国のみの特徴ではない。この一群の風土記も、最終的には、大宰府でまとめられたものであろう。肥前には見えない「斯」という文字が豊後には多用されているといった、国による差異もある。しかし、この程度の違いは、編述者が同一人でも起こりうることで、一群の風土記の単一性を否定するものではない(10)。

確かに、「斯」の有無のみによって、『豊後』『肥前』の編述者の相違を論じることは憚られるが、こうした両書の差異は少なくない。例えば、**「号」**は、古風土記中『常陸』一二例、『播磨』二一三例、『出雲』二六例、『肥前』八例と用いられるが、『豊後』のみには用いられていない。また、後述するが、**「爰」**も、古風土記中『肥前』二例、『常陸』七例と用いられるが、『豊後』を含めた他の風土記には見られない。各国風土記でその差異が特徴的に現れているのが、「**流**」を用いた河川の表現であり、各国風土記にそれぞれ独自性が見られる点に注目したい。

出雲（東西南北）流　五〇例

仁多郡256湯野小川。源出㆓玉峰山㆒。西流。入㆓斐伊河上㆒。

楯縫郡204宇加川。源出㆓同見椋山㆒。南流。入㆓々海㆒。

播磨　流於（東西南北）＊他動詞「流す」　二例

揖保郡72妹神欲㆑流㆓於北方越部村㆒。妹神欲㆑流㆓於南方泉村㆒。

常陸　流（東西南北）　二例

茨城郡368謂㆓信筑之川㆒。源出㆑自㆓筑波之山㆒。従㆑西流㆑東。経㆓歴郡中㆒。入㆓高濱之海㆒。

久慈郡412名㆓薩都河㆒。源起㆓北山㆒。流㆑南而入㆓久慈河㆒。

肥前（東西南北）流　四例

基肄郡314此郷之中有㆑川。名曰㆓山道川㆒。其源出㆓郡北山㆒。南流而會㆓御井大川㆒。

神埼郡322此郷有㆑川。其源出㆓郡北山㆒。南流入㆑海。

佐嘉郡326郡西有㆑川。名曰㆓佐嘉川㆒。年魚有之。其源出㆓郡北山㆒。南流入㆑海。

藤津郡340鹽田川。此川之源。出㆓郡西南託羅之峯㆒。東流入㆑海。

豊後　指（東西南北）下流　三例

大分郡298大分河。在郡南。此河之源。出㆓直入郡朽網之峯㆒。指㆑東下流。

大分郡298酒水。在郡西。此水之源。出㆓郡西柏野之磐中㆒。指㆑南下流。

速見郡300赤湯泉。……變爲㆓清水㆒。指㆑東下流。因曰㆓赤湯泉㆒。

例えば、『山海経』では「東流注于渭」「西流注于赤水」「南流注于海」「北流注于招水」とあるように、『漢書』地理志も含めて、『出雲』がこうした漢籍に学んだであろうことは、既に小島憲之氏が指摘する（前掲注2D）通りであろう。『常陸』は「ヲニトアヘバカヘル」式の漢文訓読法に依拠して「〜ニ流る」の「ニ」に牽かれて倒置した誤った回帰の例であり、訓読的思惟に基づく表記であることは〈第三章第二節〉で述べた。『播磨』の例は、自動詞の例ではなく、「どこどこに流す」という例であり、他の風土記とは異なるが、『播磨』では河川に「流」を用いた例はこれ以外に認められない。

さて、問題となるのは、『豊後』と『肥前』の相違である。『肥前』は「（東西南北）流」という、『山海経』『出雲』と共通する類型表現を採っているが、『豊後』は「指（東西南北）下流」という独自の文型を採っている。[11]「今」と「訛」が用いられる文型について、『肥前』と『豊後』は明確に区分されることは先に述べたが、その際引いた秋本氏の「井上博士以降、大宰府での一括編述乃至同一人の編述であると解しようとする見解に傾いてゐるが、それは同を見ることに急であって、異を軽視し乃至は省みないものではないか。」（前掲注2E一五四頁）という見解をここで再度提示したい。このように、同一人の筆に成るとは考えがたい差異も両書間に存在することは重要である。

第五節　『万葉集』巻十六との親近性

先に「因斯」の用例が『万葉集』巻十六に二例あることを挙げたが、かつて詳述したことのある「昔者」について補足したい。

「昔（者）有……也」という文型は、『万葉集』中では、巻十六の題詞・左注のみに用いられるが、この叙法の淵源は仏典にあり、巻十六は、仏典乃至敦煌変文に学んだものであることを述べたが、この型が古風土記にも用いられることも指摘した(12)。今、逸文も含めて古風土記中の用例を確認すれば、以下の通りである。

a「昔者……天皇之世」

a肥前：　総記310昔者。磯城瑞籬宮御宇御間城天皇之世。
a肥前：養父郡318昔者。輕嶋明宮御宇譽田天皇之世。
a肥前：松浦郡328昔者。檜隈廬入野宮御宇武小廣國押楯天皇之世。
a豊後：日田郡288昔者。磯城嶋宮御宇天國排開廣庭天皇之世。
a逸：肥前国帔搖岑527昔者。桧前天皇之世。（萬葉集註釋巻第四）

b「昔者……天皇……之時」

b肥前：基肄郡312昔者。纏向日代宮御宇天皇。巡狩之時。
b肥前：養父郡316昔者。纏向日代宮御宇天皇。巡狩之時。
b肥前：松浦郡334昔者。纏向日代宮御宇天皇。巡幸之時。

b肥前：松浦郡334昔者。同天皇。巡幸之時。
b肥前：杵嶋郡338昔者。纏向日代宮御宇天皇。巡幸之時。
b肥前：藤津郡340昔者。日本武尊。行幸之時。
b肥前：藤津郡340昔者。纏向日代宮御宇天皇。行幸之時。
b肥前：彼杵郡342昔者。纏向日代宮御宇天皇。誅滅球磨噌唹。凱旋之時。
b肥前：彼杵郡344昔者。氣長足姫尊。欲征伐新羅。行幸之時。
b豊後：日田郡286昔者。纏向日代宮御宇大足彦天皇。征伐球磨贈於。凱旋之時。
b豊後：直入郡290昔者。纏向日代宮御宇天皇。行幸之時。
b逸：筑前國資珂嶋539昔者。氣長足姫尊。幸於新羅之時。（釋日本紀巻六）
b逸：筑前國怡土郡541昔者。穴戸豊浦宮御宇足仲彦天皇。將討球磨噌唹幸筑紫之時。（釋日本紀巻十）
b逸：肥後國爾陪魚555昔者。大足彦天皇。誅球磨贈唹。還駕之時。（釋日本紀巻十六）

c「昔者＋天皇（皇族）……」

c肥前：三根郡320昔者。來目皇子。爲征伐新羅。
c肥前：松浦郡328昔者。氣長足姫尊。欲征伐新羅。
c肥前：松浦郡332昔者。氣長足姫尊。到於此處。留爲雄裝。
c肥前：高來郡346昔者。纏向日代宮御宇天皇。在肥後國玉名郡長渚濱之行宮。
c豊後：総記284昔者。纏向日代宮御宇大足彦天皇。詔豊國直等祖菟名手。遣治豊國。
c豊後：日田郡288昔者。纏向日代宮御宇天皇。登此坂上。御覽國形。

c豊後：大野郡294昔者。纏向日代宮御宇天皇。在球覃行宮。
c豊後：海部郡296昔者。纏向日代宮御宇天皇。御船泊於此門。
c豊後：大分郡298昔者。纏向日代宮御宇天皇。從豐前國京都行宮。
c豊後：速見郡298昔者。纏向日代宮御宇天皇。欲誅球磨贈於。幸於筑紫。
c逸：豊前国鏡山550昔者。氣長足姫尊。在此山。（萬葉集註釋巻第三）
c逸：肥後国阿蘇郡556昔者。纏向日代宮御宇天皇。發玉名郡長渚濱。幸於此郡徘徊四望。（阿蘇文書二）

d「昔者＋場所＋有……」

d肥前：基肄郡314昔者。此川之西。有荒神。
d肥前：神埼郡320昔者。此郡有荒神。
d肥前：小城郡326昔者。此村有土蜘蛛。
d豊後：日田郡286昔者。此村有土蜘蛛之堡。
d肥前：松浦郡332昔者。此里有土蜘蛛。名曰海松橿媛。
d豊後：日田郡288昔者。此山有土蜘蛛。名曰五馬媛。
d豊後：球珠郡290昔者。此村有洪樟樹。
d豊後：直入郡290昔者。郡東垂水村。有桑生之。
d逸：攝津國夢野428昔者。刀我野有牡鹿。（釋日本紀巻十二）
d逸：大隅國必志里560昔者。此村之中。在海之洲。因曰必志里。（萬葉集註釋巻第七）

e「その他」

e肥前：養父郡318昔者。筑後國御井川。渡瀬甚廣。人畜難渡。
e肥前：三根郡318昔者。此郡與神埼郡。合爲一郡。然海部直鳥。
e肥前：佐嘉郡324昔者。樟樹一株。生於此村。幹枝秀高。莖葉繁茂。
e豊後：直入郡290昔者。此郷柏樹多生。
e逸：攝津国歌垣山430昔者。男女集登此上。常爲歌垣。因以爲名。（釋日本紀巻十三）
e逸：筑後国三毛郡547昔者。楝木一株。生於郡家南其高九百七十丈。（釋日本紀巻五）
e逸：豊前国鹿春郷549昔者。新羅國神。自度到來。住此河原。（宇佐宮託宣集）
e逸：日向国高日村560昔者。自天降神。以御劒柄置於此地。（釋日本紀巻六）
e逸：大隅国串卜郷561昔者。造國神。勅使者。遣此村。（萬葉集註釋巻第二）
e逸：壹岐国鯨伏郷562昔者。鮐鰐追鯨。々走來隱伏。故云鯨伏。（萬葉集註釋巻第二）

以上a「昔者……天皇之世」・b「昔者……天皇……之時」・c「昔者＋天皇（皇族）……」・d「昔者＋場所＋有……」・e「その他」の五分類を施したが、すべてに『豊後』『肥前』の用例が見られること、また、九州諸国の風土記逸文の用例もすべてに渉ることが注目される。九州諸国風土記以外では『摂津国風土記』逸文に二例用いられるのみである。このことは、やはり九州諸国風土記が一括して大宰府で編集されたことを裏付ける有力な徴証となるだろう。この「昔者……」の型も『万葉集』では巻十六にしか用いられていないことも特出すべきであろう。

三八〇三題詞　昔者有㆔壮士與㆓美女㆒也。姓名未詳。
三八〇四題詞　昔者有㆓壮士㆒。新成㆓婚礼㆒也。

三八〇八左注　右傳云、昔者鄙人、姓名未詳也。

巻十六の編者として、小野寺静子氏は、東宮侍講を挙げる[13]が、筆者もまた巻十六第一部については、原資料を大幅に改編されることなく、巻十六に収められたものと見られること、そしてこの第一部を構想し表現した人々は、仏教漢文・敦煌変文・六朝〜初唐の小説類の語法・文体に明るく、それを学んだ人々であり、その候補としては山上憶良・楽浪河内・山田三方等、東宮侍講が挙げられることを述べた（前掲注12同）。この説が許されるならば、九州諸国風土記の大宰府一括編集と巻十六の両者に共通するのが、養老五721年退朝の後東宮に侍せしめられ、神亀三726年筑前国守として赴任し、神亀五728年に大宰帥旅人を迎え、天平三731年まで筑前国守であった憶良ということになる。但し、周知のように、旅人・憶良の九州風土記関与は認められていない。田中卓氏は、甲類を延長三925年の官符に拠る撰進、乙類を天平四732年以降、恐らくは天平宝字年間と推定され、乙類の撰者を吉備真備に擬しているが、旅人・憶良の九州在任中に風土記（乙類）があれば、鎮懐石歌の左注に建部牛麻呂の伝言を引用することはないという見解を取っている（前掲注2B二一六頁）。今、秋本氏の説に聴けば以下の通りである（前掲注2E一一三頁）。

万葉集所載の鎮懐石の記事よれば、大宰帥大伴旅人、筑前守山上憶良等が在住して和歌贈答をなした天平二年末までは、風土記——甲乙二類とも——はこれらの人々に知られてゐない。しかもこれらの人々は風土記編述の指令者乃至責任者となるべき地位にあるのであるから、風土記は未編述であったとすべき徴証を得る。

これに対して、八木毅氏のように、「鎮懐石歌」の芸術的衝動による作歌意欲からすれば、必ずしも風土記を引く必要はなかったとする説も存する。八木氏は、

作者が、国庁なり、大宰府なりに「鎮懐石」に関しての別伝の記述せられてゐる風土記が存することを知つ

てゐたからと言つて、彼が必ずそれを引用したり、比校したりしなければならぬと言つた、言はば実証主義学者のやうな心理状況に、立つたとは考へられないのである。

と述べている（前掲注2I二一七頁）。憶良を直接の編述者に当てるのは早計だが、編述者の元に憶良の手の入った資料があり、それを参照して編述したために「因斯」「昔者」などが混入した可能性を指摘するに留めたい。推測を重ねれば、筑前守たる憶良が、『豊後』『肥前』についての資料に関与するということには、大宰帥旅人の存在があったことだろう。ともあれ、性急を忌避すれば、仏典や敦煌変文の叙法に親しんだ者が編述者の中に含まれていたと考えるのが穏当かも知れない。

第六節　『常陸』との親近性

秋本吉郎氏は、九州風土記と『常陸』に藤原宇合の編述関与を主張し、両者の関係について、九州甲類風土記の記述方式、掲出する地名乃至土地、及び記述する内容事項は、『出雲』や『播磨』のそれに似ず、『常陸』のそれと殆ど全く同じであり、乙類風土記に至っては、『常陸』との類同は更に顕著である（前掲注2E一〇三頁～一〇四頁）と述べている。西尾光雄氏も、他の風土記には見られず、『常陸』との間にのみ共通している文字として「俗」「物色」「所部」等を挙げている（前掲注2H四七八頁）。ここでは、その共通する字句の問題から、両者の関係を確認したい。

まず、その土地の語を示す「俗」について検討すれば、「俗人」の語は『播磨』『出雲』にも見られるが、

豊後：直入郡290俗曰直桑村。後人改曰直入郡。是也。

豊後：速見郡302因曰慍湯井。俗語曰玖倍理湯井。
肥前：高來郡346土歯池。俗言岸爲比遅波。在郡西北。

のような、例は『常陸』とのみ共通する。但し、西尾氏も、

「俗」の文字に関しては、常陸国風土記が「風俗諺・風俗説・風俗・俗諺・俗説・俗語・俗歌・俗」として多様な使用法を有するのに比して差異を認めることができ、また同所で訓注に用いられた「俗」を当所ではほとんど用いていないことも相違していると見られる（前掲注2H四七二頁）。

と述べられるように、これを以て『常陸』との関係を論じるのは憚るべきであろう。むしろ以下の『日本書紀』との関連を指摘しておきたい。

景行7 297昔筑紫俗號盞曰浮羽。
仁徳11 409百濟俗號此鳥曰倶知。

また、「爰」も、『肥前』に二例、『常陸』に七例用いられるが、他の風土記には見られないものである。

肥前：松浦郡334爰有八十餘。就中二嶋。
肥前：高來郡346爰有人。迎來曰。
常陸：筑波郡360爰設飲食。
常陸：行方郡382爰自知有凶賊。
常陸：行方郡386爰抽御劔。
常陸：香島郡392爰則懼惶。
常陸：香島郡400爰僮子等。

常陸：那賀郡406爰子含恨而。
常陸：久慈郡410爰兎上命。
「爰」も『日本書紀』にはα群β群を通じて多用されるが、景行7 287十二年九月「爰有女人。曰神夏磯媛。」をはじめ、景行天皇九州巡行の記事中にも散見する。これについても後述する。
西尾氏は「物色」「所部」の語も共通することを指摘する。
肥前：松浦郡332時霞四含。不見物色。因曰霞里。今謂賀周里。
常陸：行方郡372物色可怜。郷體甚愛。宜可此地名稱行細國。
豊後：大野郡294此郡所部。悉皆原野。因斯名曰大野郡。
常陸：多珂郡416以所部遠隔。往來不便。
しかし、この両者も以下の通り、『日本書紀』β群に用例がある。「物色」は二例あるが、「允恭13 451新羅人大恨。更減貢上之物色及船數。」は、意味が異なり、「神代上1 131乃怪其物色。遣使白於天神。」の一例のみが同じ例である。「所部」は「クニノウチ・クヌチ」の例が、以下のように、天武紀に二例用いられている。
天武下29 417選所部百姓之能歌男女。及侏儒伎人而貢上。
天武下29 423所部百姓。遇凶年。飢之欲賣子。
以上のように『常陸』と共通する字句は、『日本書紀』にも用いられていることを確認した。この現象は、『常陸』と『豊後』『肥前』がともに漢語漢文を志向して書かれたことに起因すると見るのが穏当であり、両者の編述に同じ者の手が入ったと見るのは早計であろう。但し、秋本氏の言うように、その体裁の一致に関しては、統括者を同じくした可能性も残されるかも知れない。

第七節　『日本書紀』との先後関係

『豊後』『肥前』を含む甲類風土記と『日本書紀』との先後関係について、『日本書紀』を先とする説、両者を兄弟関係とする説など多くの論がある（前掲注2）が、積極的に風土記を先とするものは、井上通泰氏（前掲注1）と関和彦氏（前掲注2L）のみと言って良いかも知れない。最も新しい荻原千鶴氏の論も、「甲類が『日本書紀』を参照しているとみるのが、今日ほぼ定説である[14]」と述べている。これらに対して、先行説を逐一検討し、甲類風土記と『日本書紀』を綿密に比較検証した上で、「両者間に直接の書承関係の存在を実証することは不可能」（前掲注2Ｉ一三七頁）と見る説も存する。

今まで取り挙げた語の検討も含めて、ここでは『豊後』『肥前』を含む甲類風土記と『日本書紀』の関係について考察したい。

まず、先に取り挙げた「俗」と「爰」の問題から、甲類風土記として知られる『筑後國風土記』逸文と「景行紀」の当該部分を取り挙げる。

逸：筑後国三毛郡547～548（公望私記曰。案。筑後國風土記云。）三毛郡。（云々。）昔者。楝木一株。生二於郡家南一。其高九百七十丈。朝日之影。蔽二肥前國藤津郡多良之峯一。暮日之影。蔽二肥後國山鹿郡荒爪之山一。（云々。）因曰二御木國一。後人訛曰二三毛一。今以爲二郡名一。（釋日本紀巻十）

逸：筑後国生葉郡547（公望私記曰。案。筑後國風土記云。）昔。景行天皇。巡國既畢。還レ都之時。膳司在二此村一。忘二御酒盞一。（云々。）天皇勅曰。「惜乎。朕之酒盞。俗語云二酒盞一爲二宇枳一。」因曰二宇枳波夜郡一。後人誤號二生

葉郡一。（釋日本紀巻十）

景行7 295～297秋七月辛卯朔甲午。到二筑紫後國御木一。居二於高田行宮一。時有二僵樹一。長九百七十丈焉。百寮蹈二其樹一而往來。時人歌曰。

阿佐志毛能。瀰概能佐烏麼志。魔弊菟者瀰。伊和哆羅秀暮。瀰開能佐烏麼志。

爰天皇問之曰。「是何樹也。」有二一老夫一曰。「是樹者歴木也。嘗未レ僵之先。當二朝日暉一。則隠二杵嶋山一。當二夕日暉一。亦覆二阿蘇山一也。」天皇曰。「是樹者神木。故是國宜號二御木國一。」

丁酉。到二八女縣一。則越二藤山一。以南望二粟岬一。詔之曰。「其山峯岫重疊。且美麗之甚。若神有二其山一乎。」時水沼縣主猿大海奏言。「有二女神一。名曰二八女津媛一。常居二山中一。」故八女國之名。由レ此而起也。

八月。到二的邑一而進食。是日。膳夫等遺レ盞。故時人號二其忘レ盞處一曰二浮羽一。今謂レ的者訛也。昔筑紫俗號レ盞曰二浮羽一。

この「三毛郡」の逸文と「景行紀」両者について、八木氏は、巨木の種類、朝日・夕日の影の及ぶ所が相違するが、巨木の高さ（傍線部）が一致し、御木郡の地名起源説話の形を保っている点で、資料はもと一つのものから出でいると見ている（前掲注2Ⅰ二三一頁）。「生葉郡」と「景行紀」では、説話の叙述の相違、用字上の相違から、両者の間の直接の書承関係は認め難いとする（前掲注2Ⅰ二三二頁）が、先に述べたように、「俗語云」は、「筑紫俗号」を踏まえた可能性があることを指摘しておきたい。

また「爰」についても先に取り挙げたが、後掲するように、景行十二年条にも「爰打猨謂レ不二可勝一。」と用いられている。『日本書紀』ではα群・β群に渉って四十数例が用いられ、その中『豊後』『肥前』と記事の対応がある景行紀に十一例、神功紀に六例用いられていることは重要である。「爰」についても『日本書紀』に学んだと見る方が良さそうである。

続いて、『豊後』と「景行紀」について考察したい。

大分郡298昔者。纏向日代宮御宇天皇。従二豊前國京都行宮一。幸二於此郡一。遊二覽地形一。嘆曰。「廣大哉。此郡也。宜レ名二碩田國一。碩田。謂大分」。今謂二大分一。斯其縁也。

速見郡298～300昔者。纏向日代宮御宇天皇。欲レ誅二球磨贈於一。幸二於筑紫一。従二周防國佐婆津一。發レ船而渡。泊二於海部郡宮浦一。時。於此村有二女人一。名曰二速津媛一。爲二其處之長一。即聞二天皇行幸一。親自奉レ迎。奏言。「此山有二大磐窟一。名曰二鼠磐窟一。土蜘蛛二人住之。其名曰二青・白一。又。於二直入郡禰疑野一。有二土蜘蛛三人一。其名曰二打猨・八田・國摩侶一。是五人。並爲レ人強暴。衆類亦多在。悉皆謠云。『不レ従二皇命一』。若強喚者。興レ兵距焉」。於レ茲。天皇遣レ兵。遮二其要害一。悉誅滅。因レ斯名曰二速津媛國一。後人改曰二速見郡一。

直入郡290～292禰疑野。在柏原郷之南。昔者。纏向日代宮御宇天皇。行幸之時。此野有二土蜘蛛一。名曰二打猨・八田・國摩侶一等三人。天皇。親欲レ伐二此賊一。在二茲野一。勅。歴二勞兵衆一。因謂二禰疑野一是也。

大野郡294昔者。纏向日代宮御宇天皇。在二球覃行宮一。仍欲レ誅二鼠石窟土蜘蛛一。而詔二群臣一。伐二採海石榴樹一。作レ椎爲レ兵。即簡二猛卒一。授二兵椎一以。穿レ山靡レ草。襲二土蜘蛛一。而悉誅殺。流血沒レ踝。其作レ椎之處。曰二海石榴市一。亦流レ血之處。曰二血田一也。

直入郡292蹶石野。在柏原郷之中。同天皇。欲レ伐二土蜘蛛之賊一。幸二於柏峽大野一。々中有レ石。長六尺。廣三尺。厚一尺五寸。天皇祈曰。「朕。將レ滅二此賊一當下蹶二茲石一。譬如中柏葉上」。而即蹶之。騰レ如二柏葉一。因曰二蹶石野一。

景行7 287 十二年

a秋七月。熊襲反之不二朝貢一。八月乙未朔己酉。幸二筑紫一。九月甲子朔戊辰。到二周芳娑麼一。

景行7 289～291 十二年冬十月条

b到二碩田國一。其地形廣大亦麗。因名二碩田一也。碩田。此云於保岐陀。

c到二速見邑一。有二女人一。曰二速津媛一。爲二一處之長一。其聞二天皇車駕一。而自奉レ迎之諮言。「茲山有二大石窟一。曰二鼠石窟一。有二二土蜘蛛一。住二其石窟一。一曰レ青。二曰レ白。又於二直入縣禰疑野一。有二三土蜘蛛一。一曰二打猨一。二曰二八田一。三曰二國摩侶一。是五人。並其爲レ人強力。亦衆類多之。皆曰。『不レ從二皇命一』。若強喚者。興レ兵距焉」。

d天皇惡之。不レ得二進行一。即留二于來田見邑一。權興二宮室一而居之。仍與二群臣一議之曰。「今多動二兵衆一。以討二土蜘蛛一。若其畏二我兵勢一。將隱二山野一。必爲二後愁一」。則採二海石榴樹一。作レ椎爲レ兵。因簡二猛卒一。授二兵椎一以。穿レ山排レ草。襲二石室之土蜘蛛一。而破二于稻葉川上一。悉殺二其黨一。血流至レ踝。故時人其作二海石榴椎一之處。曰二海石榴市一。亦血流之處曰二血田一也。復將レ討二打猨一。徑度二禰疑山一。時賊虜之矢。横自レ山射之。流二於官軍前一如レ雨。天皇更返二城原一。而卜二於水上一。便勒レ兵。先擊二八田於禰疑野一而破。爰打猨謂レ不レ可レ勝。而請レ服。然不レ聽矣。皆自投二澗谷一而死之。

e天皇初將レ討レ賊。次二于柏峽大野一。其野有レ石。長六尺。廣三尺。厚一尺五寸。天皇祈之曰。「朕得滅土蜘蛛者。將蹶二茲石一。如二柏葉一而擧焉」。因蹶之。則如レ柏上二於大虛一。故號二其石一。曰二蹈石一也。

「大分郡」と「景行紀b」は、一部表記の一致（傍線部）を見るのみで、「碩田」の注は、風土記が通用表記「大分」であるのに対して「景行紀」は音仮名である点は相違するが、同じ語に施注する点は留意される。

「速見郡」の冒頭は、「景行紀ａ」と内容的には一致する。「直入郡・禰疑野」は、「速見郡」「景行紀ｃ」との重複的な類似記事である。

以下、良く一致している部分（傍線部）について、対照の便を図れば以下の通りである。

Ｃ有女人。名曰速津媛。爲其處之長。即聞天皇行幸。親自奉迎。奏言。
ｃ有女人。曰速津媛。爲一處之長。其聞天皇車駕。而自奉迎之諮言。

Ｃ「此山有大磐窟。名曰鼠磐窟。　土蜘蛛二人住之。　其名曰青　白。
ｃ「茲山有大石窟。曰鼠石窟。有二土蜘蛛。住其石窟。一曰青。二曰白。

Ｃ又。於直入郡禰疑野。有　土蜘蛛三人。其名曰打猨　八田　國摩侶。是五人。
ｃ又。於直入縣禰疑野。有三土蜘蛛。一曰打猨。二曰八田。三曰國摩侶。是五人。

Ｃ並　爲人強暴。衆類亦多在。悉皆謠云。『不從皇命』。若強喚者。興兵距焉」。
ｃ並其爲人強力。亦衆類　多之。皆　曰。『不從皇命』。若強喚者。興兵距焉」。

Ｄ　伐採海石榴樹。作椎爲兵。即簡猛卒。授兵椎以。穿山靡草。襲　土蜘蛛。
ｄ則　採海石榴樹。作椎爲兵。因簡猛卒。授兵椎以。穿山排草。襲石室之土蜘蛛。

Ｄ而　悉誅殺。　流血沒踝。其作　椎之處。曰海石榴市。
ｄ而破于稻葉川上。悉　殺其黨。血流至踝。故時人其作二海石榴椎之處。曰海石榴市。

Ｄ亦流血之處。曰血田也。
ｄ亦血流之處。曰血田也。

（E同天皇　欲伐土蜘蛛之賊。幸於柏峽大野。　野中有石。長六尺。廣三尺。厚一尺五寸。天皇祈　曰。

（e **天皇初將討　賊。次于柏峽大野。其野　有石。長六尺。廣三尺。厚一尺五寸。天皇祈之曰。**

（E「朕將滅此賊　當蹶茲石。譬如柏葉」。　而即蹶之。騰如柏葉。　因曰蹶石野。

（e **「朕得滅土蜘蛛者。將蹶茲石。如柏葉而擧焉」。因蹶之。則如柏上於大虛。故號其石。曰蹈石也。**

これらを見る限り、いずれかが一方を参照しながら書いているか、共通の資料に直接依拠しているかのどちらかを想定せざるを得ないだろう。

風土記を先と見る井上通泰氏は、自説の妨げとなる一例として、Dd二重傍線部を取り挙げ、景行紀「血流至踝」については、『南史』「侯安都伝」の例を引き、ある人となって自説［風土記が先で日本書紀が後］を難じる立場で以下のように述べている（前掲注1A九～一〇頁）。

血流至踝は、南史侯安都伝に例があるが、それは頭などから流れ下る血が足の踝に達したと云ふ事で、ここにはかなはぬ。ここは地上にたまれる血が踝を隠すばかりであつたと云ふ事であるから風土記のように流血沒踝と無ければならぬ。もし日本紀が風土記より後に成つたものならば風土記の妥ならざる処を改めこそすべけれ、今はそれが倒になつて居るから日本紀が先、風土記が後ではあるまいか。さうして風土記に流血沒踝とあるは神武天皇紀に兄猾が死にし処に、

時陳二其屍一而斬レ之。流血沒レ踝。故號二其地一。曰二菟田血原一。（筆者注：神武3 197）

を学んだのではあるまいか。

この仮説に対して、流血沒踝は、「神武紀」も『豊後』も漢籍に例があってそれに拠ったものとして退けてよいとしている。これについて、人名表記等から見て、両国の風土記は『日本書紀』を原拠とした親子関係である

ことを説く小島憲之氏は、井上説を「苦しい説」とした上で、

これも神武紀・景行紀の述作以後、それらによつた風土記が景行紀を底本として血田の記事を作り、それにみえる「血流至踝」の類句として神武紀の句を借用したまでである。（前掲注2D六五四～六五五頁）

と述べている。基本的に小島説に賛同するが、この例は、以下のように『陳書』及び『南史』にある。

『陳書』巻八列伝第二「侯安都」（中華書局本一四七頁）

（安都）躬自接戰、為流矢所中、血流至踝。

『南史』巻六十六列伝五十八「侯安都」（中華書局本一六一二頁）

安都躬自接戰、為流矢所中、血流至踝。

『南史』巻十七列伝第七「劉康祖」（中華書局本四八九頁）

康祖率厲將士、無不一當百、魏軍死者太半、流血沒踝。矢中頭而死、於是大敗、舉營淪覆、免者裁數十人。

景行紀は『陳書』乃至『南史』「侯安都伝」に見える語句を採択しているが、井上氏の仮説の通り、それでは文脈に齟齬が生じてしまう。それを『南史』「劉康祖伝」或いは、これに学んだ「神武紀」によって正したのが『豊後』であると見るのが自然であろう。こうした例は、『肥前』と「神功紀」の間にも見られる。

松浦郡328於茲。皇后。勾針爲鉤。飯粒爲餌。裳絲爲緡。登河中之石。
神功紀333於是。皇后。勾針爲鉤。取粒爲餌。抽取裳縷爲緡。登河中　石上。

捧鉤祝　曰。「朕。欲征伐新羅。求彼財寶。其事成功凱旋者。細鱗之魚。呑朕鉤緡」。
而投鉤祈之曰。「朕。西欲求財國。若有成　事者。河　魚　飲　鉤　」。

既而投鉤。片時。果得其　魚。皇后曰。「甚希見物。　希見。　謂梅豆羅志」。
因以擧竿。乃。　獲細鱗魚。時皇后曰。「　希見物也。希見。此云梅豆邏志」。

因曰　希見國。今訛謂松浦郡。
故時人號其處。　曰梅豆羅國。今　謂松浦訛也。

所以。此國婦女。孟夏四月。　常以針　釣之年魚。　男夫雖釣。　不能獲之。
是以。其國女人。每當四月上旬。以鉤投河中。捕　年魚。於今不絶。唯男夫雖釣。以不能獲魚。

この場合『日本書紀』の方に漢語漢文としての誤用・稀用（二重傍線部）が見られる。即ち意欲を表す補助動詞を用いた構文からすれば、「朕《われ》、欲《おもほス》レ求《もとメムト》ニ西《にしのかた》財《たからノ》国《くにヲ》一」とあるべきであり、「西」が動詞である場合でも、「朕《われ》、欲《おもほス》三西《にしにゆキ》求《もとメムト》ニ財《たからノ》国《くにヲ》一」とあるべきであろう。これに対して『肥前』の当該部分は「欲」の位置が漢文として正しい語順に置かれている。また、「因以」も『日本書紀』ではβ群固有の接続語であり、『後漢書』などに用例もあるが、漢籍よりも仏典に多用されることは森博達氏に指摘がある。(15) これも漢文に普通に見られる「既而」に改めたと見るべきであろう。また、「凱旋」（傍線部）については、中川氏が指摘されるとおり、『続日本紀』や「軍防令」には用いられながら、『日本書紀』には用例がない（前掲注2M）。

以上のことから、『豊後』『肥前』は、極めて漢語漢文に精通した編述者が漢文体を志向して書記したものであるが、訓読的思惟に基づく表現が散見し、『日本書紀』β群的な文体的特徴を持っている。ところが、「血流至踝」、「欲」の位置、「因以」等の『日本書紀』β群の誤用・稀用を意味的にも語法的にも正している点が認められるのである。したがって、『日本書紀』β群の述作者よりも、漢語漢文の書記能力に優ることが確認された。

第八節　まとめ

最後に、以上の考察から、本稿で明らかになったことを確認したい。

第一に『豊後』『肥前』の両書はその共通する特徴から、大宰府で一括編集されたとする通説に相反しないということが挙げられる。

第二に「訛」「流」などの両書の差異から、『豊後』『肥前』は、「編述者を異にしても、同じ大宰府の指令と監督の下に筆録編述するならば、類同した書を作製し得る筈である。」（前掲注2Ｅ一五四頁）とする説を支持するべきことが明らかになった、但し、この場合、井上氏も「稿本の作者の筆癖が其儘に残つて居るのであらう」（前掲注1Ａ一二頁）と言うように、元になった資料の筆が反映されたと見ることも可能である。

また、同一人の筆になることが有力視される部分は冒頭にも挙げた『豊後』の「総記」と『肥前』の「総記」の前半部分、即ち、「又。纏向日代宮御宇大足彦天皇。」（景行紀十八年五月壬辰朔条と対照される部分）より前の部分である。「訛」「流」「号」「爰」「因斯」など、『豊後』『肥前』の差異として挙げた字句も、両書「総記」のこの部分には見られない。総記のこの部分は一括編集の際、同一人に拠って書き下ろされた可能性が高い。

第三に、現存古風土記中、最も和習の少ない『豊後』『肥前』は、現存する他の三つの古風土記及び『日本書紀』β群に優る漢語漢文の書記能力をもった編述者の手になることが確認された。「景行紀」「神功紀」を参照しながらも、それを上回る漢語漢文の書記能力を有していたことは注目される。

【注】

（1）A井上通泰氏『豊後国風土記新考』（巧人社、一九三五年）一一頁

他にこの問題について言及するものに、

B『肥前国風土記新考』（巧人社、一九三四年）

C『西海道風土記逸文新考』（巧人社、一九三五年）がある。

（2）A佐佐木信綱氏「風土記」『新訂上代文学史上巻』（東京堂、一九四八年）

B田中卓氏「九州風土記の成立」「肥前風土記の成立」田中卓著作集10『古典籍と資料』（国書刊行会、一九九三年）

C佐藤四信氏『豊後風土記之研究』（明治書院、一九五六年）

D小島憲之氏「風土記の述作」『上代日本文学と中国文学』上（塙書房、一九六二年）

E秋本吉郎氏『風土記の研究』（ミネルヴァ書房、一九六三年）

F徳光久也氏「風土記の文章」『上代日本文章史』（南雲堂桜楓社、一九六四年）

G坂本太郎氏「日本書紀と九州地方の風土記」國學院雑誌七一―一一（一九七〇年一一月）↓坂本太郎著作集第四巻『風土記と万葉集』（吉川弘文館、一九八八年）所収

なお九州風土記甲乙二類と日本書紀所応記事の成立の先後についての諸説は、次の三書に詳しい。

H西尾光雄氏「風土記の文章」『日本文章史の研究上古篇』（塙書房、一九六七年）

I八木毅氏「九州風土記覚書」『古風土記・上代説話の研究』（和泉書院、一九八八年）

J荊木美行氏「九州地方の風土記について」皇学館論叢第二八―二（一九九五年四月）・史料一三七（一九九五年六月）↓『古代史研究と古典籍』（皇学館大学出版部、一九九六年）所収

その後、この問題を取り挙げたものには、

K北条秀樹氏「肥前国風土記の成立」『風土記の考古学5肥前国風土記の巻』（同成社、一九九五年）

L関和彦氏「九州『風土記』と『日本書紀』」古代文学講座10『古事記日本書紀風土記』（勉誠社、一九九五年）

M中川ゆかり氏「豊後国風土記」『風土記を学ぶ人のために』（世界思想社、二〇〇一年）→『上代散文　その表現の試み』（塙書房、二〇〇九年）所収

N及川智早氏「肥前国風土記」『風土記を学ぶ人のために』（世界思想社、二〇〇一年）などがある。

（3）沖森卓也氏「風土記の文体について」『小林芳規博士退官記念国語学論集』（汲古書院、一九九二年）→『日本古代の表記と文体』二〇六頁（吉川弘文館、二〇〇〇年）所収

（4）A吉川幸次郎氏「六朝助字小記」『中国散文論』（筑摩書房、一九六六年）所収

B朱慶之氏『佛典與中古漢語詞彙研究』（文津出版社、一九九二年）

C森野繁夫氏「六朝漢語の研究──『高僧伝』について──」広島大学文学部紀要三八（一九七八年一二月）

D森野繁夫氏「六朝語辞雑記二」中国中世文学研究一九（一九八九年九月）

（5）毛利正守氏A「和文体以前の『倭文体』をめぐって」万葉一八五（二〇〇三年九月）

毛利正守氏B「古事記の書記と文体」古事記年報四六（二〇〇四年一月）

（6）拙稿「漢字でかかれたことば──訓読的思惟をめぐって──」国語と国文学第七六巻五号特集号『文字』（東京大学国語国文学会、一九九九年五月）

（7）拙稿「推古遺文の再検討」『聖徳太子の真実』（平凡社、二〇〇三年）

（8）A拙稿「上代散文の比喩表現」国語と国文学第六八巻五号特集号（東京大学国語国文学会、一九九一年）

なお、疑問推量の用法に特化して詳述したものに以下の論がある。

B是沢範三氏「上代における『若』字使用の様相」古事記年報四一（古事記学会、一九九九年一月）

（9）A小島憲之氏「上代に於ける詩と歌──『霞』（カ）と『霞』（かすみ）をめぐって」『万葉学論攷』（一九九〇年）→『漢語逍遙』（岩波書店、一九九八年）所収

B近藤信義氏「東国──『常陸国風土記・香澄の里』を視野に入れて──」『万葉の歌と環境』（笠間書院、一九九六年）

C鄧慶真氏「漢字『霞』の古代日本での受容――『万葉集』と漢籍との比較研究を通して――」皇学館論叢三三―二（二〇〇〇年四月）など

(10) 小島璎禮氏『風土記』（角川書店、一九七〇年）三八二頁

(11) 本章の基となった「『豊後国風土記』・『肥前国風土記』の文字表現」上智大学国文学科紀要二二号（二〇〇五年三月）を引いて「指（東西南北）下流」の文型について、森博達氏「文章より観た『日本書紀』成立区分論」東アジアの古代文化一二四号（二〇〇五年八月）は、以下のように述べられた。

しかし正格漢文では、「指」に「さす」「ゆびさす」という動詞の用法はあっても、前置詞の用法は存在しない。「指東下流」の「指」は、「さす」という倭訓に基づく漢文の誤用である。書紀にも前置詞及びそれら類した「指」の用例が四例ある。

森氏の指摘により、この文型も豊後国風土記と日本書紀β群に共通する特徴であることが確認されたことになる。

(12) 拙稿「万葉集巻十六題詞・左注の文字表現」『万葉集研究第二十六集』（塙書房、二〇〇四年）

(13) 小野寺静子氏A「万葉集巻十六は家持の編纂か――用語を主として考える――」北大古代文学会研究論集3（一九七六年十月）

小野寺静子氏B「万葉集巻十六試論」国語国文研究五七（北大国文学会、一九七七年二月）

(14) 荻原千鶴氏「豊後・肥前国風土記の地名叙述」国語と国文学第八一巻一一号特集号（東京大学国語国文学会、二〇〇四年一一月）

(15) 森博達氏A『日本書紀の謎を解く』一五二〜一五五頁（中央公論新社、一九九九年）

森博達氏B「『日本書紀』――その典拠（資料）研究の方法と実際――」『古代韓日의言語文化比較研究』（서울大学校奎章閣韓国学研究院、二〇〇八年二月）

第八章　西海道乙類風土記の文字表現

第一節　はじめに

西海道（九州）風土記逸文が、甲類と乙類に大別されることは周知の通りである。現存『豊後国風土記』・『肥前国風土記』は甲類に属すると考えられている。前章において、『豊後』『肥前』は、現存する他の三つの古風土記及び『日本書紀』β群に優る漢語漢文の書記能力をもった編述者の手になることが確認された。「景行紀」「神功紀」を利用しながらも、それを上回る漢語漢文の書記能力を以て字句を改めている点がその根拠であった。即ち、

［日本書紀］→［甲類風土記］

という、成立順を確認したことになる。

さて、甲類風土記と乙類風土記の先後関係については、文字通り甲論乙駁の様を呈している。その研究史は、前章でも取り挙げ、また荊木美行氏[1]、北条秀樹氏[2]に詳しいので、ここでは省略する。

本章では、甲類との先後関係も睨みながら、乙類風土記の文字表現の考察を中心に行うこととする。

第二節　筑紫国子饗原芋湄野

まず、甲類・乙類に類似する説話が見られる「筑紫國子饗原芋湄野」［乙類］A～G（前田家本『釈日本紀』巻十一「皇后取石挿腰」条）と、**「筑前國兒饗石」［甲類］a～g（前田家本『釈日本紀』巻十一「皇后取石挿腰」条）**を対照するところから始めたい。両者の記述に沿って対照の便をはかれば、以下の通りである。

（A）逸都縣。子饗原。有二石兩顆一。

（a）怡土郡。兒饗野。〈在郡西〉。此野之西。有二白石二顆一。

（B）一者。片長一尺二寸。周一尺八寸。一者。長一尺一寸。周一尺八寸。色白而鞕。圓如二磨成一。

（b）〈一顆。長一尺二寸。大一尺。重卌一斤。一顆。長一尺一寸。大一尺。重卅九斤〉。

（C）俗傳云。「息長足比賣命。欲レ伐二新羅一。閲レ軍之際。懷娠漸動。

（c）曩者。氣長足姫尊。欲レ征二伐新羅一。到二於此村一。御身有レ娠。

（D）時取二兩石一。插二著裙腰一。遂襲二新羅一。

（d）忽當二誕生一。登時。取二此二顆石一。插二於御腰一。祈曰。

（E）凱旋之日。

（e）「朕欲二定二西堺一。來二著此野一。所レ妊皇子。若此神者。凱旋之後。誕生其可」。

「F至二芋湄野一。太子誕生。有二此因縁一。曰二芋湄野一。〈謂レ産爲二芋湄一者。風俗言詞耳〉。」
f遂定二西堺一。還來即産也。所レ謂譽田天皇是也。
G俗間婦人。忽然娠動。裙腰挿レ石。厭令レ延レ時。蓋由レ此乎。
g時人。號二其石一曰二皇子産石一。今訛謂二兒饗石一。

両者の対応部分を比較すれば、いずれも四字句構成を志向したことが認められるが、乙類の方が甲類よりも、その傾向が一段と強固であることが確認される。Aの「有石兩顆」と**a**の「**有白石二顆**」、Cの「欲伐新羅」と**c**の「**欲征伐新羅**」、及びF**f**・G**g**などが適例である。

また、「懐娠漸動」と「**御身有姙**」、「挿著裙腰」と「**挿於御腰**」は、両者とも四字句ではあるが、甲類の「御身」「御腰」は、漢語と字面は一致するものの、むしろ国語の敬語を背後に感じる語である。一方、乙類の「裙腰」は漢籍・仏典とも用いられる語であり、「懐娠」は、仏典（『仏本行集経』・『法苑珠林』等）に見られる語である。乙類の方がより漢語に近いことが確認される。

次に考え得ることは、一方が他方を参照したということである。甲類・乙類両者に共に用いられながら、他の上代文献には稀な文字が存在することは、筆録者が同一である可能性も考慮せねばならないが、一方が他方を参照したと見るべきであろう。これに該当するものに傍線部「顆」と二重傍線部「凱旋」がある。

「顆」は、他の風土記には用いられず、西海道（九州）風土記のみに使われる文字である。当該例以外では、『肥前国風土記』に見られる以下の例に限られる。

肥前・神埼郡322御船沈石四顆。存其津邊。此中一顆。〈高六尺。徑五尺〉。一顆。〈高八尺。徑五尺〉。無子婦女。

就此二石。恭祷祈者。必得任産。一顆。〈高四尺。徑五尺〉。一顆。〈高三尺。徑四尺〉。

また、「凱旋」については、中川ゆかり氏に詳細な考察がある(3)。記紀万葉及び現存五古風土記中、当該例以外の用例は以下の通りである。

肥前：松浦郡328其事成功凱旋者。

肥前：彼杵郡342昔者。纏向日代宮御宇天皇。誅滅球磨噌唹。凱旋之時。

豊後：日田郡286昔者。纏向日代宮御宇大足彦天皇。征伐球磨贈於。凱旋之時。

逸：常陸国信太郡郡名459黒坂命。征討陸奥蝦夷。事了凱旋。及多歌郡角枯之山。

「信太郡郡名」については、志田諄一氏が「蝦夷」の語の使用、「多歌郡」の用字などから、後人の手が加わっていることを指摘されたように、上代資料としては疑いが残るので(4)、「凱旋」の語も、西海道（九州）風土記特有の語ということができる。

また、Ｂbの波線部の石の長さの一致も偶然とは言い難いものがあり、乙類・甲類の親近性は否定されない。

一方、乙類風土記の特徴の一つに音仮名の字種がある。この問題については、最近、北川和秀氏に詳細な調査研究があった(5)。北川氏によれば、他の風土記に用いられず、西海道乙類風土記にのみ用いられる字音仮名は、乙類風土記とされる「肥前國杵島山」（冷泉家本『萬葉集註釋』巻第三、三八五番歌条）の歌謡「婀邏禮符縷。耆資麼能多塏塢。嵯峨紫彌台。區縒刀理我泥底。伊母我提塢刀縷。」の仮名をはじめ、『日本書紀』の字音仮名とのみ共通するものが多いという。ここでは「湄」が挙げられるが、他の上代文献では、書紀に一例用いられるのみである。紀・三五番歌（応神紀）の「怒珥比蘆菟湄珥。比蘆菟瀰珥。」が唯一例であるが、この場合は、「ひるつみに」が繰り返されており、「湄」「瀰」は変字《かえじ》法によると見て良いだろう。書紀にあっても特異な仮名であることが確認される。

『日本書紀』との親近性は、仮名に留まらない。そのことを次節で確認したい。

第三節　肥前国帔搖岑

続いて、肥前国帔搖岑［乙類］H〜N（仁和寺本『萬葉集註釋』巻第四、八七〇番歌条）と**『肥前国風土記』松浦郡条ｉ〜ｎ**を同様に考察する。


H松浦縣。々東六里。有二帔搖岑一〈帔搖。比禮府離也〉。最頂有レ沼。計可二半町一。

I俗傳云。「昔者。檜前天皇之世。遣二大伴紗手比古一。鎮二任那國一。

ｉ鏡渡。昔者。檜隈廬入野宮御宇武小廣國押楯天皇之世。遣二大伴狭手彦連一。鎮二任那之國一。

J于レ時。奉レ命　經二過此墟一。於レ是。篠原村。〈篠。資濃也〉。

ｊ兼救二百濟之國一。奉レ命到來。至二於此村一。即娉二篠原村。〈篠謂二志努一〉。

K有二娘子一。名曰二乙等比賣一。容貌端正。孤爲二國色一。紗手比古。便娉成レ婚。

ｋ　弟日姫子一。成レ婚。〈日下部君等祖也〉。**容貌美麗。特絶二人間一。**

L離別之日。

ｌ分別之日。取レ鏡與レ婦。々含二悲渧一。渡二栗川一。所レ與之鏡。緒絶沈レ川。因名二鏡渡一。

ｍ褶振峯。〈在二郡東一。烽處名曰二褶振烽一〉。**大伴狭手彦連。發船渡二任那之時一。**

（N乙等比賣。登二望此峯一。擧レ帔搖招」。因以爲レ名。

（**n弟日姫子。登レ此。用レ褶振招。因名二褶振峯一。**

ここでも、乙類の方が甲類よりも四字句構成を志向したことが確認される。Ｎ**ｎ**などはその典型である。また、いずれかが他方を参照したことはほぼ確実視されるが、先のＥ**ｅ**・今条のＬ**ｌ**に顕著なように、甲類が乙類を増補したか、乙類が甲類を簡約したかが重要な問題となる。

近年、逸文注釈において、神野富一氏は、この問題について、詳細な検討を施され、以下のように述べられた。(6)

甲類が先にでき、それをもとに乙類が書かれたとするのが自然ではないかと私は考える。甲類の表現を部分的に借りつつ、主題を「帔搖岑」の由来に絞って、それ以外のいわば土俗的な要素は削ぎ落とし、紗手比古と乙等比売の結婚と別れを文学的に造型したのが本条ではないか。

また、『日本書紀』との関係についても、以下の宣化紀二年条を挙げられ、

二年冬十月壬辰朔。天皇。以新羅寇於任那。詔大伴金村大連。遣其子磐與狹手彦。以助任那。是時。磐留筑紫。執其國政。以備三韓。狹手彦往鎭任那。加救百濟。

傍線部の表記と甲類の表記の一致から、「甲類は『宣化紀』から直接語句を借用し、乙類は直接『宣化紀』からではなく甲類から学んだという関係にあると見られる」とされた。三者の構文・用語から見て、この関係はほぼ揺るぎないように思われる。即ち、以下のように図式される。

〔日本書紀〕→〔甲類風土記〕→〔乙類風土記〕

神野氏は、乙類は直接『日本書紀』を見ていないとする見解であるが、先にも述べた紀との音仮名の一致例としては、「紗」も現存風土記中、西海道乙類風土記にのみ見られ、『日本書紀』と共通する仮名である。

また、用語の特徴としては、乙類のみに見られるものに「国色」がある。「国色」は、現存風土記中、当該の唯一例であるが、『日本書紀』では、

神代下155乃使二二女一。持二百机飲食一奉進。時皇孫謂二姉為醜一。不レ御而罷。妹有國色。引而幸之。

神武213「……號曰二媛蹈鞴五十鈴媛命一。是國色之秀者。」天皇悦之。

景行287天皇聞二美濃國造。名神骨之女。兄名兄遠子。弟名弟遠子。並有國色一。

応神369「……名髪長媛。即諸縣君牛諸井之女也。是國色之秀者。」天皇悦之。心裏欲レ覓。

のように、用いられる。直接『日本書紀』の当該箇所（この場合は『宣化紀』）を利用した形跡は、甲類に比して希薄ではあるが、『日本書紀』と、乙類風土記とのみに共通する音仮名・用語の存在は、『日本書紀』とも何らかの関係があったことを予感させる。

第四節　筑後国磐井墓

続いて筑後国磐井君［乙類］（前田家本『釈日本紀』巻十三「筑紫君磐井」）を取り挙げる。本文は以下の通りである。

上妻縣。々南二里。有二筑紫君磐井之墓一。墳高七丈。周六十丈。墓田南北各六十丈。東西各卌丈。石人石盾各六十枚。交陣成レ行。周二匝四面一。當二東北角一。有二一別區一。號曰二衙頭一。（衙頭。政所也）。其中有二一石人一。縦容立レ地。號曰二解部一。前有二一人一。躶形伏レ地。號曰二偸人一。（生為レ偸レ猪。仍擬レ決レ罪）。側有二石猪四頭一。號曰二賊物一。（賊物。盗物也）。彼處亦有二石馬三疋。石殿三間。石藏二間一。古老傳云。「當二雄大迹天皇之世一。筑紫君磐井。豪強暴虐。不レ偃二皇風一。生平之時。預造二此墓一。俄而官軍動發。欲レ襲之間。知二勢不レ勝。獨自遁二于

豊前國上膳縣。終二于南山峻嶺之曲一。於レ是。官軍追尋失レ蹤。士怒未レ泄。撃二折石人之手一。打二墮石馬之頭一。
古老傳云。「上妻縣。多有二篤疾一。蓋由レ茲歟。」

これについて、小島憲之氏は、傍線部「成レ行」「生平」「偃」を取り挙げ、『文選』にもそれぞれ二、三例が見え、漢籍語の利用は少なくないことを指摘された。(7) 小島氏は挙げられた例は以下の通りである。

傅休奕・雜詩「列宿自成レ行」(巻二十九)
劉公幹・公讌詩「生平未二始聞一」(巻二十)
任彦昇・天監三年策秀才文「上之化レ下、草偃風從」(巻三十六)

「成行」は、当該例は星々(星座)の状の表現であるが、風土記の用法と一致し、「偃」の例も李善注に、「論語、子曰、君子之德風、小人之德草、草上二之風一必偃」とあり、風土記の「皇風に偃《したが》はず」は、その用法を充分に踏まえた表現となっている。

それに対して、小島氏の挙げられた「生平」の例は、「生平未だ始めより聞かず」と訓読することができるが、これは風土記の例に合わないように思える。以下の『文選』の例とともに検証したい。

沈休文・別范安成詩「生平少年日」(巻二十)
謝玄暉・和王主簿怨情「生平一顧重、宿昔千金賤」(巻三十)

前者の李善注に、

漢書灌夫傳曰「生平慕之」。論語「子曰、久要不レ忘二平生之言一」。孔安國曰「平生、少時也」。

とあるように、「生平、少年たりし日」はもちろん、「生平一顧重く、宿昔千金賤し」も「年若い頃」の意と見て良いだろう。

小島氏の挙げた例は、これとも異なると見て良い。『大漢和辞典』の「生平」の項は、「①へいぜい。平常。平生。平素。」とし、その用例に小島氏の挙げた公讌詩「生平未だ始めより聞かず」を挙げているが、むしろこれは、以下に示す『漢語大詞典』が挙げる「有生以来」の意に解すべきかと思われる。今、『漢語大詞典』【生平】の項より、その意味記述と第一用例のみ挙げれば、以下の通りである。

一　素來、有生以來。

《史記・張耳陳餘列傳》「渉及左右生平數聞張耳、陳餘賢、未嘗見、見即大喜。」

二　一生、終身。

南朝 梁 何遜《入西塞示南府同僚》詩「年事以蹉跎、生平任浩蕩。」

三　指心性、心志。

唐 王績《田家》詩之一「阮籍 生平懶、嵇康 意氣疏。」

四　生年、在世之年。

唐 金獻貞《海東故神行禪師碑》「（導師）生平七十有六、大曆十四年十月二十一日、終於南岳 斷俗之寺。」

五　交情、交往。

清 呉下阿蒙《斷袖篇・兪大夫》「其為孝廉時、悅一豪貴家歌兒。與其主無生平、不欲令知。」

六　生前。

清 百一居士《壺天録》卷下「少頃弟婦甦、言恍惚中、見小姑自帷中出、笑容擧止、宛肖生平。」

さて、現行の風土記注釈書の「生平之時」の訓みに着目したい。秋本校注・久松校註・小島校注ともに「いけりし時」と訓み、広岡校注は「おだひかなる時」と訓じ、「生前に」と訳し、逸文注釈（上野誠氏担当部分）は「つねの時」とし、「生前に」と訳している。訓読は相違するが「生平」を「生前」の意に解することは、五者共通するところである。これは、右記の『漢語大詞典』では六番目の「生前」の意に一致する。ところが、『漢語大詞典』の挙例は清代の用例のみであり、古典語は挙例していない。この意味の用例が古典語に求められれば、風土記の用例も、「生前」の意に解することが可能となろう。小島憲之氏は、万葉集に存する用例の検出し得ない漢語について、和製漢語か、それとも真成の漢語か、判別できない場合、仏典類や敦煌・西域文書類に目を向けると、成功を見る場合が稀にはあると述べられ、実例を示されたが(8)、ここでも、仏典に目を向けると、その用例を『法苑珠林』に求めることができた。

法苑珠林巻第二十［大正新脩大蔵経・No.2121・436a］［中華書局・『法苑珠林校注』二・六六〇頁］

唐左監門校尉馮翊李山龍。以二武徳中一暴亡。而心上不レ冷如二掌許一。家人未レ忍二殯斂一。至二七日一而蘇。自説云。當二死時一被二冥収録一。至二一官曹廳事一。甚宏壯廣大。庭内有二囚數千人一。或枷鎖。或杻械。皆北面立滿二庭中一。吏將二山龍一至二廳下一。天官坐二高床一。侍衛如二王者一。山龍問レ吏。此何官。吏曰。是王也。山龍前至二階下一。王問。汝生平作二何福業一。山龍對曰。郷人毎設二齋講一。恒常施レ物同レ之。王曰。汝身作二何善業一。山龍曰。誦二法華經兩卷一。王曰。大善。可レ昇レ階。既昇。廳上東北間有下一高座如二講座一者上。王指レ座謂二山龍一曰。可下昇二此座一誦上レ經。山龍奉レ命至レ側。……右一験出冥報記

この用例は、死して七日後に蘇生した李山龍が、冥界での出来事を自ら語る場面に用いられている。冥界で王が李山龍に問う。「お前は生前どんな福業をなしたか」と。風土記の用例もこの用法と一致すると見て良いだろう。この話は、「出冥報記」とあるように、現存『冥報記』巻中「唐李山龍」と一致する。『冥報記』は、『日本霊異記』に影響を与えたことは周知の通りである。一方『法苑珠林』も、『日本書紀』への影響が考えられるこ

とは何度か指摘してきた(9)。この「生平」も『日本書紀』神代上・第五段・第九の一書に以下の例がある。

神代上99一書曰。伊奘諾尊。欲レ見二其妹一。乃到二殯斂之處一。是時。伊奘冉尊。猶如二生平一。出迎共語。已而謂二伊奘諾尊一曰。吾夫君尊。請勿二視吾一矣。

古訓にも「イキタリシトキノゴトク」「イケリシガゴトク」などがあり、まさしく「生前」の意で用いられている。

乙類の述作者が、直接、『冥報記』『法苑珠林』に学んだとするのは早計であり、『日本書紀』に学んだ可能性も否定できない。少なくとも、こうした古小説や仏典に見られる用法を知った上で「生平」を用いたことは明白であろう。ここからも、乙類述作者の漢語漢文能力の一端を知ることができる。

第五節　肥後国閼宗岳

乙類風土記の中でも、とりわけ六朝美文に傾斜した表現となっているのは、閼宗岳（前田家本『釈日本紀』巻十「一神曰阿蘇都彦阿蘇都媛」条）の描写である。本文を挙げれば、以下の通りである。

肥後國。閼宗縣。々坤廿餘里。有二一禿山一。曰二閼宗岳一。頂有二靈沼一。石壁爲レ垣。〈計可二縦五十丈。横百丈。深或廿丈。或十五丈一〉。

清潭百尋。鋪二白緑一而爲レ質。
彩浪五色。絙二黄金一以分レ間。

天下靈奇。出二茲華一矣。時々水滿。従レ南溢流。入二于白川一。衆魚酔死。土人號曰二苦水一。

其岳之爲㆑勢也。中《干》㆓半《中》天㆒而傑峙。**觸**㆑**石**興㆑**雲**。爲㆓五岳之最首㆒。大徳**巍々**。諒人間之有㆑一。**包**㆓四縣㆒而**開**㆑**基**。濫㆑觴分㆑水。寔群川之巨源。奇形杳々。伊天下之無㆑雙。

居㆓在地心㆒。故曰㆓中岳㆒。所㆑謂閼宗神宮。是也。

底本・広岡校注五三〇頁「中天而」、今仮に井上新考一六八頁（秋本校注五一八頁、逸文注釈七五八頁も同）に拠るが、小島憲之氏『上代日本文学と中国文学』上（塙書房、一九六二年）六六六頁に、蜀都賦「干」（ヲカス・シノグ）の例によって考へると、もとは「干㆓中天㆒」とあつたのが「中中天」（「中々天」）にあやまり、「中」の一つが脱落したとも考へられる（「中天」は西都賦以下数例あり）、という案も見逃せない。

この文章は、『常陸国風土記』「鹿島郡童子女松原」「茨城郡高浜之海」に比肩する。「童子女松原」「高浜之海」の文字表現については、〈第四章〉〈第六章〉に詳述した通り、六朝美文を志向した完成度の高い文章である。小島憲之氏は、この文章について、「四六駢儷風で文選の賦を読む思ひがする。」と述べられ、以下、『文選』「蜀都賦」を挙例され、本文の**太字**と『文選』の**太字**を示された（前掲注7同）。

左太沖　蜀都賦（巻四）

夫蜀都者、蓋兆㆓**基**於上世㆒、**開**㆓國於中古㆒。廓《ひらキテ》㆓靈關㆒以為㆑門、**包**《かねテ》㆓玉壘㆒而為㆑宇。……崗巒紏紛、**觸**㆑**石**吐㆑**雲**。鬱茖蒀《うつふんうんトシテ》以翠微《すいびタリ》、崛**巍巍**以峩峩。干《をかしテ》㆓青霄㆒而秀出、舒㆓丹氣㆒而為㆑霞。

続いて小島氏は、『文選』では、景福殿賦にも、「鼬㆓天地㆒以開㆑基」の類似表現があること、江賦には「濫觴」、北征賦その他には「杳々」の例があることを指摘された。また、西嶽華山廟碑の「周禮職方氏。河南山鎮曰㆑崋。謂㆓之西嶽㆒。」の例から、「天下靈奇。出㆓茲華㆒矣。」の「華」が閼宗岳を意味することを明らかにされた。さらにこの碑には「觸㆑石興㆓雲雨㆒」の例もあることを指摘されたが、今、全後漢文（巻百「西嶽華山廟碑」延熹八165年）を確認すれば、この部分は「觸レ石興レ雲。雨二我農桑一。」と訓ずるべきかと思われる。むしろこの方が当該風土記の例と一致する。但し、これは、井上新考（一六九頁）が、公羊伝僖公三十一年「觸レ石而出、膚寸而合」を挙げるように、蜀都賦にも「觸レ石吐レ雲」の類似表現があり、『初学記』巻第一・天部上・雲第五の事対にも、「觸石潤礎」を挙げるなど、多くの書に見られ、何に学んだか限定はできないが、『芸文類聚』巻第一・天部上・雲に挙げられる「又（尚書大傳）曰。五岳皆觸レ石而出レ雲。膚寸而合。不レ崇レ朝而雨。」に学んだ可能性も指摘できるかと思う。

また、この文章の述作者が直接学んだものとしては『文選』「西都賦」を挙げておきたい。

『文選』班孟堅・西都賦（巻一）

其宮室也、體《かたどり》二象乎天地二、經二緯乎陰陽二。據二坤靈之正位二、倣二太紫之圓方二。樹《たテ》二中天之華闕一、豐《ゆたかニシ》二冠山之朱堂一。因二瑰材一而究レ奇、抗《あゲ》二應龍之虹梁一。列《つらねテ》二棼橑一以布《しキ》レ翼、荷二棟桴一而高驤《たかくあがり》。雕《ほりテ》二玉瑱一以居《すヱ》二楹《はしらヲ》、裁二金璧一以飾レ瑠。發二五色之渥彩一、光爛朗《こうえんほがらかニシテ》以景彰《かげあきらかナリ》。

風土記の表現「其岳之爲レ勢也」「彩浪五色。絚二黄金一以分レ間」「干二中天一而傑峙」と西都賦の傍線部分の一致は偶合とは思えない。風土記が直接学んだと思われる箇所である。

その他、対句冒頭の「清潭百尋」に類似する表現は、『芸文類聚』に散見する。

巻第二十七・人部十一・行旅・宋謝靈運歸塗賦「漾二百里之清潭一、見二千仞之孤石一。」

巻第六十五・産業部上・啓・梁張纘謝東宮賚園啓「此園左帶二平湖一、修陂千頃。右臨二長薄一、清潭百仞。」

また、『水経注』にも、以下のように山河の表現に「清潭」「傑峙」等は用いられており、こうした地誌類も参考にしたかも知れない。既に乙類の「郡」を「県」と記す例が『水経注』にあることは、小島氏が指摘される通

りである。(10)

巻三十九・「贛《こう》水」大江南、贛水總納二洪流一、東西四十里、清潭遠漲、（案清潭上近刻有而字）綠波凝淨、而曾注二于江川一。〔上海古籍出版社・陳橋驛点校七四二頁〕

巻二十四・「瓠子河」雷澤西南十許里有二小山一、孤立峻上、亭亭傑峙、謂二之歴山一。〔上海古籍出版社・陳橋驛点校四七一頁〕

第六節　まとめ

さて、小島氏は乙類風土記の漢文臭について、閼宗岳・磐井墓などの実例を挙げ、「これは実用的な地誌よりも、文学的地誌をねらつたものと云へる。このような傾向が逸文乙類に著しいことは、乙類の撰者が漢籍読破の人であることがわかる。」とし、候補者として藤原宇合を挙げ、以下のように述べている。(11)

天平四年（732）頃と云へば、すでに解文の形の「原」九州地方の風土記も上申され、更に成書としての甲類も現在の形のもの（或はそれに近いもの）が完成、或は述作の途中にあつたものと思はれる。かうした際に長官として筑紫入りした宇合は、国内を巡行し、百姓の消息を問ひ、出挙収納などにも立ち合ふなど、頗る多忙をきはめたのであらう（大日本古文書二所収、天平九年「豊後国正税帳」に官人の仕事がみられる）。このやうな諸政執行や軍備の監督などの劇務の中にあって甲類（甲類的なもの）を改訂し、或は趣味的に文藻豊かに書いた（或は書かしめた）のが乙類ではなかつたか。

逸文乙類に軍防上の記載のみえないことは——偶然性もあり得るが——、乙類が実用性のないことを意味する。風土記の性質より云へば、これはやはりまづい。乙類は閼宗岳の條の如く筆力に駆られて、むしろ文学として「書くための風土記」ではなかつたか。これによれば、やはり日本書紀の文章を参考にした甲類を基として、乙類が生まれたものとみなすこともできよう。

坂本太郎氏をはじめ、歴史学者の中には、［乙類］→［甲類］の順序を想定する研究者が多い[12]が、ここでは、先に挙げた逸文注釈における神野富一氏、及びここに挙げた小島説のように［甲類］→［乙類］説を想定したい。この甲類と乙類の成立順序は、『常陸国風土記』の成立に類似するように思える。

『常陸国風土記』が段階的に成立したと見なすべきであることは〈第六章〉で述べたとおりである。辞賦に比肩するかのような六朝美文を模した総記と景表現の部分（童子女松原・高浜之海など）と、漢語漢文を志向したとすれば、誤用と呼ぶべき稚拙な表現とが混在するその他の部分が『常陸国風土記』を二分している。これを成立段階的に考えれば以下のようにまとめることができる。

第一段階

「土地＋所V＋産物」の用法のように、常陸国那賀郡からの木簡と共通する用法であり、郡衙の下級役人の筆と同様な用法は、この風土記に各郡から提出された資料の表記が残存していることを意味する。各郡から提出された資料を基に、その叙述方法は六朝地誌類に学んで、四字句を主体に構成し、各郡ごとに一通りまとめたものがまず成った。これは、郷里制以前の「里」の表記を用いたものであることは言うまでもない。この典型として茨城郡冒頭を挙例した。

第二段階

第一段階の上に文人趣味的な潤色が施された付加的部分である。この六朝美文的なものを志向した述作者の手になるものは、「総記」と、歌謡記載を契機として創作された景表現とであると考えられる。この部分には『懐風藻』所載の詩文の作者と同等の力量があり、進んで景の表現を為すというその姿勢から、『文心雕龍』「物色」等に学んだ可能性が認められる。

以上のように『常陸国風土記』の成立を考えた上で、この最終段階の潤色者として最も可能性が高い人物として、その素養、同一表現の使用等から見て、養老三年（七一九年）七月常陸国守となった藤原宇合を挙げたのである。宇合の前には、既に第一段階として成立した風土記（郷里制以前の「里」の表記を残したもの）があり、宇合はこれに総記と景表現の部分を増補・加筆した可能性が高い。

こうした『常陸国風土記』の成立が認められれば、この第一段階が甲類風土記に相当し、第二段階が乙類風土記に相当すると見られる。但し、『常陸国風土記』の第一段階の述作者より、『豊後国風土記』『肥前国風土記』をはじめ、甲類風土記の述作者の方が、漢語漢文書記能力に長けているという相違はある。

乙類風土記の述作者としても、『常陸国風土記』に増補・加筆をなした最終的述作者としても、俎上に上がるのは藤原宇合である。今、ただちに宇合自身とまでは断言する根拠はないが、宇合も含めて、宇合周辺の人物が両国風土記に関与した可能性は濃厚に認められよう。

とりわけ、乙類風土記に限定して言うならば、乙類風土記の音仮名に『古事記』『万葉集』には見えず、『日本書紀』とのみ共通する仮名が少なくないことは、北川和秀氏（前掲注5）による詳細な調査で明らかであるが、荻原千鶴氏はこれを踏まえ、『日本書紀』ではα郡β郡とも多く「バ」に使用され、巻一四・一七の歌謡でのみ「マ」に用いられる「麼」が、〈第二節〉で挙げた「肥前國杵島山」の歌謡で「耆資麼能多塏塢」のように、「キシマノタケ」と用いられる点について、この「麼」は鼻音と鼻濁音の違いを聞き取れない中国人が書いた可能性があることも指摘されている（前掲注12）。傾聴すべき卓見であるが、遣唐副使として在唐経験もあり、『懐風藻』に残る詩文からもその卓越した漢語漢文能力が知られる藤原宇合であってすれば、敢えて隋唐音を踏まえ中国人的に「麼」を使用することも進んで為し得た可能性が高い。当該歌謡に見える「さがしみと」の「さが」に「嵯峨」を当てるような衒学的な仮名を好んだことからもそれが裏付けられるように思う。

【注】

（1）荊木美行氏「九州地方の風土記について」皇学館論叢第二八―二（一九九五年四月）・史料一三七（一九九五年六月）→『古代史研究と古典籍』（皇学館大学出版部、一九九六年）所収→『風土記逸文の文献学的研究』第Ⅲ部第一章「九州地方の風土記の成立」（学校法人皇学館出版部、二〇〇二年）増補・修訂

（2）北条秀樹氏「肥前国風土記の成立」『風土記の考古学5肥前国風土記の巻』（同成社、一九九五年）

（3）中川ゆかり氏「豊後国風土記」『風土記を学ぶ人のために』（世界思想社、二〇〇一年）一七六頁～一七九頁→『上代散文　その表現の試み』（塙書房、二〇〇九年）所収

（4）志田諄一氏「常陸国風土記と黒坂命」風土記研究七（一九八九年五月）→『常陸国風土記とその社会』（雄山閣、一九七四年五月）所収

（5）北川和秀氏「西海道乙類風土記の字音仮名について」『風土記の表現』（笠間書院、二〇〇九年七月）

（6）上代文献を読む会『風土記逸文注釈』（翰林書房、二〇〇一年）神野富一氏担当箇所

（7）小島憲之氏『上代日本文学と中国文学』上（塙書房、一九六二年）六六六頁

（8）小島憲之氏『漢語逍遙』（岩波書店、一九九八年）三九～五七頁

（9）拙稿「仁徳紀後半部の述作」『日本古代の国家と村落』（塙書房、一九九八年七月）・「日本書紀開闢神話生成論の背景」上智大学国文学科紀要一七（二〇〇〇年三月）・「アメツチノハジメ」国文学第五一巻一号（學燈社、二〇〇六年一

月号）など

(10)　小島憲之氏『上代日本文学と中国文学』上（塙書房、一九六二年）六六四頁

(11)　小島憲之氏　同右　六六七〜六六八頁

(12)　坂本太郎著作集・第四巻『風土記と万葉集』・第六巻『大化改新』（吉川弘文館、一九八八年）等、また最近では国文学の方でも荻原千鶴氏「九州風土記の甲類・乙類と『日本書紀』」風土記研究三三（二〇〇九年六月）も、日本書紀↓乙類↓甲類の順を提示されている。

第九章　各国風土記の文字表現

〈第二章〉で述べたように、文章を書くということが漢語漢文に依拠してなされる以外にあり得なかった時代において、一つに漢語漢文への傾斜の強弱という視点と、その裏返しとも言い得る口頭言語に対する配慮の深浅という観点から、文章制作の意図について、おおよそ次の三分類が可能になる。

Ａ〈漢語漢文で思惟して漢語漢文での筆録を意図した文章〉

Ｂ〈訓読的思惟に依拠して漢語漢文での筆録を意図した文章〉

Ｃ〈訓読的思惟と口頭言語的思惟が混在し、漢字での筆録を意図した文章〉

Ａは、『常陸国風土記』の総記と景表現がこれに当たると見て良い。Ｂは、文字記載を想定して、訓読語・訓読文で思惟し、それを漢語漢文の枠にあてはめる方法であり、『常陸国風土記』・『豊後国風土記』・『肥前国風土記』の多くの部分はこの方法によって書かれたと見て良い。Ｃは、『播磨国風土記』全体と『出雲国風土記』の各郡の前半部がその典型と見られる。Ｂには和習があり、Ｃには国語表現を文字記載しようとする積極性がある。

本章では、この観点を基に『播磨国風土記』・『出雲国風土記』・各国逸文について考察したい。

第一節　播磨国風土記

『播磨』は、**C〈訓読的思惟と口頭言語的思惟が混在し、漢字での筆録を意図した文章〉**と見て良いだろう。既に指摘される通り、「尓」の接続語用法は古事記と『播磨』のみであり、[1]全体的に古事記的ではあるが、指示語の用法などに相違も見られる。すなわち、「其」は、記の用法と異なり、極端に重ねて用いられることはなく、「此」も、記と異なり、会話文中の用例のみであることが指摘されている。[2]

古事記との直接的な影響関係は記事の内容からは窺い知ることはできない。したがって、一概に古事記的とするよりも、むしろ和銅当時の日常的な文体であったと見た方が良いかも知れない。例えば、〈第二章第四節〉でも挙例した次の木簡の文字表記に極めて類似する。

□奴大魚之自家尓浪人集令住事問給申久□〔木簡研究第三号11頁(3)平城宮南面東門（壬生門）跡出土〕

この木簡の語序は倭文的ではあるが、「令＋動詞」の部分のみ「令レ住事」と、返読を要する書き方となっている。これは「不」「可」等と同じく、国語語順主体の表記中にあっても動詞に上接させ返読をする方式である。この「令」の用法については、『播磨』でも国語の使役の助動詞の表記に用いられ、『古事記』と同様な用法であることは〈第二章第四節〉で詳述した。

傍線部「尓」は、助詞「に」の表記に用いられる音仮名「尓」の例であるが、『播磨』には以下の例がある。

賀古郡18昔。大帯日子命。誂二印南別嬢一之時。御佩刀之八咫劒之上結尓八咫勾玉。下結尓麻布都鏡繫。

逸：播磨国尓保都比賣命491教曰。「好治二奉我前一者。我尓出二善験一而。……」

傍線部「給」は、敬語の補助動詞に用いられているが、『播磨』にも以下の例がある。

餝磨郡36尓時。但馬国造阿胡尼命。申二給。「依レ此赦レ罪」。

波線部「浪人集」は、国語の語順「浪人を集めて」に漢字を配列した倭文体的語序になっているが、『播磨』ではこうした［目的語＋動詞］の例も特徴の一つである。今主だった例を挙げれば以下の通りである。

餝磨郡38是時。砥堀出。故号二砥堀一。［砥を掘り出しき］

揖保郡52御志植二於此處一。遂生二楡樹一。［御志を此処に植《た》て］

揖保郡72川流奪而。將レ流二於西方桑原村一。［川の流れを奪ひ］

讃容郡78此取作レ鱠。食不レ入レ口。而落二於地一。［此を取りて］

神前郡96造二神宮於此野一之時。意保和知。苅廻。爲レ院。［オホワチを苅り廻《もとほ》し］

賀毛郡114天照大神坐舟於。猪持參來進之。可レ飼所。求申仰。［猪を持ち参来《まゐき》て進り］［飼ふべき所を求《ね》ぎ申し仰ぎき］

賀毛郡114至二此村一不レ足。故仍云。「間有哉」。故号二端鹿一。［間《はし》なる哉］

賀毛郡116従神等。人苅置草。解散爲レ坐。［人の苅り置ける草を解き散らして坐と為しき］

賀毛郡114の二重傍線部「於」について、大系本（三四三頁）は「舟の於《うへ》に」と訓むが、新編全集本（一一四頁）では、朝日古典全書に従い「舟に」と訓んでいる。この「於」を後置する例は、籍帳類に現れる。『大日本古文書（編年文書）』での初出は、神亀三（七二六）年「山背国愛宕郡雲上里計帳（正倉院文書）」（一巻三三三〜三八〇頁）であると見られる。「右手於黒子・鼻於黒子・口於黒子・右手於呰・右頬於黒子・左手於黒子・右目於黒子・右手於灸・耳於黒子」等の例がある。時代が降ると、天平勝宝二（七五〇）年「大宅朝臣賀是万呂奴婢見来帳（薬師院文書）」（三巻四五九頁）では、「右眉於黒子・右方与保呂久保尓志比祢」「奴婢見来帳（正倉院文書・東南院伍櫃九）」（三巻四六〇～四六一頁）では「左目於黒子・鼻太乎理尓黒子」と、「於」と「尓」が併用されるが、「尓」と書かれる場合は、直前の音仮字表記に引かれたことも考慮され、助詞「に」を分析的に表記したとは言い難いかも知れない。こうした地方官人の日常的な表記が顕現した例と見て良いだろう。

また、「令」の用法をはじめ、倒置を利用するが漢文の語法に拠らぬ例も散見する。犬飼隆氏は、かつて拙稿に示した観音寺論語木簡の「習時」[3]を引いて、「誤った回帰」「誤てる回帰」と命名された。[4] この「誤った回帰」の主だった例を挙げれば以下の通りである。

揖保郡48住二不レ知レ名之鳥一。〔名を知らざる鳥住めり〕

揖保郡52御志植二於此處一。遂生二楡樹一。〔遂に楡の樹生ふ〕

讃容郡80此山住レ鵲。一云二韓国鳥一。〔此の山に鵲住めり〕

「住」「生」については、注においても、讃容郡80「生二人參・細辛一」と「生二植物一」の形式、宍禾郡86「住二狼・羆一」と「住二動物一」の形式となっている。『常陸』は、行方郡380「猪猿大住」「椎・栗・槻・櫟生」「猪猴栖住」行方郡384「猪猴狼多住」香島郡394「鮒鯉多住」香島郡396「鯉鮒住之」久慈郡414「椎・櫟・榧・栗生。鹿猪住之」行方郡376「橘樹生之」行方郡380「椎・栗・槻・櫟生」のように「〇〇住」「〇〇生」という語順になっている。『山海経』では『常陸』と同じ形式になっている。

又北水行五百里、流沙三百里、至于洹山。其上多二金玉一。三桑生レ之。其樹皆無レ枝、其高百仞。百果樹生レ之。

其下多二怪蛇一。〔『山海経』北山経『全釈漢文大系』33一九四頁〕

『播磨』では、「此山住レ鵲。」に対して、

賀毛郡110栖原里。土中々。所㆔以号㆓栖原㆒者。柞生㆓此村㆒。〔柞此の村に生ふ〕

という語順も存し、語順に対して無頓着であったことが知られる。また次の「欲」の位置も漢文の枠に拘泥せず、訓読的思惟に依拠した国語表記であると見られる。

神前郡92「我不㆑下㆑屎欲㆑行」。〔我屎下らずして行かむと欲《おも》ふ〕

神前郡94「我持㆓聖荷㆒欲㆑行」。〔我は聖の荷を持ちて行かむと欲《おも》ふ〕

「欲」については、漢文としては「我欲㆓不㆑下㆑屎行㆒」のようにあるべきところである。

徳光久也氏は、「本書（播磨）の筆録者は、漢文様式を範に求める態度を採っている。しかし漢文力がこれに伴わないために、和化されたところが多く、中には国語の語順どおりに漢字を並べた、東鑑体の記録文体が相当に見られるのである。[5]」と述べるが、漢文様式を範に求める態度を採っているか否かは疑問である。木簡や籍帳類などに見られる日常的な文書様式で書かれたというべきであろう。

その一つに初唐以前の漢籍には用例を見出しがたい語「上祖」等の使用も数えることが出来る。〈第一章〉で述べたように、我が国では稲荷山鉄剣名が早い例であるが、上代文献では、『播磨』と「神代紀」のみに用いられる。

神代下147又以中臣上祖天兒屋命。忌部上祖太玉命。猨女上祖天鈿女命。鏡作上祖石凝姥命。玉作上祖玉屋命。凡五部神。

餝磨郡34韓室首寶等上祖。

餝磨郡34韓人山村等上祖。柞巨智賀那。

餝磨郡38村上足嶋等上祖恵多。

餝磨郡44尾治連等上祖。長日子。

新編全集本（三五頁）頭注で指摘されるように、『播磨』では「祖・遠祖・始祖・上祖」の四種の表記があるが、「上祖」が餝磨郡に限定されることは、この風土記の成立事情の一端が知られる。これについては、〈第二章〉で小野田説を紹介した。

こうした中で、漢文的な記事を拾うと以下の通りである。

賀古郡24御舟。宿㆓於印南浦㆒。此時。滄海甚平。風波和靜。

美嚢郡118二人子等。隱㆓於彼此㆒。迷㆓於東西㆒。

この二例は、『播磨』には稀な漢文的対句となっている。また、

賀古郡28又。有㆓酒山㆒。大帯日子天皇御世。酒泉涌出。故曰㆓酒山㆒。

「〇泉涌出」は、『入唐求法巡禮行記』『古小説鉤沈』『後漢書』など、仏典・漢籍にしばしば見られる表現である。

小島憲之氏は、『尚書』禹貢「厥田惟上中」、『漢書』地理志・水経注・文選「魏都賦」「厥田惟中」などいずれに拠ったか不明としながらも、『播磨』に特徴的な表現として「惟」の用例、また、俗語の例として、「一家云」などを挙げるが、語彙については和文的な表現をしたために、潤色度が薄く、特異なものはあまりないと述べている。[6]

これを受けて、奥田俊博氏は、漢語に依拠した可能性がある熟字として「往来・富饒・寒泉・諫止・追迫・有味・酒泉・森然」を挙げているが、[7] 今、『播磨』にも見え、『文選』にも見える熟字を挙げれば「光明・炳然・江魚・行人・一家・御宇・富饒・風波・和靜・未定・上古・遠祖・涌出・相乱・尓時・端正・当時・辛苦・赦罪・

参会・山岑・山石・人衆・静安・敬祭・俗人・経過・飲酒・山嶺・盤石・往々・行軍・教令・軍中・五色・奇偉・非常・珍玉・死亡・祖父・欲得・寒泉・流水・将来・四面・屏風・滅亡・屈申・枯木・仲冬・衆人・固辞・烏賊・美麗・数日・異俗・老父・衆鳥・有味・白鹿・朝日・大體・詠歌・云尓・解散・大患・五蔵・石室・奴僕・相聞・相見・歓哀・東西・往来」などがある。もちろん、この中には夾雑物も含まれるが、口頭言語からすぐさま文を起こしたと考えるよりも、あらかじめ訓読語・訓読文的なものが脳裏にあり、そこから漢字で表記したと考えた方が良いだろう。

第二節　出雲国風土記

『出雲』は、既に小島憲之氏の説かれたように、各郡の前半部（各郷の名号所由）と後半部（山川等の地誌的説明）で文体に大きな差がある。すなわち、前半の各郡の名号の由来、説話伝説の部分は倭文体をとり漢籍語の利用は少なく、山川以下後半は『山海経』などを参考にし、特に文選語の利用、それによる潤色の多い漢文体である（前掲注6同）と見て良いだろう。

とりわけ、前半部の会話文（神の言葉）に日本語語順式が顕著であり、挙例すれば以下の通りである。

意宇郡140屋代郷。……天津日子命。詔。「吾静将レ坐志社」。詔。故云レ社。「吾が静まり坐さむと志《おも》ふ社」

意宇郡140安來郷。……神須佐乃烏命、天壁立廻坐之。爾時。來二坐此處一而。「吾御心者、安平成」。詔。故云二安來一也。「吾が御心は、安平けくなりぬ」

意宇郡144拜志郷。……所レ造二天下一大神命。……爾時。詔。「吾御心之波夜志」。詔。故云レ林。「吾が御心の波夜志」
嶋根郡160山口郷。……都留支日子命。詔。「吾敷坐山口處在」。詔而。故山口負給。「吾が敷き坐《いま》す山口の處なり」
嶋根郡160手染郷。……所レ造二天下一大神命。詔。「此國者、丁寧所レ造國在」。詔而。故丁寧負給。「この国は丁寧に造れる国なり」
楯縫郡200沼田郷。……宇乃治比古命。「以二爾多水一而。御乾飯爾多爾食坐」詔而。爾多負給之。「爾多の水以て御乾飯爾多に食《め》し坐さむ」

そうした中で、安来郷毘賣埼の記述は、以下のように四字句主体に漢文的に構成されたとされる。

意宇郡140父猪麻呂。所賊女子。斂置濱上。大發苦憤。號天踊地。行吟居嘆。晝夜辛苦。無避斂所。作是之間。經歷數日。然後。興慷慨志。磨箭鋭鋒。撰便處居。即擡訴云。

しかし、

意宇郡142殺割者《さけば》、女子《むすめ》之一脛屠出《のかたはぎはふりいでき》。

のように、「者」の用法には和習も見られ、(8) 訓読的思惟による漢文であると見られる。

後半部は漢籍教養に依拠するところがあるが、自由に漢文を書きこなしたというよりも、類型表現の繰り返しが目立ち、『常陸』の景表現の文筆能力には劣る。秋鹿郡190と出雲郡218には、「土體豊沃」「百姓之膏腴［之］園(薗)」が用いられたり、以下の例もその典型である。

意宇郡148忌部神戸。……即、川邊出湯。出湯所レ在。兼二海陸一。仍、男女老少。或、道路駱驛。或、海中沿レ洲。日集成レ市。繽紛燕樂。一濯則形容端正。再浴則萬病悉除。自レ古至レ今。無レ不レ得レ驗。故俗人曰二神湯一也。

仁多郡258湯野小川。……即、川邊有二薬湯一。一浴則身體穆平。再濯則萬病消除。男女老少。晝夜不レ息。駱驛往來。无レ不レ得レ驗。故俗人號云二薬湯一也。

第三節　各国逸文

逸文については、新編全集本の広岡義隆氏の認定に従ったが、陸奥国風土記逸文については、その後の広岡氏の口頭発表（「逸文から風土記本文へ」『風土記の可能性を考える会』第六回研究発表会、二〇〇五年五月二十八日、椙山女学園大学）により、ひとまず除外した。現存する五つの古風土記についても、その文体表記はまちまちであるが、逸文も同様である。

摂津国　「夢野」に宣命小書体がみられる他、「住吉」には、会話文に和語表記［住吉424］「云『眞住吉々々國』」が見られる。また、「有馬温泉」にも、宣命小書体と見るべき例［有馬湯泉434］「又曰。『始得レ見二塩湯一』等云々」が見られる他、「在」の用法も「又有二塩之原山一。此山近在《辺》二塩湯一。此《衍入》邊因以爲レ名。」のように、国語的である。

山背国　「賀茂社」には、「坐」の補助動詞用法が「天降坐神」「立坐而」「宿二坐大倭葛木山之峯一」「隨二山代河一下坐」「所レ會至坐」「自二彼川一上坐」「定二坐久我國之北山基一」のように多用されている。また、その他国語的表現として、［賀茂社439］「川遊爲時」「神集々而」などがある。「令」の位置については、［賀茂社440］「汝父將レ思人。令レ飲二此酒一」の例は、「汝の父と思はむ人にこの酒を飲ましめよ」と訓読される（大系本・新編全集本）が、これは〈第二章第四節〉でも述べたように、「将」や「令」があれば返読する（「将」「欲」「令」「不」「未」などは動詞に上接する）という表記法が『万葉集』にも木簡にも見られるように、それを利用した倭文体と言って良いだろう。

伊勢国　〔伊勢國號447〕に「國有二天津之方一。宜レ平二其國一」のように、「有」の国語的用法が見られる。また、〔伊勢國號448〕「天日別命。發レ兵欲レ戮二其神一。」のように、「欲」の位置も漢文的でない。

尾張国　「吾縵郷」「熱田社」の二話のみであるが、和習は見られない。

常陸国　〔信太郡日高見國458〕では、「御二宇難波長柄豐前宮一天皇之御世、癸丑年。」とあるが、現存五風土記及び、風土記逸文中、当該例を除き五一例すべてが、「○○宮御宇○○天皇」の形式である。また、孝徳天皇の時世の表現は、

a 難波長柄豐前天皇之世〔播磨：揖保郡62〕〔播磨：宍禾郡84〕
b 至難波長柄豐前大宮臨軒天皇之世〔常陸：総記354〕〔常陸：行方郡378〕〔常陸：多珂郡416〕
c 難波長柄豐前大宮馭宇天皇之世〔常陸：行方郡372〕〔常陸：香島郡388〕
d 御宇難波長柄豐前宮天皇之御世〔逸：常陸國信太郡日高見國458〕
e 難波長柄豐崎大朝八洲撫馭天皇之世〔逸：常陸國三柱天皇【断片】463〕

f難波長樂豐前宮御宇天皇世〔逸：攝津國有馬湯泉434〕

となっており、『播磨』は二例ではあるが統一された表記、『常陸』も「至」を伴うものが「臨軒」、他の二例は「馭宇」とあり、この五例とも「大宮」とある中で、「日高見國」のみが「宮」とある。天皇の世の後、干支に続くものも、『常陸』では例はなく、『豐後』に「飛鳥淨御原宮御宇天皇御世。戊寅年。」〔日田郡288〕があるのみである。したがって、「日高見國」は、現存『常陸』とは別系統と見るべきである。また、「信太郡郡名」については、現存『常陸』と共通するところがある。

逸：常陸國信太郡郡名459

黒坂命。征二討陸奥蝦夷一。事了凱旋。及二多歌郡角枯之山一。黒坂命。遇レ病身故。爰改二角枯一。號二黒前山一。黒坂命之輸轜車。發レ自二黒前之山一。到二日高見之國一。葬具儀。赤旗青幡。交雜飄颺。雲飛虹張。瑩レ野耀レ路。時人謂二之赤幡垂國一。後世。言便稱二信太國一。

既に志田諄一氏が傍線部「蝦夷」の語の使用、「多歌郡」の用字などから、後人の手が加わっていることを指摘されたが、(9)中川ゆかり氏も傍線部「凱旋」の語の使用から、それを支持している。(10)但し、「爰」は、『肥前』に二例、『常陸』に六例用いられるが、他の風土記には見られないものであり、『常陸』的な接続語と言える。現存『常陸』と同様に漢籍に通暁した述作者の手を感じさせる部分（点線部）がある。「飄颺」「雲飛」「耀路」は、漢籍に散見するが、「虹張」「瑩野」は、和製の可能性がある。現存『常陸』と同じくB**〈訓読的思惟に依拠して漢語漢文での筆録を意図した文章〉**と見て良いだろう。

丹後国　「浦嶼子」は、優れた漢文であるが、これは伊豫部馬養の筆を基にするものであろう。その他、「天椅立」には、「而椅作立」「神御寝坐間」「仍恡二久志備坐一」など、国語的なものがある。「奈具社」にも「成二奈具志久一」のような古事記的な表記がある。また、各里の冒頭の記述は、以下のように統一性が認められる。

天椅立473「與謝郡。郡家東北隅方。有二速石里一。此里……」

浦嶼子479「與謝郡。日置里。此里……」

奈具社486「丹波郡。郡家西北隅方。有二比治里一。此里……」

したがって、最終的には形式を整えられているが、「浦嶼子」の伊豫部馬養の筆が残る部分のみが突出している。

播磨国　「坐・奉・賜」が補助動詞として使われること、音仮名「尓」が助詞表記として使われることなど、表記・文体の面からも、現存『播磨』に欠落した冒頭の部分であることが想定される。

備中国　「迩磨郡」のみが残る。漢文体であるが、「皇極天皇」「天智天皇」の漢風諡号が用いられるので、三善清行の手が入るかも知れない。

備後国　「蘇民将来」のみであるが、宣命小書体である。

淡路国　「鹿子湊」(断片)が伝わるが、「角鹿皮着」「我女髪長姫貢也」のように、語順が国語的である。

伊豫国　国語的な表現を拾うと、「御嶋」は、「此神自二百濟國一度來坐而。津國御嶋坐。」、「熊野岑」は、「熊野止云船」「至レ今石成在」、「天山」は、「自二郡家一以東北。在二天山一。」「倭在二天加具山一。」などがある。「温泉」は、引用される碑文は、六朝美文風の漢文体であるが、「大分速見湯。自二下樋一持度來。以二宿奈毘古奈命一。而漬浴者。暫間有活起居。然詠曰。『眞暫寢哉』」「天皇等。於レ湯幸行降坐。五度也。」「其碑文欲レ見而。伊社那比來。」「天皇爲二此鳥一。枝繋二稲穗等一。養賜也。」等の表現が国語的である。

土佐国　和習はなく、「玉嶋」のように、四字句を主体に構文しようとする意図がうかがえる。

西海道風土記逸文については、〈第八章〉でも取り挙げたが、甲類は、『豊後』・『肥前』と同じく**B〈訓読的思惟に依拠して漢語漢文での筆録を意図した文章〉**とみられる。乙類にもその傾向があるが、**A〈漢語漢文で思惟して漢語漢文での筆録を意図した文章〉**ともみるべき部分が認められるかも知れない。「肥後國閼宗岳」などは、六朝美文風である。

以上、各国風土記の文字表現について総覧した。八世紀の文字表現の実態は、今後も発見が期待される日韓の木簡などの新資料を待って再び論じる機会を得たいと思う。

【注】

（1）拙稿「古事記「爾」再論」『上代語と表記』（おうふう、二〇〇〇年一〇月）

（2）西尾光雄氏『日本文章史の研究　上古篇』（塙書房、一九六七年三月）

（3）拙稿「漢字でかかれたことば――訓読的思惟をめぐって――」国語と国文学第七六巻五月特集号『文字』（東京大学国語国文学会、一九九九年五月）
（4）犬飼隆氏『木簡による日本語書記史』（笠間書院、二〇〇五年一二月）
（5）徳光久也氏『上代日本文章史』（南雲堂桜楓社、一九六四年一二月）
（6）小島憲之氏『上代日本文学と中国文学』上（塙書房、一九六二年九月）
（7）奥田俊博氏「『播磨国風土記』の熟字」風土記研究二九（二〇〇四年九月）
（8）拙著「上代に於ける「者」字の用法――助辞用法から助詞表記へ――」『記紀の文字表現と漢訳仏典』（おうふう、一九九四年一〇月）
（9）志田諄一氏「常陸国風土記と黒坂命」風土記研究七（一九八九年五月）→『常陸国風土記とその社会』（雄山閣、一九七四年五月）
（10）中川ゆかり氏「豊後国風土記」『風土記を学ぶ人のために』（世界思想社、二〇〇一年八月）→『上代散文　その表現の試み』（塙書房、二〇〇九年二月）所収

後記

かつて、国語と国文学平成十一年五月特集号「文字」に掲載された「漢字で書かれたことば——訓読的思惟をめぐって——」を以下のように書き出したことがあった。

上代文献の研究を志す者が第一に遭遇する困難は、それが、日本語とは音節構造もシンタックスも異なる古代中国語を書き表すために発明された漢字漢文を利用して書かれているという障壁である。これを乗り越えるには、研究者自らが漢字漢文の伝来まで泝って、漢字漢文受容に費やされた労苦と、国語表記開発に払われた腐心とを追体験し、その苦渋と辛酸とを可能な限り味わい尽くす以外にあり得ないだろう。

前任校から母校への転勤で不安定な時期（事実厄年でもあった）でもあり、自分への叱咤も込めていきなり精神論的に始めてしまったこの冒頭は、当時の同僚たちをぎょっとさせたそうである。幸い転勤騒動は、多くの方々のご高配により、前任校では前期で一年分のコマを持ち、後期は転任先で一年分のコマを受け持つことで合意をみたのであるが、この論文は前任校の肩書きで書かれた最後の論文となった。しかし、この冒頭に書いた考え方は未だに変わらない。

風土記について一九九〇年代から演習では、出雲国風土記・常陸国風土記を取り挙げていたが、風土記に関する原稿を書くことになったのは、当時ほぼ同時進行で企画された世界思想社とY社の風土記入門書の原稿依頼が契機である。前者は橋本雅之氏・後者は増尾伸一郎氏からの依頼だったように思う。二つとも風土記の文体・文章に関してまとめて欲しいということであった。前者は用語・用字別にまとめ、後者は国別にまとめることで進めていたところ、後者は出版社の事情で立ち消えになった。したがって、風土記に関する最初の原稿が刊行されたのは、二〇〇一年八月の『風土記を学ぶ人のために』が最初である。

また、それまで「風土記研究」刊行のみで研究発表会は行っていなかった風土記研究会であったが、植垣節也氏の後を受けて事務局を引き継いだ橋本雅之氏の代になって、二〇〇三年より研究発表会を行うようになった。気づけば、いつのまにか編集委員になっていた。当初は古事記学会に連動して開催していた研究会も、九月初旬に古風土記の地で行うことが定例化し、二〇〇七年は肥前国風土記の地・佐賀女子大、二〇〇八年は豊後国風土記の地・別府大学、二〇〇九年は出雲国風土記の地・古代出雲歴史博物館、今年度は播磨国風土記の地・姫路で開催された。

こうした風土記研究進展の中で、本書の刊行もその活性化につながれば幸いである。

最後になったが、校正については、上智大学大学院生葛西太一氏の助力を得たことを記して筆を置く。

本書は平成二十二年度日本学術振興会科学研究費補助金（研究成果公開促進費）の交付を受けたものである。

著者略歴

瀬 間 正 之（せま・まさゆき）

1958年生まれ・上智大学文学部教授

主要編著書

『古事記音訓索引』（おうふう・1993）
『記紀の文字表現と漢訳仏典』（おうふう・1994）
『電脳国文学』（好文出版・2000）［共著：著者代表］

主要論文

「仁徳紀後半部の述作」（『日本古代の国家と村落』塙書房・1998）
「『未経』『既経』—師説『太安万侶日本書紀撰修参与説』をめぐって—」
（太田善麿先生追悼『古事記・日本書紀論叢』群書・1999）
「日本書紀開闢神話生成論の背景」
（上智大学国文学科紀要17・2000）
「推古朝遺文の再検討」（『聖徳太子の真実』平凡社・2003）
「記紀歌謡と漢籍教養」（上代文学97号・2006）
「清明心の成立とスメラミコト—鏡と鏡銘を中心に—」
（高岡市万葉歴史館紀要18・2008）
「新出百済仏教関係資料の再照明」（上代文学104号・2010）など

風土記《ふどき》の文字《もじ》世界《せかい》

平成23(2011)年2月28日　初版第1刷発行©

著　者　瀬 間 正 之

装　幀　笠間書院装幀室

発行者　池田つや子

発行所　有限会社笠間書院

東京都千代田区猿楽町2-2-3［〒101-0064］

電話　03-3295-1331　fax　03-3294-0996

NDC 分類：913.2

ISBN978-4-305-70541-9

藤原印刷

出版目録は上記住所までご請求下さい。
http://kasamashoin.jp

人名索引

［た］

［な］

［は］

［ま］

［や］

［ら］

書名（金石文・木簡）索引 ※風土記は除外

［た］

［な］

［は］

用字索引（音読み順）

用語索引

［ま］

［ら］

［わ］